LA MÉLODIE DE L'ÉTÉ

Traduit de l'anglais (États-Unis)
par Florence Bertrand

CHARLESTON

29 boulevard Raspail
75007 Paris – France
contact@editionscharleston.fr
www.editionscharleston.fr

Initialement publié sous le titre *Une lettre en été*
(éditions Charleston, 2015)

Titre original : *Love Letters*

This translation published by arrangement with Ballantine Books, an imprint of Random House, a division of Penguin Random House LLC.

ISBN : 978-2-36812-156-6

Maquette : Patrick Leleux PAO
Suivi éditorial : Manuella Guillot
Traduction : Florence Bertrand

Pour suivre notre actualité, rejoignez-nous sur la page Facebook :
www.facebook.com/Editions.Charleston et sur Twitter @LillyCharleston

Ce livre est dédié à
Steve et Robin Black d'UPTick Wines
pour leur amitié, et pour nous avoir offert,
à Wayne et moi, un rang de vignes.
Puissent-elles produire du vin éternellement !

Août 2014

Chers amis,

Une des questions que l'on me pose le plus souvent est : « Où trouvez-vous vos idées ? » La réponse varie selon les romans. La plupart des intrigues que je développe sont inspirées d'événements que j'ai vécus. Une lettre en été *n'échappe pas à la règle.*

Peu après le décès de ma mère, j'ai découvert le journal intime qu'elle avait tenu durant la seconde guerre mondiale. C'était un carnet comme on en faisait alors – un agenda qui s'étalait sur cinq ans – avec quelques lignes à remplir par jour. Chaque page était une lettre d'amour que ma mère adressait à mon père. Son cœur animait chaque mot. Je les ai toutes lues, les larmes aux yeux. Un jour, mon père avait fait livrer à ma mère, par l'intermédiaire de sa sœur, un bouquet de roses pour son anniversaire. À cette date, elle écrivit : « Des roses de Ted. Oh ! Mon cœur. » Plus tard, il avait été capturé et détenu en Allemagne comme prisonnier de guerre et, des mois durant, ma mère n'avait su s'il était vivant ou mort. Chaque jour, les seuls mots qu'elle avait écrits alors étaient : « Pas de lettre de Ted. Pas de lettre de

Ted. » Et puis il y avait eu cette phrase déchirante qui révélait toutes ses angoisses : « Oh ! Mon Dieu… Je vous en prie. »

Lorsqu'elle avait su mon père en vie, ma mère avait cessé d'écrire.

Après cette découverte, j'avais commencé à imaginer comment des lettres d'amour pouvaient venir illustrer un roman. Mon héroïne, Jo Marie, sait ce qu'il en est de perdre son mari en mission. Paul lui a envoyé une lettre au cas où il ne reviendrait pas. Et un jeune couple, Roy et Maggie Porter, que vous êtes sur le point de rencontrer, s'est séparé à l'Université avant de se réconcilier par écrit. Et puis il y a Ellie… J'ai tendance à faire ça, vous savez. Je me laisse emporter par l'intrigue au point de la trahir dans mon avant-propos ! Mais je vais essayer de résister et vous laisser découvrir tout cela par vous-mêmes.

Quand vous aurez lu cette histoire, j'espère que vous aussi vous sentirez assez forts pour écrire à l'être aimé.

Un de mes plus grands plaisirs d'auteur est d'avoir des nouvelles de mes lecteurs. Vous pouvez me contacter sur mon site www.DebbieMacomber.com ou sur Facebook. Et puis, si vous en avez envie, vous pouvez aussi m'écrire une lettre d'amour et l'envoyer à l'adresse suivante : P.O. Box 1458, Port Orchard, WA 98366, États-Unis.

Bonne lecture,

Amicalement,

Debbie Macomber

1

Il y a encore deux ans, si on m'avait dit que je deviendrais propriétaire d'une maison d'hôtes dans la minuscule bourgade de Cedar Cove, j'aurais éclaté de rire. Certes, je ne m'étais jamais attendue non plus à être veuve à trente-cinq ans. Si j'avais déjà appris une chose dans ma courte existence, c'est que l'avenir n'était jamais garanti.

Par une chaleur torride ce vendredi d'août, j'étais occupée à changer les lits, récurer les salles de bains et préparer des cookies. Le comble, c'est que j'adorais ça ! Enfin, peut-être pas le ménage, mais presque tous les aspects de ma nouvelle vie.

Deux années entières s'étaient écoulées depuis la mort de mon mari. À l'époque, jamais je n'aurais cru possible de rire, ni même de sourire de nouveau. Quand j'avais appris la mort de Paul dans un accident d'hélicoptère sur une montagne d'Afghanistan, mon univers s'était écroulé. J'avais eu besoin de me raccrocher à quelque chose pour ne pas m'effondrer complètement, et ce quelque chose avait été la Villa Rose.

Presque tout le monde m'avait déconseillé d'acheter cette maison d'hôtes : ma famille, mes amis, mon employeur. *Un changement trop radical. Une décision trop rapide. Attends au moins un an*, me disait-on. De sages conseils que j'avais écoutés d'une oreille distraite tout en échafaudant mes projets en cachette : je savais que tenter une nouvelle aventure était pour moi le seul moyen de ne pas devenir folle.

Cela n'avait pas toujours été facile. J'avais beau faire le gros du travail moi-même, la maison d'hôtes ne me rapportait pas suffisamment d'argent. Malgré tout, je gardais la tête hors de l'eau et réinvestissais le moindre centime dans la villa.

Après l'avoir rebaptisée la Villa Rose, en hommage à mon mari Paul Rose, j'avais fait fabriquer une nouvelle enseigne. Celle-ci ornait désormais fièrement l'entrée de la propriété, mon nom gravé sous celui de la maison.

Ensuite, il avait fallu effectuer divers travaux, certains par nécessité, d'autres par souci d'esthétisme. Par chance, des amis m'avaient présenté Mark Taylor.

Mark.

Quelle énigme ! Depuis un an, je le voyais pratiquement tous les jours, voire deux ou trois fois par jour, mais les seules choses que je connaissais de lui étaient son nom, son adresse, son métier – menuisier hors pair – et son penchant pour mes cookies au beurre de cacahuètes. La curiosité me démangeait. Je mourais d'envie de découvrir ses secrets et j'avais imaginé une dizaine de scénarios possibles susceptibles d'expliquer son mutisme. Certains étaient ridicules, d'autres presque effrayants.

Je tentais de lui soutirer des informations ici et là, avec un succès mitigé, pour ne pas dire inexistant. Cet homme était décidément muet comme une carpe.

Le lave-linge émit un signal, indiquant que le cycle était terminé.

J'avais eu plaisir à accueillir Lois et Michael Henderson, un couple adorable reparti le matin même après un court séjour à Cedar Cove. Leur fils, affecté à la base navale de Bremerton, s'était récemment fiancé à une jeune femme de la région, et ils avaient fait le déplacement depuis le Texas pour faire sa connaissance.

J'avais deux réservations pour le week-end. Et si j'oubliais parfois le nom de mes clients, je me souvenais en revanche très bien des personnes qui m'avaient appelée.

La première fois que j'avais parlé à Eleanor Reynolds, son langage châtié m'avait portée à croire que j'avais affaire à une femme d'âge mûr, style bibliothécaire ou comptable. Je m'étais vite ravisée. Ellie – elle m'avait demandé de l'appeler ainsi – et moi avions eu deux conversations après ce premier appel. Lorsqu'elle avait téléphoné pour annuler, puis quand elle avait rappelé pour revenir sur sa décision. Apparemment, elle n'arrivait pas à se décider, mais comme je n'avais pas eu d'autres nouvelles depuis, je supposais que la réservation était maintenue et qu'elle arriverait dans l'après-midi.

À l'inverse, Maggie Porter, bavarde et pleine d'entrain, m'avait fait l'effet d'une bouffée d'air frais. Elle avait programmé un week-end en amoureux avec Roy, son mari. Et quand ses beaux-parents avaient eu vent du projet, ils avaient tenu à leur offrir ce séjour pour leur anniversaire de mariage. J'avais hâte de rencontrer le jeune couple.

Rover aboya, signalant une présence dans l'allée. Je jetai un coup d'œil à ma montre, redoutant d'avoir oublié l'heure. Cependant, mon fidèle compagnon fila vers la porte, son jappement enthousiaste m'indiquant que je n'avais rien à craindre. Ce n'était pas un client mais Mark Taylor.

Parfait ! J'avais espéré qu'il viendrait. J'avais la ferme intention de lui faire subir un interrogatoire en règle et, cette fois, je n'allais pas le laisser se dérober.

J'ouvris la porte. Il s'était cassé la jambe au moins de mai mais la fracture s'était bien réparée. Il ne boitait même plus. À l'époque, j'étais fâchée contre lui : il avait mis si longtemps à planter ma roseraie ! Ce travail, qui n'aurait pas dû lui prendre plus de quelques jours, avait traîné des semaines durant.

Pour être juste, sa blessure n'avait pas exactement contribué à accélérer le mouvement. D'ailleurs, lorsqu'il eut enfin terminé et que j'avais vu les rosiers en fleurs, mon agacement s'était dissipé comme par magie. À présent, j'envisageais la construction d'un kiosque. J'avais même remis à Mark la photo d'un modèle que j'avais en tête.

Je m'y imaginais déjà, assise avec Rover, sirotant un thé ou un café au coucher du soleil, admirant les Montagnes Olympiques sur fond rose et orangé. Certes, je pouvais jouir de la même vue depuis la terrasse en bois située à l'arrière de la maison, mais j'aimais réserver cet endroit à mes invités, d'autant plus que la photo du coucher de soleil figurait sur ma brochure. Une photo prise par Mark. À vrai dire, il était assez doué, même s'il écartait toujours mes compliments d'un revers de la main, l'air vaguement gêné.

Mark entra et baissa les yeux sur Rover, marmonnant que ce chien n'était décidemment bon à rien.

Je me mordis la langue pour ne pas répondre. Mark était comme ça. Il faisait des remarques pour me provoquer, mais j'avais compris son petit jeu et je n'allais pas tomber dans le panneau.

— Tu as une minute ? demanda-t-il.

— Bien sûr. Qu'y a-t-il ?

Au lieu de répondre immédiatement, il se dirigea vers la table de la salle à manger et y posa un rouleau de papier.

— J'ai terminé les plans du kiosque.

Pour une surprise, c'était une surprise. Je m'étais préparée à ce qu'il mette cinq ou six mois. Là encore, je le soupçonnais de faire exprès de m'agacer. En dépit de mes efforts, je n'avais toujours pas réussi à comprendre son système de priorités. Peu importait d'ailleurs. Quelle que soit sa manière de procéder, mes demandes étaient en général reléguées tout en bas de la liste.

— C'est fantastique, dis-je, d'un ton que j'espérais encourageant mais réservé.

Je ne voulais pas être déçue s'il m'annonçait qu'il ne pouvait pas commencer les travaux tout de suite.

Il déroula le plan, le maintenant à plat avec la salière et le poivrier.

J'y jetai un coup d'œil et fus aussitôt emballée.

— Quand as-tu fait ça ?

— Il y a quelques semaines.

Et il ne me le montrait que maintenant ?

— Ça te plaît, oui ou non ?

Je n'étais pas la seule à manquer de patience.

— Oui, mais j'ai quelques questions.

— Telles que ?

— Combien cela va-t-il coûter ?

Il leva les yeux au ciel, l'air exaspéré.

— Tu veux un devis aussi ?

— En général, c'est comme ça que ça se passe.

Visiblement insulté, il poussa un long soupir.

— J'aurais pensé qu'après tout ce temps, tu me ferais confiance pour ne pas t'escroquer.

— Je te fais confiance, mais construire un kiosque a un coût, et il faudra peut-être que j'économise un peu. Je suppose que je ne peux pas te payer en plusieurs fois ?

Il haussa les épaules.

— Non.

— C'est bien ce que je pensais.

— Très bien, je vais te faire un devis, mais ne viens pas te plaindre s'il y a du retard. Tu ne pourras t'en prendre qu'à toi-même.

— Tu ne peux pas me donner un ordre d'idées ?

En guise de réponse, Mark tira un petit carnet à spirales de la poche de sa chemise et le feuilleta rapidement. Il étudia une page, fronça les sourcils et ferma les yeux comme pour faire un calcul mental. Quand il les rouvrit, il m'annonça un montant qui me parut très acceptable.

— Ça me semble bien, dis-je, m'efforçant de cacher ma joie.

— On y va, alors ?

J'étudiai le dessin une fois de plus. C'était plus ou moins une copie conforme de la photo que j'avais découpée dans un magazine quelques mois plus tôt.

— On y va.

Je me frottai les mains machinalement, ne songeant plus à dissimuler mon enthousiasme. Tant pis si Mark le remarquait. Rover remuait la queue lui aussi.

— Bien.

Mark referma son plan.

— Tu as fait des cookies ce matin ? demanda-t-il en plissant le nez. Par cette chaleur ?

— Je les ai fait cuire de bonne heure.

J'ai toujours eu tendance à me lever à l'aube. Avant de se marier et d'avoir des enfants, mes amies faisaient souvent la grasse matinée jusqu'à dix ou onze heures le week-end. Pour ma part, j'avais beau essayer, je parvenais rarement à tenir jusqu'à huit heures.

— À quelle heure ?

— À quatre heures.

Mark secoua la tête et fit la grimace.

— Trop tôt pour moi.

— Il est trop tôt aussi pour une dégustation ?

À l'évidence, il attendait que je le lui propose.

— Je pourrais me forcer.

Jamais je n'avais vu Mark refuser un cookie. Cela dit, personne n'aurait deviné qu'il était accro aux sucreries. Mince, élancé, il devait mesurer près de deux mètres ou même un peu plus. Il semblait perpétuellement avoir besoin d'une coupe de cheveux, mais c'était un homme séduisant. Du moins, il aurait pu l'être s'il avait été enclin à se soucier de son apparence, ce qui, clairement, n'était pas le cas.

Contrairement à lui, j'étais, comme avait coutume de dire Paul, « ronde là où il faut ». Pour lutter contre l'embonpoint, je faisais de l'exercice, surtout de longues promenades avec Rover, et du jardinage. Cet été-là, j'avais laissé pousser mes cheveux, qui tombaient en mèches brunes sur mes épaules. Le plus souvent, je les nouais en queue-de-cheval sur ma nuque.

Mark me suivit dans la cuisine. Rover passa devant. Les cookies au beurre de cacahuètes refroidissaient sur des grilles. Je tendis une assiette à Mark.

— Sers-toi, dis-je en nous versant un café.

Nous nous assîmes l'un en face de l'autre et je l'observai. Il engloutit trois cookies avant de s'en apercevoir.

— Quoi ? grogna-t-il, en fronçant les sourcils.

Des miettes s'étaient accumulées à la commissure de ses lèvres. Il avait une jolie bouche, d'ailleurs.

— Je réfléchissais ce matin… Je pensais à toi.

— À moi ?

Il but une gorgée de café.

— Ce n'est pas un sujet très intéressant, je t'assure.

— Au contraire. Je me suis rendu compte que nous sommes amis depuis que j'ai acheté cette maison et que je ne sais presque rien de toi.

— Il n'y a rien à savoir.

— Tu as déjà été marié ?

Il se renfrogna de plus belle.

— Il me semble que tu as mieux à faire pour t'occuper l'esprit.

— Pas vraiment. J'aurais tendance à penser que tu n'as jamais été marié. Je suis entrée chez toi, souviens-toi.

— La belle affaire. Et si mes souvenirs sont exacts, tu es entrée sans y avoir été invitée.

Je me hâtai de me défendre.

— Je t'apportais à dîner parce que tu avais la jambe cassée !

— Je n'avais pas faim.

— Ne change pas de sujet.

Je n'allais pas lui permettre de m'entraîner dans une dispute.

— Il n'y a pas un seul objet personnel chez toi. Pas de tableaux, pas de photos, rien.

Il secoua la tête.

— Et alors ? Je ne suis pas un as de la décoration d'intérieur. Tu vas me conseiller de regarder cette chaîne que tu adores où une femme peut faire une salle à manger avec une bouteille de coca et une canne à pêche ?

— Non. Je me disais que tu étais peut-être dans le programme de protection des témoins.

Mark s'étrangla de rire, recrachant une gorgée de café dans sa tasse.

— Je parle sérieusement.

— Dans ce cas, tu as une imagination débordante.

— Très bien, tu n'es pas dans le programme. Tu n'as pas répondu à ma question.

Il soupira, apparemment tout à fait ennuyé.

— Quelle question ?

Il se servit un autre cookie et se leva.

— As-tu été marié ? répétai-je, plus fort cette fois.

— Je ne vois pas pourquoi tu tiens tellement à le savoir. Ça ne te regarde pas, il me semble.

À l'évidence, il voulait me remettre à ma place.

— Je suis curieuse, c'est tout.

Il déposa la tasse dans l'évier.

— Il n'y a pas de quoi l'être. Je ne suis pas si intéressant que ça. À plus tard.

Sur quoi il sortit.

— Eh bien, eh bien, il est susceptible, hein ?

Rover inclina la tête en signe d'assentiment.

Bien déterminée à persévérer, je décrochai le téléphone. S'il voulait s'obstiner, il fallait que je passe au plan B. Je composai le numéro de mon amie Peggy Beldon.

Avec son mari, Bob, elle tenait *Vents et Marées*, une autre maison d'hôtes de la ville. C'était Peggy qui m'avait recommandé Mark. Toujours serviable et prête à me renseigner, elle était vite devenue une amie. Jamais je n'avais eu l'impression qu'elle me considérait comme une concurrente. En fait, elle m'envoyait souvent des clients qu'elle ne pouvait héberger. Je lui en étais reconnaissante et appréciais les conseils qu'elle m'avait prodigués.

— Jo Marie ! s'écria-t-elle d'une voix ravie. Que puis-je faire pour toi ?

— J'ai une question à te poser, commençai-je légèrement embarrassée.

— Je t'écoute.

— Je me demandais ce que tu savais au sujet de Mark Taylor.

— OK, dit-elle lentement, comme si ma question la prenait par surprise.

— Ce n'est pas que je m'intéresse à lui, ajoutai-je, pour que les choses soient claires.

— Je n'ai pas pensé à ça, répondit Peggy. J'ai hésité parce que je ne peux pas te dire grand-chose. Je ne sais presque rien de lui.

— Quelqu'un d'autre pourrait me renseigner ?

Mark était l'homme le plus cachottier que j'avais jamais rencontré. J'étais certaine qu'il y avait une histoire là-dessous, peut-être un passé sombre.

— Je peux demander à Bob si tu veux. Il est sorti, mais il ne devrait pas tarder à rentrer. J'avais prévu de descendre en ville dans une heure environ. Veux-tu qu'on se retrouve à la pâtisserie ? Je te dirai ce que Bob m'a raconté.

— Parfait. À tout à l'heure.

D'une manière ou d'une autre, j'allais déterrer les sombres secrets de Mark Taylor.

2

Dans la navette qui allait de l'aéroport de Seattle-Tacoma à Cedar Cove, Ellie Reynolds avait l'estomac noué, le cœur au bord des lèvres. Avait-elle bien fait de donner ce rendez-vous à Tom Lynch ? Les mises en garde de sa mère résonnaient encore à ses oreilles, brouillant ses pensées.

Elle joignit ses mains crispées, regardant défiler le paysage. Une femme d'âge mûr était assise de l'autre côté de l'allée, un tricot entre les mains. Comme si elle avait deviné le malaise d'Ellie, elle lui adressa un sourire rassurant. Ellie le lui rendit et tourna la tête. À bien des égards, la région ressemblait à son Oregon natal.

Elle était venue à deux reprises dans les environs de Seattle. Une fois avec les scoutes et une autre avec la chorale de l'école à l'occasion d'une fête de Noël. Le reste du temps, Ellie et sa mère ne s'étaient guère éloignées de la maison. À seize ans, visiter la

« grande ville » de Seattle avait été une aventure palpitante. Maintenant, à vingt-trois ans, elle avait l'impression d'être une enfant têtue et désobéissante.

Ellie décida de ne plus penser à sa mère mais à Tom. Aussitôt, elle fut envahie par une vague de chaleur. Ils communiquaient depuis des mois sur Facebook, par e-mail, texto ou téléphone. Jamais elle n'avait été autant éprise d'un homme, à plus forte raison d'un homme qu'elle n'avait jamais vu. Ils avaient une foule de choses en commun et un lien réel s'était établi entre eux. Ils aimaient regarder les étoiles, faire de longues promenades et lire des romans classiques. D'ailleurs, ils s'étaient connus par l'intermédiaire d'un club de lecture en ligne.

Ancien sous-marinier, Tom travaillait désormais sur le chantier naval de Bremerton. À la seconde où sa mère avait appris la nouvelle, elle s'était mise dans tous ses états. C'était bien connu, les marins étaient des hommes dépravés, avec une fille dans chaque port. Ellie s'était refusé à y croire. Tom était un peu timide, exactement comme elle, sauf quand elle était nerveuse. Aussi idiot que cela puisse paraître, quand elle était vraiment anxieuse, comme à présent, elle était capable de confier à un parfait inconnu des choses qu'elle n'aurait même pas envisagé de partager avec sa meilleure amie.

En dépit des avertissements de sa mère, Ellie avait confiance en Tom. Tout ce qu'elle savait à son sujet le faisait paraître gentil, attentionné, intelligent et studieux, aux antipodes du marin stéréotypé jouant avec les sentiments d'autrui. Elle ne parvenait pas à lui prêter de mauvaises intentions. Elle était prête à se laisser guider par sa foi et par son cœur.

Ce week-end, ils allaient se voir pour la première fois. C'était Tom qui avait suggéré qu'elle retienne une chambre à la Villa Rose. Ellie pria une fois de plus d'avoir pris la bonne décision. Elle avait réservé en mai et changé d'avis deux fois depuis.

Son erreur avait été de parler de Tom à sa mère. Bouleversée d'apprendre qu'Ellie projetait d'aller voir un jeune homme qu'elle avait connu sur Internet, certaine qu'elle allait commettre la pire erreur de sa vie, Virginia Reynolds l'avait harcelée au point qu'Ellie avait cédé et annulé sa visite. Lorsqu'elle avait expliqué la situation à Tom, celui-ci avait proposé de contacter sa mère pour la rassurer. Bien que touchée, Ellie avait jugé absurde de devoir justifier ses faits et gestes à son âge et, désireuse de prouver qu'elle était capable de prendre ses propres décisions, elle avait fait une autre réservation quelques jours plus tard. Tom avait déclaré que sa proposition tenait toujours, s'affirmant disposé à bavarder avec sa mère, à répondre à ses questions et même à lui fournir des références si elle le souhaitait.

Le téléphone portable d'Ellie émit un son, indiquant qu'elle avait reçu un texto. Espérant qu'il venait de Tom, elle tira l'appareil de son sac et poussa un soupir de frustration en voyant le nom affiché.

Dis-moi que tout va bien, avait écrit sa mère.

J'ai atterri. Tout va bien, répondit rapidement Ellie.

Tant mieux. Tu ne peux pas savoir à quel point je suis inquiète.

Je vais bien, maman.

Ellie soupira et rangea son téléphone, ignorant la notification suivante, certaine que le texto venait encore de sa mère.

Le problème, Ellie le savait, venait de l'échec du mariage de ses parents. Tout au long de son enfance, sa mère lui avait dit et répété que les hommes n'étaient pas dignes de confiance. Qu'ils vous piétinaient le cœur et s'en allaient comme si de rien n'était. Telle avait été l'expérience de Virginia, et elle était prête à tout pour protéger sa fille unique du même sort.

Après le divorce, Ellie était devenue le centre de son univers. Virginia s'était entièrement vouée à sa fille. Son temps, ses ressources et son amour étaient focalisés sur Ellie. Par moments, celle-ci avait l'impression de suffoquer. Elle éprouvait le besoin de suivre sa propre voie, mais culpabilisait, sachant qu'elle était tout pour sa mère.

Son téléphone sonna. Une fois de plus, Ellie espéra que c'était Tom.

C'était sa mère.

Elle laissa se déclencher sa boîte vocale. Sa voisine lui lança un regard inquisiteur, qu'elle ignora. Au fond, Ellie comprenait parfaitement les inquiétudes de sa mère. Elle l'avait suppliée de lui permettre de l'accompagner lors de cette première rencontre. Ellie avait même envisagé cette possibilité, mais fugacement. C'était une démarche qu'elle avait envie – non, besoin – d'accomplir seule. Par mesure de précaution, elle retrouverait Tom dans un lieu public.

Si, après ce rendez-vous, ils décidaient que leur relation avait un avenir, ils continueraient à se fréquenter et feraient plus ample connaissance. Il viendrait dans l'Oregon et elle le présenterait à sa mère.

Bien qu'introvertie, Ellie n'était pas idiote. Elle avait ses propres doutes. Ses rapports avec Tom sortaient de l'ordinaire. Elle aurait été la première à reconnaître que la plupart des relations ne débutaient pas ainsi. Pourtant, en dépit de son expérience limitée, son cœur lui disait que Tom Lynch méritait son intérêt.

Ellie vérifia ses e-mails et vit que Tom lui avait envoyé un message lui demandant de l'avertir de son arrivée. Non sans regret, elle devait admettre que Tom avait été un tantinet cachottier, et sa mère avait pris un malin plaisir à le lui faire remarquer à la moindre opportunité. Ellie n'avait pas cherché à protester : elle s'était contentée de dire qu'elle se fiait à son instinct. Ce qui, avec le recul, n'avait peut-être pas été la plus sage des réponses. Cette déclaration avait aussitôt déclenché une diatribe interminable contre le père d'Ellie. Il y avait eu un temps où Virginia aussi avait écouté son cœur, et voilà où sa naïveté l'avait menée. Ellie connaissait la chanson.

Virginia était tombée amoureuse d'un jeune homme qu'elle avait rencontré à l'Université, mais dès le départ, ses parents avaient eu des doutes au sujet de Scott Reynolds. Ils ne l'appréciaient pas et n'avaient pas confiance en lui. Une rencontre avait suffi à son père pour déclarer que Scott était trop poli, trop sûr de lui, et, pire encore… superficiel. Ses parents avaient tenté de dissuader Virginia de s'engager dans une relation avec un homme aussi imbu de lui-même. Ils avaient quelqu'un d'autre en tête pour leur fille unique, quelqu'un de bien plus approprié. Ils étaient convaincus que Scott lui briserait le cœur. Et ils avaient eu raison.

Aveuglée par l'amour, Virginia ne les avait pas écoutés. Scott et elle, fous amoureux, avaient continué à se fréquenter. Pour couronner le tout, ils s'étaient enfuis ensemble pour se marier en secret.

Pendant une brève période, Virginia en convenait, elle avait nagé dans le bonheur, surtout lorsqu'elle avait appris qu'elle était enceinte. Scott avait abandonné ses études et trouvé un emploi de chauffeur de taxi. Il avait été ravi d'avoir une petite fille, qu'ils avaient baptisée Eleanor, comme la mère de Virginia, dans l'espoir que les parents de celle-ci lui pardonneraient sa désobéissance et accepteraient Scott au sein de leur famille. Scott l'avait aussitôt surnommée Ellie, et le nom était resté. Les parents de Virginia avaient reçu leur fille et petite-fille à bras ouverts et fait un effort avec Scott, mais apparemment, l'hostilité de ce dernier avait créé un réel fossé entre eux.

Scott s'était vite lassé du rôle de père et de mari. Son salaire de chauffeur leur permettait tout juste de joindre les deux bouts. Les parents de Virginia avaient proposé de leur prêter de l'argent, mais Scott n'avait pas voulu en entendre parler. C'était là que leurs problèmes avaient commencé. Virginia ne parvenait pas à comprendre pourquoi il tenait tant à ce qu'ils se débrouillent tous seuls. Leurs disputes étaient devenues plus fréquentes, surtout lorsque Virginia s'était mise à passer beaucoup de temps chez sa mère. Scott rentrait souvent tard du travail et quand Virginia lui demandait où il était, il rétorquait que cela importait peu puisque, de toute façon, elle semblait préférer la compagnie de ses parents à la sienne.

Puis le jour était arrivé où le père de Virginia avait juré avoir vu son gendre avec une autre femme. Quand Virginia l'avait mis au pied du mur, il avait soutenu que cette prétendue maîtresse était une collègue et amie, de surcroît âgée de trente ans de plus que lui. Virginia avait refusé de le croire. Le soupçon s'était immiscé dans leur couple, et le mariage s'était très vite désintégré.

Quand Virginia avait demandé le divorce, ses parents l'avaient accueillie, prêts à pardonner à leur fille de s'être laissé berner par amour. Ellie n'avait que de vagues souvenirs de son père.

Et voilà qu'à présent, l'histoire se répétait. Ellie s'opposait à sa mère pour un homme, elle aussi, un homme qu'elle n'avait même pas encore rencontré.

La navette s'arrêta dans une localité appelée Gig Harbor, et un couple âgé descendit. Pendant que le chauffeur sortait leurs bagages, Ellie contempla les bâtisses pittoresques alignées au bord de l'eau. Elle ne savait que peu de chose de Cedar Cove, mais elle espérait que l'endroit serait aussi charmant que celui-ci.

— C'est encore loin jusqu'à Cedar Cove ? demanda-t-elle à l'homme lorsqu'il remonta.

— Non, pas vraiment. Nous devrions y être d'ici une demi-heure environ.

Ellie le remercia d'un bref sourire. Son estomac se noua de plus belle. Encore maintenant, elle avait du mal à croire qu'elle avait tenu tête à sa mère.

— Il y a deux autres arrêts avant, expliqua le chauffeur en redémarrant. Purdy et Olalla. Quelqu'un vient vous attendre ? la questionna-t-il en la regardant dans le rétroviseur. Un parent ou un ami ?

— Oui oui.

Enfin, plus ou moins. Tom avait proposé de prendre un congé pour venir la chercher, mais elle avait décliné l'offre. Pour leur première rencontre, elle voulait paraître à son avantage, et non en tenue de voyage comme à la descente d'un avion. Quand elle avait interrogé Jo Marie à propos des compagnies de taxis de la ville, celle-ci l'avait surprise en déclarant qu'elle viendrait elle-même à l'arrêt de bus.

— On dirait qu'il va faire beau, commenta tranquillement la femme de l'autre côté de l'allée. C'est la meilleure époque de l'année pour visiter la région. Vous êtes ici pour le week-end ?

— Oui.

La femme tricotait sans regarder ses mains, guidant la laine d'un geste fluide autour des aiguilles.

— Je viens chaque année rendre visite à mes enfants et petits-enfants. Ma fille et mon gendre travaillent tous les deux, mais mon petit-fils m'attend au parking à Olalla.

— Je vais rencontrer quelqu'un pour la première fois, lâcha Ellie. Il travaille au chantier naval.

Elle se prépara mentalement, s'attendant à la désapprobation de son interlocutrice. Si cette tricoteuse ressemblait le moins du monde à sa mère, une mise en garde ou une remarque n'allait pas tarder. Mais l'autre femme resta silencieuse et Ellie se rendit compte qu'elle était ridicule. Sa mère l'avait conditionnée à escompter une réaction négative.

— Nous nous sommes connus sur Internet, dans un club de lecture, reprit-elle, tâtant le terrain. En fait, il a demandé à être mon ami sur Facebook. Son club avait des liens avec le mien… enfin, c'est une longue histoire.

Elle soupçonnait cette dame de ne pas connaître grand-chose aux réseaux sociaux.

— J'ai l'impression que beaucoup de jeunes se rencontrent ainsi de nos jours.

— Comme je vous le disais, ce sera la première fois qu'on se voit, poursuivit Ellie. J'avoue que je suis nerveuse.

Et bavarde, ce qui n'était pas une combinaison fantastique, mais elle ne pouvait s'empêcher de parler.

— C'est plutôt romantique, non ?

Ellie sourit. C'était à la fois romantique, dangereux et un peu idiot.

— Je crois que je suis déjà à moitié amoureuse de lui. C'est curieux, n'est-ce pas, quand on pense que notre relation jusqu'ici a uniquement consisté en messages et en appels téléphoniques ?

— À mon avis, l'amour a rarement un sens, commenta la dame. Je m'appelle Martha, à propos.

— Et moi Ellie.

— Ravie de faire votre connaissance, Ellie.

— Ma mère n'approuve pas cette visite, avoua Ellie d'une voix sourde.

— Nous avons tous du mal à laisser partir nos enfants.

Martha arborait un air songeur, comme si elle se remémorait un épisode de son passé.

— Quand Marilyn a épousé Jack, j'étais très contrariée qu'elle vienne vivre dans l'État de Washington, à l'autre bout du pays pour moi qui habite dans le New Jersey. J'étais sûre qu'elle faisait une erreur, mais elle adore cette région. Et à dire vrai, je prends plaisir à venir ici en vacances chaque été. Marilyn tient un salon de coiffure dans Harbor Street, la rue principale de Cedar Cove. Où allez-vous descendre, Ellie ?

— J'ai retenu une chambre à la Villa Rose.

— Je connais cette maison d'hôtes. Elle est située tout en haut de la rue qui passe devant le salon de Marilyn. De là, on a un panorama superbe sur la baie.

Tom avait affirmé la même chose. C'était d'ailleurs une des raisons pour lesquelles il avait recommandé la Villa Rose. De la terrasse, on voyait non seulement le phare, mais aussi le chantier naval de Bremerton.

Le téléphone d'Ellie émit un bruit, et elle y jeta un coup d'œil rapide en soupirant. Encore un avertissement. Elle vit que Martha l'observait.

— Encore ma mère, dit-elle en rangeant l'appareil. Elle est convaincue que je vais me ridiculiser.

— Et si c'est vrai ?

— Je n'ai pas fini d'en entendre parler.

— Pensez-vous être en train de faire une sottise ? demanda Martha d'un ton amical.

— Peut-être, admit Ellie en se redressant, mais franchement, ça m'est égal.

Martha lui adressa un sourire bienveillant.

— En tant que mère, je comprends ses craintes. Je suis sûre qu'elle ne songe qu'à votre bien. J'aurais aimé éviter à mes enfants de connaître la déception et le chagrin, mais la vie ne marche pas comme ça. Chacun de nous doit faire l'expérience de la douleur pour aller de l'avant et suivre sa propre voie.

Ellie aurait aimé que Virginia voie les choses de la même manière.

Le bus ralentit à l'approche d'Olalla.

— Mon petit-fils vient d'avoir son permis de conduire, expliqua Martha en rangeant son tricot. Il est tout excité à l'idée de venir me chercher. Je vous souhaite bonne chance, à vous et à votre jeune ami.

— Merci, dit Ellie. Pour tout.

Elle attrapa son téléphone pour appeler Jo Marie. Celle-ci répondit aussitôt.

— Ah ! J'attendais votre appel. Je prends mes clés et je pars tout de suite. Cela ne vous ennuie pas si j'amène mon chien ?

— Pas du tout.

— À tout à l'heure !

Ellie aimait les animaux. Tom aussi d'ailleurs. Dans un de ses e-mails, il avait évoqué son chien, Ranger. Il l'avait eu lorsqu'il était encore à l'école primaire, et il lui avait appris à rattraper un Frisbee®. À sa mort, il avait été bouleversé. Pour sa part, Ellie avait toujours eu des chats, mais elle espérait bien avoir un chien un jour.

Ellie inspira lentement. Elle se sentait mieux qu'à aucun moment depuis qu'elle était montée dans l'avion qui effectuait la brève liaison entre Bend et Seattle. Quoi qu'en dise sa mère, elle était optimiste quant à cette aventure. Très optimiste.

3

Dès que j'eus reçu l'appel d'Eleanor Reynolds, je fis monter Rover dans ma voiture et me dirigeai sans tarder vers la station-service située à la sortie de l'autoroute n° 16. Je la repérai aussitôt, seule à côté de sa valise, l'air nerveux et un peu perdu. Elle était plus jeune que je ne l'avais cru.

Rover sauta sur le siège avant dès que je m'engageai dans le parking. Nous avions fait ce trajet plusieurs fois pour venir chercher des clients qui arrivaient de l'aéroport.

Je me garai devant la boutique et coupai le moteur.

— Ellie ? Ellie Reynolds ?

La jeune femme leva les yeux et acquiesça.

— C'est moi. Jo Marie ?

Rover aboya.

— Oui. Et voici Rover.

— Je m'attendais à quelqu'un de plus âgé, avoua Ellie, surprise. J'avais pensé que vous auriez peut-être l'âge de ma mère.

Elle prit sa valise et s'approcha de la voiture.

— Je me disais justement la même chose à votre sujet.

— Tout le monde dit que je donne cette impression au téléphone. Ma grand-mère était très à cheval sur la diction. Nous avons vécu avec mes grands-parents quand j'étais petite, ajouta-t-elle, comme si elle éprouvait le besoin de se justifier.

— J'espère que vous allez passer un bon séjour à Cedar Cove, dis-je en ouvrant le coffre.

— J'en suis sûre, répondit-elle dans un large sourire.

Elle rangea son bagage et gagna le côté passager tandis que Rover reprenait sa place à l'arrière. Ellie se retourna aussitôt pour le caresser. Savourant son attention, il tourna plusieurs fois sur le siège avant de trouver une position convenable.

— J'espère ne pas vous avoir trop dérangée. J'aurais pu prendre un taxi.

— Pas du tout. Cela fait partie du service offert par la maison.

— J'ai également les horaires du retour… au cas où.

Je songeai à lui demander ce qu'elle voulait dire par là, mais me ravisai. Elle semblait un peu anxieuse et consulta deux fois son téléphone durant le bref trajet qui nous menait à la villa.

— C'est ma mère, marmonna-t-elle.

Puis, comme si elle avait pris une décision d'importance capitale, elle déclara :

— Je vais l'ignorer ; sinon elle va tout gâcher.

Apparemment, elle ne s'attendait pas à ce que je donne mon avis, et à dire vrai, je m'en félicitai, parce que je ne savais pas trop quoi répondre.

— Si cela ne vous ennuie pas, je vais vous laisser vous installer pendant que je vais faire quelques courses.

— Oh ! Pas du tout. Contrairement à ce que pense ma mère, je n'ai pas besoin de baby-sitter.

À l'évidence, la pauvre avait des problèmes. Elle n'avait pas mentionné sa mère durant les brèves conversations que nous avions eues auparavant, mais quelque chose me disait que celle-ci voyait cette visite d'un très mauvais œil.

— J'ai rencontré une vieille dame adorable dans le bus, reprit Ellie. Elle paraissait si sage, si rassurante. Peut-être que je fais une grosse erreur en venant ici, mais si c'est le cas, j'aurai au moins appris quelque chose.

Le sens de ses paroles m'échappait, néanmoins je hochai la tête, feignant de comprendre.

Je regardai l'heure : il était presque temps que j'aille retrouver Peggy.

Ellie signa le registre et, après lui avoir remis sa clé, je lui montrai les pièces communes du rez-de-chaussée avant de la précéder dans l'escalier pour lui faire visiter sa chambre.

— Il y a d'autres clients ce week-end ?

— Un couple marié et un homme qui habite Cedar Cove.

— Qui habite la ville ? répéta-t-elle, surprise.

— Oui. Apparemment, il fait faire des travaux de plomberie chez lui et l'eau a été coupée. Il n'arrivera pas avant la fin d'après-midi. Je ne crois pas que nous le verrons beaucoup.

— Je projette d'être assez prise moi-même, répondit Ellie. Je retrouve un… ami.

Ah, c'était donc cela. Pas étonnant que sa mère soit soucieuse. Eh bien, il était grand temps que l'oiseau quitte son nid.

Lorsqu'elle fut confortablement installée, je partis retrouver Peggy Beldon au salon de thé, Rover sur mes talons. La journée était splendide, le ciel d'un bleu limpide. Un aigle tournoyait au-dessus des eaux calmes et lisses de la baie. Il n'était pas rare d'en voir un piquer droit vers un malheureux saumon nageant trop près de la surface.

Je vis Peggy avant même d'atteindre Harbor Street. Elle était assise en terrasse, profitant du soleil.

— Bonjour ! J'espère que je ne t'ai pas fait trop attendre ?

— Pas du tout.

Sa tenue était décontractée et ses cheveux plus courts que d'ordinaire. Sans doute venait-elle d'aller chez le coiffeur.

— Tu es l'image même de l'été, dis-je en tirant une chaise.

Rover se coucha à mes pieds, le museau sur ma chaussure. Peggy m'avait déjà commandé un café.

— Merci, la prochaine fois, ce sera mon tour.

— Pas de souci.

— Tu as pu parler de Mark à Bob ?

— Oui, confirma-t-elle, en se penchant légèrement vers moi.

— Et ?

J'avais peine à contenir ma curiosité. Peggy haussa les épaules.

— Il n'y a pas grand-chose à dire. Bob et Mark se sont rencontrés pour la première fois à la quincaillerie.

— Il y a combien de temps ?

— D'après lui, ça remonte à cinq ou six ans, mais j'en doute. Je dirais plutôt quatre. Enfin, je peux me tromper, on a l'impression que Mark est ici depuis toujours.

— Donc Bob l'a rencontré et a engagé la conversation ?

— C'est ça.

— Mark a dit d'où il venait ?

— Tout ce dont Bob se souvient c'est que Mark a expliqué qu'il venait d'arriver en ville et qu'il cherchait des petits boulots. Il a déclaré qu'il était retraité, ce que Bob a trouvé amusant puisqu'il ne pouvait pas avoir plus de trente-cinq ans à cette époque-là.

— Ton mari ne lui a pas demandé pourquoi il avait choisi de venir à Cedar Cove ?

— Il faudra que tu poses toi-même cette question à Mark. Mais pourquoi pas ? demanda Peggy en montrant la vue. C'est magnifique ici, et c'est un endroit idéal pour fonder une famille.

— Mais autant que je le sache, Mark n'a pas de famille.

— Exact.

Je regrettais que Bob n'en sache pas plus. À vrai dire, je n'avais rien appris de nouveau.

— Tu as remarqué qu'il préfère être réglé en espèces ?

Et si c'était sa manière d'éviter de payer des impôts ? Cela me semblait mesquin et m'étonnait de sa part.

— Non, je ne le savais pas, répondit Peggy, en fronçant les sourcils. C'est Bob qui s'occupe des factures. Il n'a jamais mentionné cela. Tu devrais en parler à Mark.

— Je l'ai fait.

À de nombreuses reprises et en vain.

— Bob l'a tout de suite trouvé sympathique, ajouta Peggy, interrompant le cours de mes pensées.

C'était surprenant, Mark n'était pas du genre avenant. Il semblait plutôt faire tout son possible pour se montrer désagréable. Du moins, d'après mon expérience personnelle.

— Avant de le recommander à d'autres personnes, on lui a confié un petit travail chez nous pour voir s'il était compétent.

— Et il s'en est bien tiré ?

— Brillamment. Ensuite, Bob lui a obtenu plusieurs boulots pour des parents ou des amis, dont beaucoup nous en ont remercié. Il est consciencieux et ses tarifs sont raisonnables.

C'était vrai. Au cours de l'année passée, Mark avait travaillé plusieurs fois pour moi et le résultat avait toujours été largement à la hauteur de mes attentes, sinon au-delà, sauf pour ma roseraie qui semblait lui avoir demandé un temps fou même avant qu'il se casse la jambe. Allez savoir pourquoi… Peut-être qu'il n'aimait simplement pas le jardinage.

— Y a-t-il autre chose que tu puisses me dire sur lui ?

Le ton de ma voix avait dû être plus animé que d'habitude car Peggy écarquilla les yeux.

— Pourquoi es-tu si curieuse ?

— Je ne sais pas, avouai-je, m'efforçant de paraître détachée. C'est juste qu'il semble si… discret.

— Nous tenons tous à notre vie privée, non ? commenta Peggy d'un ton neutre.

— Eh bien oui, je suppose.

— Qu'est-ce qui t'intrigue tant chez Mark ?

— Je ne suis pas intriguée, rectifiai-je aussitôt. Je suis curieuse. J'ai l'impression qu'il cache quelque chose.

Voilà, c'était dit.

— Mark ? se récria Peggy, mi-amusée, mi-déroutée.

— Sa maison est… spartiate. Je lui ai demandé sur le ton de la plaisanterie s'il faisait partie du programme de protection des témoins.

— Non ? lâcha Peggy, encore plus intriguée. Et qu'est-ce qu'il a dit ?

— Ça l'a fait rire.

En fait, je pensais maintenant à d'autres scénarios possibles.

— Peut-être qu'il a dû faire face à un deuil tragique et qu'il fuit son passé.

Cela n'avait aucun sens qu'un individu aussi talentueux que Mark ait choisi d'être homme à tout faire.

— Jo Marie…

Peggy, amusée un instant plus tôt, était devenue grave.

— Je crois que tu devrais te demander pourquoi tu souhaites te renseigner sur Mark.

Elle parlait sérieusement ; je le voyais à son expression.

— N'exagère pas. Je ne m'intéresse pas… personnellement à Mark. D'accord, j'ai lu beaucoup de romans policiers et les gens agissent souvent en fonction de leur passé. Crois-moi, concernant Mark, quelque chose ne colle pas.

— Quelque chose de louche ?

— J'en doute.

Mark me semblait l'honnêteté incarnée.

— Éprouves-tu quelque chose pour lui ? me demanda doucement mon amie.

En général, Mark m'agaçait. Il était souvent irritable, mais sous cette façade se cachait quelqu'un de bien et la plupart du temps nous nous entendions parfaitement. Au début du printemps, Mark avait passé des heures à chercher Rover qui avait fugué. Pour cette seule raison j'avais une dette envers lui.

— Jo Marie… Tu es en train de tomber amoureuse de Mark ?

— Non, sûrement pas, répondis-je aussitôt en étouffant un rire. La moitié du temps, je ne sais même pas si je l'aime bien.

— Beaucoup d'histoires d'amour extraordinaires commencent ainsi.

Je pris ma tasse de café et secouai la tête.

— Je suppose que ma curiosité peut donner cette impression… Il faut que tu saches quelque chose à mon sujet, continuai-je, songeant à la meilleure manière de mettre fin à ses suppositions. J'aime Paul Rose de tout mon cœur. Il était mon mari et mon âme sœur. Le sort m'a privé de lui trop tôt, mais j'ai quand même vécu une année merveilleuse que je chérirai jusqu'à la fin de mes jours. Je ne veux pas tomber amoureuse de nouveau.

À vrai dire, mon cœur n'aurait pas supporté la perte d'un deuxième amour.

— Peut-être que je m'emballe un peu à propos de Mark. Si je t'ai posé ces questions, c'est parce que je l'ai vu très souvent cette année et pourtant je ne sais pratiquement rien de lui. Je ne peux pas m'empêcher de penser qu'il cache un secret. Mais il est évident qu'il ne veut pas le partager.

La conversation embraya sur d'autres sujets, après quoi il fut temps pour nous deux de reprendre notre journée. Pour ma part, j'avais des clients qui devaient arriver dans l'après-midi, les Porter, Roy et Maggie.

Je remerciai Peggy pour le café et, mon chien en laisse, remontai la côte raide qui partait des quais vers la Villa Rose.

Je m'étais tout de suite sentie chez moi dans cette maison. Lors de la première nuit, j'avais très nettement perçu la présence de Paul, comme s'il était brièvement revenu à la vie pour m'offrir son réconfort. Comme s'il voulait m'assurer que j'avais pris la bonne décision en achetant les lieux.

Alors que je contemplais mon domaine, un 4x4 blanc me dépassa et s'arrêta dans le petit parking réservé à la clientèle. Un jeune couple séduisant en descendit. Roy et Maggie Porter étaient arrivés.

Avant que j'aie eu le temps de les saluer, l'homme claqua sa portière et sortit deux valises du coffre. Après quoi il se dirigea vers la maison sans se retourner.

La femme se figea puis m'adressa un sourire d'excuse, visiblement gênée.

Je lui fis un petit signe.

— Maggie ?

— Vous devez être Jo Marie.

— Oui. Bienvenue à la Villa Rose.

— Merci.

Elle jeta un coup d'œil vers la maison. En haut des marches, Roy semblait l'attendre bien que le dos tourné.

— Je vous prie d'excuser la mauvaise humeur de mon mari. Il ne voulait pas s'absenter de son travail ce week-end. Mais nous projetions ce séjour depuis si longtemps…

Sa voix s'éteignit.

— Nous avons besoin de passer du temps ensemble.

Je hochai la tête en signe d'approbation.

— Tous les couples ont besoin de se retrouver de temps à autre.

Maggie se dirigea vers la villa et je l'accompagnai. En dépit de mes paroles rassurantes, j'avais la très nette impression que quelque chose n'allait pas du tout entre Maggie et Roy Porter.

4

Maggie prit une profonde inspiration et suivit Roy dans l'escalier. Il avait à peine décroché un mot à la réception. Son mari n'aurait pas pu montrer plus clairement qu'il n'avait aucune envie d'être là – ou, d'ailleurs, avec elle.

Roy ouvrit la porte de la chambre et s'effaça pour la laisser entrer. La vue était superbe. Maggie embrassa du regard le lit à baldaquin, le bouquet de roses rouges sur la commode, les grandes fenêtres qui donnaient sur les eaux turquoise de la baie. Dans le port de plaisance, les bateaux balançaient doucement leur mât dans la brise.

— C'est magnifique, souffla-t-elle.

Roy n'avait pas l'air d'apprécier. Il demeura raide et silencieux, tout son être irradiant le ressentiment. Au cours des trois heures et demie de trajet depuis Yakima, c'était tout juste s'il avait ouvert la bouche.

Maggie avait plusieurs fois essayé de rompre le silence, sans grand succès. Roy s'était contenté de répliques laconiques, voire sèches… quand il avait pris la peine de répondre.

Pour ne pas penser à la mauvaise humeur de son mari, elle s'obligea à se concentrer sur le paysage.

— Tu ne trouves pas que la vue est superbe ? demanda-t-elle d'un ton enjoué.

Il haussa les épaules, comme pour dire qu'il n'avait pas remarqué et qu'il s'en moquait éperdument. Dans son regard, l'impuissance avait succédé à l'irritation. Son expression faillit la faire fondre en larmes.

— Je sais que tu n'as pas envie d'être ici, murmura-t-elle.

— Ça, tu peux le dire.

Maggie rêvait de ce week-end depuis des mois. C'était exactement ce dont ils avaient besoin. Roy travaillait trop dur. Il quittait la maison avant que les garçons soient réveillés et, le plus souvent, ne rentrait guère avant l'heure de leur coucher. Pourtant, c'était un bon père. Aussi fatigué soit-il, Roy prenait le temps de jouer avec ses fils, de leur lire une histoire ou de faire leur bain. Mais ensuite il s'écroulait, épuisé, après une longue journée passée à gérer la société de construction familiale. Son père venait de prendre sa retraite et, depuis, il avait endossé le gros des responsabilités.

Pressentant un éloignement, Maggie l'avait persuadé de prendre des jours de congé et fixé la date longtemps à l'avance pour qu'il ait tout le loisir de s'organiser. Quand ses beaux-parents l'avaient su, ils avaient proposé de garder les garçons et même payé leur séjour. Tout était parfait jusqu'à… enfin, elle ne voulait pas y penser.

— Si ce n'était pas pour mes parents, je ne serais même pas venu, lui rappela Roy.

Il s'approcha de la fenêtre. Maggie eut la nette impression qu'il n'appréciait pas plus le spectacle qui s'étendait devant lui.

— Je sais que tu préférerais être n'importe où plutôt qu'ici avec moi.

Il fronça les sourcils et tourna la tête.

Soudain, Maggie eut la certitude que ce week-end était voué à l'échec et son mariage avec. Les larmes lui vinrent aux yeux. Elle était parvenue à les refouler tout au long de l'interminable ascension du col de Snoqualmie et dans les embouteillages de Tacoma, mais plus maintenant. Silencieusement, elle se laissa tomber sur le lit en pleurant. À quoi bon tout cela ?

Roy dut sentir sa détresse car il se retourna et poussa un long soupir. Au bout de quelques minutes, il s'assit près d'elle et passa un bras autour d'elle.

Avide de chaleur et d'amour, Maggie pivota et l'enlaça, se cramponnant à lui en sanglotant doucement. Roy lui caressa la nuque.

— Je suis désolé, murmura-t-il. J'essaie, Maggs.

— Je sais, admit-elle, la gorge nouée.

— Donne-moi du temps, d'accord ?

Elle acquiesça. Roy lui offrit un sourire hésitant qu'elle lui rendit.

— Je vais ranger nos affaires, chuchota-t-elle, songeant qu'une activité physique l'aiderait à maîtriser ses émotions.

Il ne fallut pas plus de quelques minutes pour sortir les affaires dont ils avaient besoin. Maggie remarqua avec plaisir que Roy avait apporté un roman. Il lui arrivait si rarement de lire à présent… Quant à elle, c'était une lectrice assidue. Autrefois, ils parlaient de leurs lectures et lisaient souvent le même livre en même temps… mais c'était des années plus tôt, avant que Roy soit si absorbé par la société et avant la naissance des garçons.

— Tu es prête pour le déjeuner ? demanda-t-il comme pour détendre l'atmosphère.

— Bien sûr.

En réalité, elle n'avait pas faim et elle soupçonnait que son mari n'était pas plus affamé qu'elle. C'était une manière de lui montrer qu'il faisait un effort et Maggie le savait.

— Je vais demander à Jo Marie si elle peut nous recommander un restaurant. Que veux-tu manger ?

Maggie réfléchit.

— Nous sommes au bord de la mer. Pourquoi pas des *fish and chips* ?

— Bonne idée, acquiesça-t-il avec enthousiasme.

Roy la précéda dans l'escalier et entra dans la cuisine. Jo Marie venait de raccrocher son téléphone.

— On se demandait si vous pouviez nous suggérer un restaurant pour le déjeuner.

— Un endroit où on sert des *fish and chips*, précisa Maggie.

— Oh ! Il y en a un excellent à côté du *Pancake Palace* – en fait les deux établissements partagent le même parking. Leurs *fish and chips* sont les meilleurs que j'ai jamais goûtés !

Elle leur tendit un dépliant où figurait la liste des restaurants de la ville, entourant le *Queen's* au stylo.

— Merci, dit Maggie alors qu'ils se dirigeaient vers la porte.

Son mari la surprit de nouveau en se penchant vers elle pour lui donner un baiser. Une fois de plus, Maggie refoula ses larmes pendant qu'il prenait place derrière le volant.

— Je crois que ce n'est pas très loin.

— Ce sera sûrement très bon.

Roy lui toucha délicatement la main. Pendant un instant, un très court instant, Maggie put presque s'imaginer que tout allait s'arranger entre eux. Même dans les pires moments il fallait qu'elle s'accroche à l'idée que Roy voulait lui aussi sauver leur mariage…

Ils trouvèrent le *Queen's* sans difficulté. Le décor était simple et la carte limitée. Le plat du jour – du saumon frais – était annoncé sur un tableau blanc à côté de la caisse. À leur arrivée, une serveuse leur donna les menus et les laissa choisir leurs places. Il était déjà un peu tard, si bien que plusieurs banquettes étaient libres pour déjeuner.

Ils commandèrent deux plats différents qui ne tardèrent pas à être servis. Roy attaqua son assiette avec enthousiasme ; Maggie plus prudemment, mais quelques bouchées suffirent à lui confirmer ce que Jo Mary avait dit : ces *fish and chips* étaient délicieux.

— Collin m'a surpris, commença Roy. Il n'a pas pleuré en nous voyant partir.

— Moi aussi, j'ai été étonnée.

À trois ans, il n'aimait pas être laissé par ses parents.

— C'est sans doute à cause de ma mère, dit-il en prenant une frite. La connaissant, je parie qu'elle lui a promis une glace pour le dîner.

— Elle adore les gâter.

— C'est le rôle des grands-mères et elle le prend très au sérieux.

Maggie regrettait que leur famille ne vive pas plus près d'eux. Depuis leur retraite, les parents de Roy passaient l'hiver en Arizona et sillonnaient le pays l'été à bord de leur camping-car. Ils s'étaient fixé pour but de visiter tous les parcs nationaux et ils étaient en bonne voie d'accomplir leur rêve. Quant à ses propres parents, ils habitaient en Californie.

— Comment se débrouille-t-il au foot ? demanda Roy.

— Vraiment bien. L'autre jour, il m'a demandé si tu allais l'entraîner lui aussi comme Jaxon.

Roy sourit pour la première fois de la journée. Il entraînait l'équipe de leur fils aîné depuis deux ans, et Collin avait du mal à accepter de rester sur la touche. Une fois, pendant un match, il n'avait pu se retenir et s'était précipité sur le terrain en pleine partie. Roy et l'arbitre avaient dû se mettre à deux pour le rattraper.

Maggie lui rappela l'incident et Roy secoua la tête en riant.

— Il va devenir un bon joueur.

— Je pense qu'il est peut-être plus porté sur l'exercice physique que Jaxon.

— C'est difficile à dire, mais ce que je sais, c'est que Jaxon met du cœur à jouer.

— Il met du cœur dans tout ce qu'il fait.

Leurs fils étaient une source permanente de bonheur. Maggie adorait être maman à plein-temps. Elle souffrait de voir Roy travailler autant. Il pouvait être absent jusqu'à quatorze heures par jour. Cependant, il ne changerait sûrement pas ses horaires même si elle travaillait à l'extérieur. Dernièrement… Non, elle ne s'autoriserait pas à y penser sinon elle allait devenir folle.

Roy était ambitieux. Maggie considérait comme son devoir de le soutenir et d'être à la maison pour les enfants, surtout lors de leurs jeunes années. Mais il lui arrivait de penser, surtout récemment, que Roy n'appréciait pas le rôle qu'elle tenait dans son foyer ou dans sa vie. Elle n'était pas payée, ne gérait pas l'emploi du temps de son mari, ne s'occupait pas de la paperasse. Simplement, elle veillait sur tout le reste pour que Roy puisse partir au bureau sans s'inquiéter de ce qui se passait à la maison.

Ils parlèrent à bâtons rompus des garçons tout en déjeunant. Maggie se surprit à rire, ce qui lui fit un bien fou. Elle pouvait presque oublier…

Roy se tut tout à coup.

— Tu te rends compte que nous n'avons parlé que de Jaxon et Collin ?

— Et de tes parents.

— Oui, mais seulement en rapport avec les enfants.

Il avait raison.

— De quoi voudrais-tu parler ? demanda-t-elle, perplexe.

À ses yeux, l'important était qu'ils communiquent. Ça n'était arrivé que trop rarement ces derniers mois.

— C'est une bonne chose, je suppose. Je les adore et je sais que toi aussi. Tu es une bonne mère, Maggie, une excellente mère. Nos fils ont de la chance de t'avoir.

Roy n'était pas homme à se fendre de compliments, aussi Maggie fut-elle profondément touchée.

— Merci, murmura-t-elle, la gorge nouée. Et tu es un père merveilleux.

Ce n'était ni une exagération, ni un renvoi d'ascenseur. Elle était sincère.

— Laissons les garçons de côté un instant, suggéra Roy. Tu voulais partir en week-end pour qu'on puisse travailler sur notre mariage, non ? Alors, parlons-en.

Son mari resta silencieux un long moment.

— Nous avons l'un et l'autre commis des erreurs.

Elle détourna les yeux et acquiesça.

— Je ne veux pas me concentrer sur le négatif. Au point où nous en sommes, ça ne servira à rien. Au lieu de nous critiquer, j'aimerais que l'on essaie de se soutenir.

Elle sourit.

— Bon. Nous sommes d'accord sur un point : nous aimons nos enfants. Mais ce week-end est pour nous, pour toi et moi. Interdiction de parler des garçons.

Ils échangèrent un sourire par-dessus la table. Maggie songea à mentionner le projet professionnel auquel Roy s'était consacré ces trois derniers mois. Malheureusement, ce sujet mènerait à d'autres, plus sensibles. Celui de Katherine pour commencer. Le seul fait de penser à cette femme la hérissait. Oui, le sujet de Katherine devait absolument être évité et, malheureusement, elle était liée au travail de Roy.

Celui-ci paraissait sur le point de dire quelque chose d'important mais se ravisa.

Ils restèrent silencieux pendant cinq bonnes minutes. Maggie baissa les yeux. Au fond ils étaient devenus de simples colocataires.

— Tu me parlais avant, murmura-t-elle, le cœur lourd.

— Oh ! Allons, Maggie, ne commence pas !

— Très bien, je ne dirai rien.

— C'est exactement ce que je redoutais : tu vas utiliser ce week-end pour me rappeler que je suis un mauvais mari et combien je t'ai déçue.

— Non… Ce n'est pas du tout mon intention.

— Très bien, je l'admets. Je suis un mauvais époux, mais le fait est que tu n'as pas été sensationnelle non plus.

Ses paroles la frappèrent en plein cœur, lui coupant la respiration.

Roy parut aussitôt chagriné.

— Ce n'est pas ce que je voulais dire.

— Je pense que si, murmura-t-elle, en prenant son sac.

Au même moment la sonnerie de son téléphone retentit de façon insistante.

Comme si le message était important, très important.

5

Ma conversation avec Peggy m'avait laissée mal à l'aise. À l'évidence, je lui avais donné une fausse impression. J'adorais mon mari et cela n'allait pas changer. Je songeai à sa lettre, celle qu'il avait demandé à un ami de m'apporter au cas où il lui arrivait malheur lors d'une mission. Je la gardais dans le tiroir de ma table de chevet. Je l'avais lue peu après avoir eu la confirmation absolue que Paul ne reviendrait pas. Sa dépouille avait été identifiée et rapatriée à Washington DC, puis enterrée au cimetière militaire d'Arlington. J'avais assisté à la cérémonie en juin et n'avais pas regardé la lettre depuis. Je n'avais tout simplement pas la force de relire ses derniers mots, ses derniers mots d'amour.

Parfois, j'aspirais désespérément à le sentir à nouveau près de moi… mais en vain. J'étais seule. Si seule.

Me forçant à me changer les idées, je m'attelai à des tâches que j'avais reportées jusque-là, celles du grand nettoyage de printemps. Ce jour-là, c'était au tour des placards de la cuisine.

— Tu as besoin d'un coup de main ?

Je me retournai. Mark était à l'entrée de la cuisine.

Perchée sur l'escabeau, j'hésitai. La première fois que Mark m'avait vue sur une échelle, il avait pratiquement fait une crise et nous nous étions violemment disputés à ce sujet. Heureusement, il ne nous avait pas fallu longtemps pour nous réconcilier. Depuis, il était moins autoritaire mais nous marchions toujours un peu sur des œufs l'un avec l'autre.

— Je m'attaque au grand ménage de printemps.

— On est en août, me rappela-t-il. Et il me semble que tu fais pas mal de ménage ces temps-ci.

— Oui, bon, je suis un peu en retard.

— Tu sais ce qu'on dit : mieux vaut tard que jamais.

Il jeta un coup d'œil à l'escabeau, visiblement tenté de dire un mot. Il prit une tasse et se dirigea vers la cafetière.

— Ça t'ennuie si je me sers ?

— Vas-y, je t'en prie.

— Tu veux que je t'en fasse un pendant que j'y suis ?

Apparemment, il avait quelque chose sur le cœur. Et s'il avait quelque chose sur le cœur, ça n'allait pas tarder à sortir.

Il prépara deux tasses et sortit avec la sienne, me laissant supposer que j'étais censée le suivre. Je le trouvai sur la terrasse attenante au salon, adossé à la rambarde.

— C'est un après-midi magnifique.

Son regard s'attarda sur les quais.

C'était souvent le cas en août. Le vert des arbres et le bleu cristallin de l'eau ne semblaient jamais aussi éclatants qu'à cette saison. Je n'avais pas beaucoup voyagé mais Paul m'avait affirmé qu'il n'existait pas de plus bel endroit que Puget Sound en plein été.

Je doutais fort que Mark soit venu pour me parler de la pluie et du beau temps ; cependant je le connaissais assez pour savoir qu'il n'aimait pas être bousculé. Il me dirait ce qui le taraudait quand il y serait prêt.

— Tes clients sont arrivés ?

— Tous sauf Peter O'Connell.

Mark pivota, les traits crispés.

— Peter O'Connell ? Pas le Peter O'Connell qui habite à Cedar Cove ?

— Si, justement. Il a téléphoné ce matin pour réserver.

Il plissa les yeux.

— Il a une maison en ville.

— Oui, je sais. Je crois qu'il fait faire des travaux de plomberie.

Mark grogna comme pour signifier qu'il n'en croyait pas un mot.

— Et tu veux dire qu'il n'a pas un seul ami dans cette ville qui soit prêt à l'héberger pour une nuit ? Pas même sa propre fille ?

— Je ne lui ai pas posé la question. D'ailleurs, je ne vais pas refuser un client.

— Dans ce cas précis, insista Mark, je crois que ce serait une bonne idée.

Je sentis l'irritation me gagner et pris une profonde inspiration.

— Mark, arrête, dis-je aussi calmement que possible. Tu dépasses les bornes.

— Quelles bornes ?

— Celles que je viens de fixer.

Mes oreilles commençaient à chauffer.

— C'est à moi de décider qui accepter comme client ou pas, dis-je en pesant chaque mot.

Il se tourna vers la baie et resta silencieux pendant quelques instants. La tension était palpable. Enfin, il soupira.

— Je ne fais pas confiance à cet homme, et si tu le connaissais mieux, tu ne lui ferais pas confiance non plus.

Je n'avais jamais entendu dire du mal de Peter O'Connell. Je foudroyai Mark du regard. Apparemment, il comprit le message, car il détourna les yeux.

— À ta place, je le ferais payer d'avance.

— Il te doit de l'argent ?

— Crois-moi sur parole, c'est tout, Jo Marie.

— Entendu, je le ferai, promis-je, mon agacement retombant aussi vite qu'il était venu. Tu avais autre chose à me dire ?

Il me considéra d'un air perplexe, comme si la raison de sa visite lui était sortie de la tête.

— Ah ! Oui. J'ai un devis pour le kiosque.

— Tu m'en as déjà donné un. Je te fais confiance pour le respecter.

Il haussa les épaules et déplia une feuille de sa poche.

— Tout est noté là-dessus. Le prix du bois a augmenté la semaine dernière, par conséquent j'ai dû revoir à la hausse le chiffre que je t'ai donné. Si tu voulais remettre la construction à plus tard, je comprendrais.

Je parcourus le devis. La somme qu'il m'avait indiquée précédemment avait été calculée de tête. Cette fois, il avait noté le prix des matériaux, ajouté le coût de sa main-d'œuvre et fait un tableau détaillé. À en juger par les apparences, il avait dû passer une bonne partie de la matinée à l'établir. Le total s'élevait à deux cents dollars de plus que prévu.

— Pas de problème.

— Tu veux que je commence, alors ?

— Oui.

Il sourit, l'air content d'avoir décroché le contrat. Pourtant, à l'entendre, il avait du travail par-dessus la tête, et c'était sans doute vrai.

— Tu as vu les petites annonces à la quincaillerie ? demandai-je.

Il me lança un regard étrange.

— Oui. Et alors ?

— Ils cherchent un vendeur expérimenté. Ce serait pile dans tes cordes.

Mark se rembrunit.

— Pourquoi irais-je travailler à la quincaillerie ?

La réponse aurait pourtant dû être évidente.

— Tu serais excellent, Mark. Tu sais tout faire. Tu pourrais aider des tas de gens.

Il secoua la tête, comme si l'idée même lui était insupportable.

— J'aide les gens en ce moment.

— Mais tu aurais un salaire régulier et des avantages…

— J'ai tous les avantages que je veux, merci.

— OK, OK, ne monte pas sur tes grands chevaux. C'était juste une idée.

— Une mauvaise idée.

Il fronçait les sourcils, visiblement insulté.

Une portière claqua sur le parking. Soit les Porter étaient rentrés de leur déjeuner, soit Peter O'Connell était arrivé. En dépit des apparences, j'avais pris au sérieux les propos de Mark.

Celui-ci fit le tour de la maison avec moi. C'était bien Peter. Aussitôt, le Mark Taylor taciturne et soupe au lait que je connaissais se métamorphosa du tout au tout. Il leva la main pour faire signe au nouveau venu.

— Peter ! Comment va, mon vieux ?

Je me tournai vers lui, interdite.

Mon client s'arrêta net, apparemment aussi étonné que moi. Il devait avoir entre quarante-cinq et cinquante ans, voire un peu plus. Ses cheveux étaient entièrement gris, mais il était plutôt séduisant. Je supposai qu'il vivait seul puisqu'il m'avait demandé une chambre simple.

Son regard alla de moi à Mark.

— Oh ! Salut, Mark. Écoute, si tu t'inquiètes pour ce que je te dois…

— Ne t'en fais pas pour ça, répondit ce dernier avec désinvolture.

Il me jeta un coup d'œil par-dessus l'épaule, comme pour me lancer un avertissement. Je n'étais pas tout à fait sûre de comprendre, mais à l'évidence il voulait que je me taise.

— Jo Marie me disait que tu fais faire des travaux ?

— De la plomberie. L'eau est coupée jusqu'à demain matin.

— Mieux vaut que ce soit la plomberie de ta maison que la tienne ! lança Mark dans un rire, trouvant apparemment sa plaisanterie hilarante.

Il se tourna vers moi.

— Je me demande s'il a payé sa facture d'eau, murmura-t-il.

— Comment veux-tu que je le sache ? marmonnai-je en retour.

Mark reporta son attention sur Peter.

— Écoute, mon vieux, inutile de payer une chambre d'hôtel. Tu peux coucher chez moi. J'ai de la place.

Peter hésita.

— Tu es sûr ?

— Pourquoi pas ? On est amis, non ?

— Oui… Mais je ne voudrais pas te déranger.

Son expression était sceptique, et franchement, je le comprenais.

— Pas du tout, répondit Mark, écartant son objection d'un geste. Ça me fait plaisir.

Peter hésitait toujours.

— Je suppose que ça ira, et ça m'économisera deux cents dollars.

J'étais loin de réclamer un tel tarif. J'ouvris la bouche pour le contredire mais me ravisai aussitôt.

— Ça ne t'ennuie pas, Jo Marie ? demanda Mark, glissant les yeux vers moi.

— Non, pas le moins du monde.

— C'est ton pick-up ? lança Peter en regardant par-dessus l'épaule de Mark.

— Oui. Vas-y. Je te suis.

Mark attendit qu'il soit hors de portée de voix, puis ne me laissa même pas le temps d'ouvrir la bouche.

— Tu pourras te fâcher contre moi plus tard. Et pour ce qui est de l'argent que tu perds, tu n'as qu'à le déduire de mon devis pour le kiosque.

— Pourquoi fais-tu cela ?

J'étais perplexe. Il était clair qu'il n'aimait pas Peter O'Connell. Et voilà qu'il l'invitait à passer la nuit chez lui !

Mark ne paraissait pas particulièrement content.

— Va savoir.

Il secoua la tête et s'éloigna, me laissant douter de son bon sens.

Je regagnai la cuisine. Ellie Reynolds était assise, l'air un peu désœuvré.

— Oh ! Ça va ? Puis-je faire quelque chose pour vous ?

— Non, merci. J'ai passé presque tout l'après-midi à penser à Tom.

— Vous êtes nerveuse ?

Elle haussa les épaules.

— Nous ne sommes jamais rencontrés vous savez.

— Et vous avez fait un long chemin pour lui, observai-je, ne faisant pas uniquement allusion à la distance.

— Il n'a pas le droit d'avoir son téléphone sur lui au chantier et il ne termine pas avant deux bonnes heures. Je suis allée faire une promenade et j'ai déjeuné mais maintenant je suis tellement stressée que je ne sais plus quoi faire… Je vois que vous nettoyez les placards, reprit-elle en désignant les verres alignés sur le plan de travail et le rouleau de papier destiné à décorer les étagères. Cela vous ennuierait si je vous aide ? C'est mon métier, vous savez.

— Vous êtes gouvernante ? demandai-je, légèrement interloquée.

— Non, je suis *home organiser*. Les gens font appel à moi pour ranger leur sous-sol, leur garage ou leur maison entière. Je suis douée pour ce genre de choses. Ça m'a toujours plu.

— Et vous avez rangé des cuisines ?

À vrai dire, j'avais sûrement besoin d'aide, mais j'aurais eu des scrupules à solliciter les conseils d'une professionnelle sans la payer.

— Oh ! Oui. Des dizaines.

— Je serais heureuse de vous rémunérer.

— Ne dites pas de bêtises ! Vous me rendez service au contraire. Si je ne fais rien, je vais devenir folle.

Sans attendre mon avis, elle jaugea le placard où je rangeais les verres. Je lus dans ses pensées.

— Je les mets là parce qu'ils sont près de la salle du petit-déjeuner.

— C'est logique, mais je suppose que vous les emportez sur un plateau, non ? Alors pourquoi ne pas les mettre dans le placard au-dessus du lave-vaisselle ?

Je regardai de l'autre côté de la pièce. C'était une évidence, j'aurais dû y penser toute seule.

Pendant une heure, Ellie changea vaisselle et ustensiles de place suivant une méthode qui ne me serait jamais venue à l'esprit. Elle était douée, très douée.

Nous étions si absorbées par notre discussion qu'elle faillit ne pas entendre son téléphone sonner. Quand elle le sortit de sa poche, un grand sourire illumina son visage.

— C'est Tom.

Sa joie me rappela celle que j'éprouvais quand Paul m'appelait depuis l'autre bout du monde. Ce sentiment d'être liée à quelqu'un, aimée. J'étais heureuse de le vivre à nouveau à travers elle.

6

Dans sa chambre, Ellie pressait le combiné si fort qu'elle en avait mal à l'oreille.

— Bonsoir, dit Tom d'un ton excité. Tu as fait bon voyage ?

— Oui. Je suis à la Villa Rose.

— Tout s'est bien passé ?

Il ne parlait pas que du vol, devina-t-elle.

— Pas de problème, dit-elle, passant sous silence ses difficultés avec sa mère.

— Je sais que ta mère était vraiment opposée à ce que tu viennes.

— Elle ne régente pas ma vie.

Même si ce n'était pas faute d'essayer.

— J'étais sérieux quand je t'ai proposé de lui parler, tu sais.

— Non, répondit-elle catégoriquement.

L'expérience lui avait appris que rien de ce que Tom aurait pu faire ou dire n'aurait apaisé les inquiétudes de Virginia Reynolds. Par le passé, sa mère avait trop souvent gâché des relations prometteuses. Et elle s'en voulait de s'être laissé faire. Eh bien, pas cette fois. Pas avec Tom.

— J'ai hâte de te voir, avoua Tom tout bas.

— Moi aussi, répondit-elle dans un petit rire nerveux.

— Si ça ne t'ennuie pas, j'aimerais faire un saut chez moi avant de venir te chercher. J'ai réservé une table chez *DD*, sur la baie. Nous pouvons y aller à pied depuis la Villa Rose, mais je prendrai la voiture au cas où l'on voudrait faire un tour après dîner.

— C'est parfait. Je suis descendue me promener sur les quais cet après-midi.

Après avoir été enfermée dans un avion puis dans un bus, Ellie avait eu besoin de se dégourdir les jambes. Sa promenade l'avait aidée à évacuer une partie de sa nervosité.

— Je serai là à l'heure prévue, à un quart d'heure près.

— Pas de problème. Je ne bouge pas.

Son excitation ne faisait que croître à la perspective de le rencontrer enfin. C'était le jour de Noël multiplié par dix.

— Tu es nerveux ? demanda-t-elle, décelant une pointe de tension dans sa voix.

— Très.

— Moi aussi.

— Je ne veux pas te décevoir.

— C'est ma plus grande crainte à moi aussi.

— Tu ne pourrais pas… C'est impossible. Tu es magnifique… au-dedans comme au-dehors. Jamais je n'aurais espéré trouver une femme comme toi !

Il lui donnait l'impression d'être aimée. Pourtant, il ne débitait pas ses compliments avec l'aisance de qui les a déjà répétés cent fois. Lui aussi appréhendait cette première rencontre et cela la rassurait.

— Promets-moi une chose, murmura-t-il.

— Je le ferai si je peux.

— Que quoi qu'il arrive ce week-end, tu…

Il s'interrompit, comme s'il ne savait pas très bien comment continuer.

— Oui ? l'encouragea-t-elle.

Il marqua une nouvelle pause.

— Il faut que j'y aille. Les appels personnels sont mal vus et mon chef me jette des regards noirs. Je serai à la maison d'hôtes le plus tôt possible.

— Je t'attendrai. Ne t'inquiète pas, Tom. Tout ira bien.

— Je l'espère. À tout à l'heure.

Elle remit son téléphone dans son sac et exhala. En dépit de ses efforts, il semblait penser qu'il allait la décevoir, et c'était impossible. Impossible.

Puisque Tom allait se mettre sur son trente-et-un, elle décida de faire de même. Elle redescendit les marches. La femme qu'elle avait rencontrée dans le bus avait mentionné que sa fille tenait un salon de coiffure dans la rue principale de Cedar Cove. Cela lui avait donné une idée… Elle avait fait un premier pas vers l'indépendance… et cela lui donnait la force d'en faire un autre puis un autre. Son cœur battait la chamade. C'était exaltant.

Jo Marie s'affairait dans la cuisine, impatiente de mettre à exécution les conseils qu'elle lui avait donnés.

— Je vais sortir un moment.

— Vous allez retrouver Tom ?

— Pas encore. Il est toujours au travail. Je me suis dit que j'irais dans Harbor Street. Il y a un salon de coiffure… La dame que j'ai rencontrée dans le bus m'a indiqué que c'était sa fille qui le tenait.

— Marilyn ?

— Oui, c'est ça.

— Elle est fantastique. Le salon est en face de la boulangerie, à côté du bureau des Anciens Combattants. Vous ne pouvez pas le rater.

— Puis-je tenter ma chance sans rendez-vous ?

Jo Marie se mordilla la lèvre.

— J'ai toujours appelé d'abord mais je pense que c'est possible.

Ellie sortit et redescendit la côte qu'elle avait empruntée peu après son arrivée. Un peu plus tôt, elle avait traversé Harbor Street pour se diriger droit vers les quais. Elle avait exploré le jardin public et flâné sur le port de plaisance, admirant les jardinières fleuries qui agrémentaient les trottoirs.

Cette fois-ci, elle tourna à gauche et suivit la rue. Elle trouva le salon de Marilyn sans difficulté. L'endroit était animé et tous les fauteuils semblaient occupés. Vu l'affluence, il était peu probable que Marilyn puisse la prendre, mais la réceptionniste leva les yeux vers elle.

— Puis-je vous aider ? s'enquit-elle, avec un sourire accueillant.

— Je viens d'arriver en ville… et je me demandais si par hasard vous auriez de la place cet après-midi.

— Coupe ou brushing ?

— À vrai dire, je ne sais pas trop.

Ellie porta la main à ses cheveux, les tirant en avant comme si les boucles épaisses pouvaient lui apporter la réponse.

— J'ai la même coiffure depuis l'école primaire. J'aimerais changer de style.

La femme consulta l'écran de son ordinateur en mâchonnant son crayon.

— Marilyn serait la meilleure personne pour le faire, mais je sais qu'elle a un emploi du temps assez chargé. Elle voulait partir un peu plus tôt que d'habitude.

— Sa mère vient d'arriver. Elle a sans doute hâte de la voir.

La réceptionniste la fixa, surprise.

— J'ai fait la connaissance de Martha dans la navette de l'aéroport. C'est elle qui m'a parlé du salon.

— Vous connaissez Martha ?

— Pas vraiment, précisa Ellie, ne voulant pas l'induire en erreur. Elle était assise à côté de moi, c'est tout.

La réceptionniste se leva.

— Laissez-moi parler à Marilyn. Je reviens tout de suite.

Elle s'approcha d'un des fauteuils et s'adressa à une jeune femme brune qui, équipée de gants en caoutchouc, s'apprêtait à appliquer une teinture.

Ellie ne pouvait entendre leur conversation, mais la coiffeuse tourna la tête dans sa direction, puis dit quelque chose à la réceptionniste. Celle-ci acquiesça et revint.

— Elle va vous prendre.

— Vraiment ? s'écria Ellie, ravie.

— Il faut d'abord qu'elle termine la couleur de Madame Weaver et...

— Oh, je vais patienter. Cela ne me gêne pas du tout, coupa Ellie.

Elle s'installa dans la salle d'attente et se mit à feuilleter un magazine. Elle venait d'en ouvrir un second quand la réceptionniste réapparut.

— Marilyn est prête.

Toute menue, Marilyn avait les cheveux châtains ponctués de mèches plus claires et de très beaux yeux gris acier.

— Vous devez être Ellie, dit-elle attrapant un tablier. Ma mère m'a parlé de vous.

— Vraiment ? s'écria Ellie, interloquée.

— Je l'ai appelée tout à l'heure pour vérifier que tout allait bien. Mon fils Cameron était enchanté d'aller la chercher, et je voulais m'assurer qu'il ne lui avait pas donné la peur de sa vie. Il vient d'avoir le permis, ajouta-t-elle. Ma mère m'a parlé de votre conversation.

— J'ai apprécié ses conseils. Elle est très gentille et pleine de sagesse.

Marilyn sourit.

— Je suis d'accord avec vous. J'espérais partir un peu plus tôt aujourd'hui, mais quand je lui dirai que mon retard est lié à vous elle comprendra.

— C'est elle qui a mentionné votre salon. Elle a parlé de vous avec beaucoup de fierté.

Amusée, Marilyn secoua la tête.

— C'est bien elle. À l'entendre, on croirait que je suis la meilleure coiffeuse au monde.

Elle noua une serviette autour du cou d'Ellie et passa une main dans ses cheveux.

— Vos cheveux sont très épais, constata-t-elle d'un air satisfait. Monica me dit que vous voudriez changer un peu. Vous seriez superbe avec un bob.

— J'aime bien ce style… mais je ne sais pas si cela m'irait.

Marilyn recula d'un pas.

— L'avantage des cheveux, c'est qu'ils repoussent. Si la coupe ne vous plaît pas, patientez quelques semaines. Mais je suis sûre que vous allez adorer.

Sur quoi elle la guida vers un lavabo.

Quarante minutes plus tard, Ellie contemplait son reflet dans la glace, sidérée. Une coupe de cheveux pouvait faire tellement de différence !

— Qu'est-ce que je vous disais ? s'extasia Marilyn. Vous êtes une autre femme !

— C'est exactement mon impression.

— Et c'est une coupe facile à entretenir, assura Marilyn.

Ellie régla, laissa un généreux pourboire à son intention.

— Ma mère m'a dit que vous étiez une jeune femme remarquable et elle avait raison, déclara Marilyn en la raccompagnant. Bonne chance avec votre ami.

— Merci. Je suis optimiste.

— Dans la vie, tout finit par s'arranger, affirma la coiffeuse en lui pressant doucement l'épaule.

Sur le chemin du retour, Ellie se surprit à fredonner un air qu'elle avait entendu à la radio. Elle ne se souvenait plus des paroles, mais la musique lui était restée en tête. Sa vie était devenue une chanson. Tom avait cet effet-là sur elle. Il semblait à peine possible qu'elle éprouve des sentiments aussi forts pour un homme qu'elle n'avait encore jamais vu !

Cependant, elle connaissait Tom. Ils avaient beau ne s'être jamais rencontrés, c'était comme si elle le connaissait depuis toujours. Il ne l'avait jamais embrassée, mais elle aurait juré savoir ce qu'elle éprouverait en sentant ses bras autour d'elle, le goût de ses lèvres sur les siennes.

Oups, elle allait trop vite en besogne. Beaucoup trop vite.

Jo Marie était toujours dans la cuisine. L'espace d'une seconde, elle la fixa, ébahie. Ellie passa la main dans ses cheveux.

— Vous aimez ?

— Vous êtes superbe !

Elle grimpa les marches, des papillons à l'estomac. Cette soirée serait-elle la plus romantique de sa vie ?

Tom était différent. Elle l'avait senti dès l'instant où ils avaient commencé à discuter en ligne. Une chose était sûre : elle n'allait pas laisser sa mère ruiner leur relation.

La brève conversation qu'elle avait eue avec Tom lui était restée à l'esprit. Il avait voulu dire quelque chose, exiger d'elle une promesse, mais il s'était ravisé. Enfin, il n'y avait pas de quoi s'inquiéter. Elle n'allait pas tarder à le savoir.

7

Après le déjeuner, Maggie et Roy décidèrent de faire une promenade le long de Harbor Street.

En quittant la Villa Rose un peu plus tôt, elle avait remarqué plusieurs magasins d'antiquités dans la rue principale et elle était curieuse d'y jeter un coup d'œil.

— Ça ne t'ennuie pas ? demanda-t-elle à son mari.

— Pas du tout. Qui sait ? Nous allons peut-être dénicher des bocaux d'une valeur inestimable ou un tricot à moitié fini.

Maggie le regarda de biais pour s'assurer qu'il plaisantait et, voyant son sourire, le lui rendit. En temps ordinaire, il détestait le shopping et sa bonne volonté lui prouvait qu'il faisait de son mieux pour retrouver ce qu'ils avaient perdu.

— J'ai un faible pour les vieux boutons.

— Les boutons ?

— Il y en a qui sont magnifiques. Surtout ceux en nacre.

— Quand j'étais petit, je collectionnais les cartes de base-ball, dit-il d'un air songeur. Si je les avais gardées, elles vaudraient sans doute une fortune aujourd'hui.

— Qu'en as-tu fait ?

Il haussa les épaules.

— Je ne m'en souviens pas. J'en ai échangé quelques-unes quand j'avais douze ou treize ans et j'ai gardé le reste dans une vieille boîte à cigares que mon grand-père m'avait donnée.

Comme ils descendaient la colline, Roy lui prit fermement la main. Ce geste tout simple fit à Maggie l'effet d'un baume sur une plaie à vif.

Encore maintenant, elle n'aurait su dire comment leur mariage avait pu prendre une si mauvaise tournure alors qu'ils s'aimaient toujours. Au cours du déjeuner, elle avait compris le fossé qui les séparait.

En fin de compte, Roy avait évoqué son travail. Il l'accaparait tant ! Elle avait remarqué qu'il prenait soin d'éviter de faire toute allusion à Katherine. Celle-ci, un ancien amour de jeunesse, travaillait pour un des fournisseurs de l'entreprise. C'était ainsi que Roy et elle s'étaient retrouvés *via* Facebook et qu'ils étaient devenus « amis ».

Elle coupa court à ces réflexions, refusant de s'attarder sur ce sujet. Roy avait mis fin à cette relation, et elle devait réapprendre à lui faire confiance… tout comme il devait réapprendre à lui faire confiance.

Son mari n'avait pas été infidèle, du moins pas physiquement. Mais Katherine et Roy avaient échangé des textos, communiqué chaque jour, se retrouvant pour boire un verre, s'envoyant des e-mails sexuellement explicites. C'était la découverte de ces messages qui avait mis Maggie hors d'elle. Le plus douloureux suggérait qu'elle était frigide. Le seul fait d'y penser lui donnait un haut-le-cœur.

Elle ne pouvait s'autoriser à s'apitoyer sur son sort, à songer aux soirs où elle était allée se coucher seule parce que son mari était occupé à travailler. Il prétendait ne pas avoir le temps de lui parler, mais il avait passé des heures à flirter avec une autre. Si la relation n'avait pas été consommée, il était clair pour Maggie qu'elle s'en approchait. Bien trop clair.

L'acide lui brûlait l'estomac.

— J'ai besoin d'acheter un médicament pour la digestion, dit-elle, avisant un drugstore au coin de la rue. Le poisson était sans doute un peu trop gras.

Pendant qu'elle choisissait ses comprimés, Roy s'approcha d'un présentoir et en sortit un thriller écrit par un de ses auteurs favoris.

— Il y a une éternité que je n'ai pas lu un bon bouquin. J'ai commencé celui que j'ai apporté depuis des mois et j'ai oublié l'intrigue.

Maggie se disait exactement la même chose. Elle ne se souvenait pas de la dernière fois où elle l'avait vu lire ou s'adonner à une activité qui ne soit pas liée à son travail.

— C'est peut-être en partie ça, le problème, tu ne penses pas ?

Il fronça les sourcils, l'air perplexe.

— Quoi ? De ne plus lire ?

— De ne pas prendre de temps pour nous.

Elle était aussi coupable que lui. C'était difficile avec deux jeunes garçons dont il fallait constamment s'occuper.

— Tu fais du patchwork.

— Ça m'aide à ne pas perdre la tête.

Elle avait parlé à Roy de son intérêt pour le patchwork au cours du déjeuner. Le sujet ne l'intéressait sûrement pas, mais il avait écouté poliment et suggéré de lui offrir une machine à coudre pour Noël. Au moins devait-il penser que leur mariage survivrait jusque-là.

En général, elle avait une heure de liberté chaque après-midi pendant la sieste des enfants, mais Jaxon commençait à rechigner. D'ici un mois, il entrerait à l'école maternelle. En théorie, Maggie espérait trouver un emploi à mi-temps dès qu'ils seraient scolarisés à plein-temps. Elle avait beau s'épanouir dans son rôle de mère et d'épouse, elle éprouvait aussi le besoin de sortir, de voir des gens et de cultiver ses propres centres d'intérêt.

Ce week-end était pour eux l'occasion de réparer les pots cassés, de reconstruire leur relation, et non de ressasser piques et malentendus.

Elle régla leurs achats, puis s'empressa d'avaler deux comprimés.

En sortant, Roy désigna une devanture un peu plus bas.

Un brocanteur. C'était exactement le genre de magasins qu'elle adorait découvrir. La vitrine exposait de la vaisselle en verre bleuté datant des années trente, sans doute beaucoup plus chère que ce qu'elle n'était prête à payer.

— Regarde cette boîte *Star Wars*, s'écria Roy en lui montrant un autre présentoir. J'avais exactement la même à l'école.

— Dans ce cas, on ne peut pas vraiment classer ça comme une antiquité, si ? plaisanta-t-elle.

Il secoua la tête.

— Tu as raison. Je suis beaucoup trop jeune pour qu'on me considère comme une antiquité.

— Beaucoup trop, renchérit-elle, réprimant l'envie de lui pincer la joue. Tu as un visage de bébé.

Il la récompensa d'un sourire.

— Et on ne te donnerait même pas trente ans.

— Je n'en ai que trente-trois, lui fit-elle remarquer.

— Ah bon ? Je pensais que tu en avais encore trente et un.

— Le temps passe vite quand on s'amuse.

— C'est ce que j'ai entendu dire.

Toute trace d'humour avait déserté son visage et il tourna la tête. Oh ! Oui, elle s'était amusée, et elle avait disparu pendant près de vingt heures. Œil pour œil, dent pour dent.

Apparemment, son mari aussi se raccrochait à de vieilles rancœurs. Peut-être était-ce inévitable, compte tenu de l'orage qui avait traversé leur union. D'abord Roy. Elle ensuite. Ces faux pas avaient le potentiel de les détruire s'ils les laissaient faire. Ni l'un ni l'autre ne voulait divorcer, ne fût-ce que pour le bien des enfants. La solution se trouvait dans leur capacité à pardonner. Y parviendraient-ils ?

Roy lui tint la porte. Ils faisaient des efforts, chacun à sa manière. Beaucoup d'efforts. Sûrement trop. Peut-être ne réussiraient-ils jamais à retrouver ce qu'ils avaient perdu.

Il régnait dans la boutique une odeur de renfermé qui lui rappela celle des livres anciens, mais ce n'était pas déplaisant. Ils flânèrent dans les rayons et, mis à part une femme derrière le comptoir, il n'y avait personne d'autre dans le magasin.

— N'hésitez pas à regarder, dit la vendeuse. Si vous avez besoin d'aide, je suis là.

Maggie lui demanda si elle avait de vieux boutons, et la femme lui montra une étagère contre le mur du fond. Roy la suivit, l'air de s'ennuyer, les mains dans les poches.

Maggie lui indiqua un fauteuil tout près.

— J'en ai peut-être pour un moment. Assieds-toi si tu veux.

— Tu n'as pas besoin de me materner, Maggie.

Elle le regarda, surprise.

— Si je sais que tu t'ennuies, je vais me sentir bousculée.

— Ne t'inquiète pas pour moi, d'accord ?

Il pouvait être très susceptible par moments. Bien décidée à garder sa bonne humeur, elle se mit à trier les boutons un à un.

Roy fit un petit tour, puis s'assit et sortit son téléphone.

Maggie se figea. S'il envoyait un texto à Katherine, elle partirait sur-le-champ, et sans un regard en arrière.

Roy dut lire dans ses pensées car il leva la tête.

— Je vérifie juste mes mails pour voir si tout va bien sur le chantier.

Elle se contenta d'acquiescer, redoutant d'entendre sa voix trembler.

Dix minutes plus tard, il n'avait toujours pas terminé. Pour une fois, une seule fois, ne pouvait-il laisser son travail derrière lui ?

Il se leva.

— Il faut que je passe un coup de fil.

— Maintenant ? osa-t-elle. On est en week-end, tu te souviens ?

— Toi, peut-être, mais il faut que je m'occupe de ça.

— Roy, tu m'as promis…

— Maggie, écoute, je suis désolé, mais le contremaître du service électrique a un problème et tout le chantier est sur le point de s'arrêter. Le temps, c'est de l'argent, et nous n'avons pas les moyens de laisser ça arriver, pas alors que je peux l'en empêcher.

— Je…

Il n'avait pas entièrement tort.

— Je sais que tu es déçue, mais ça ne prendra pas plus de quelques minutes, je te le promets.

— OK.

Il pressa une touche sur son portable et étouffa un juron.

— Il n'y a pas assez de réseau ici.

La vendeuse, qui, avait apparemment entendu leur conversation, intervint.

— Si vous sortez sur le quai, vous ne devriez pas avoir de problème.

— Merci à vous.

Bien que contrariée, Maggie ne voulait pas se montrer puérile. Ils avaient déjà passé plus de temps ensemble au cours des dernières vingt-quatre heures que durant toute l'année passée. Cela seul en disait long sur l'état de leur relation.

Il y avait eu une époque où ils faisaient l'amour trois ou quatre fois par semaine. À présent, c'était une fois tous les quinze jours, et encore. Maggie ne voulait pas se plaindre ni harceler son mari. Pour être juste, elle était aussi négligente que lui à cet égard. Le problème, supposait-elle, était leur incapacité à se synchroniser. Quand elle était disposée, Roy rentrait tard ou était épuisé. Et c'était pareil pour elle. Ni l'un ni l'autre n'en faisait une histoire, ce qui, malheureusement, en disait long aussi.

Au bout de quelques minutes, Roy n'étant pas de retour, elle régla ses achats et quitta la boutique. Son mari faisait les cent pas sur le trottoir le long du port, absorbé par sa conversation. Il ne parut même pas remarquer qu'elle s'approchait. Il ne parut pas remarquer sa présence du tout.

Roy la vit enfin et lui fit signe. En s'approchant, elle l'entendit parler au chef de projet. Il mit enfin fin à la communication et rangea son téléphone.

— On dirait que le problème est réglé.

— Bien.

— As-tu trouvé des boutons comme tu voulais ?

— Oui, répondit-elle en montrant le sachet.

— Va-t-il falloir qu'on fasse un emprunt ? plaisanta-t-il.

— Dix dollars ne devraient pas être trop difficiles à rembourser.

Il sourit et l'attira près de lui.

— Je me disais qu'on pourrait peut-être emmener les garçons à Disneyland, reprit-elle d'un ton désinvolte.

Roy réfléchit un instant.

— Ils ne sont pas un peu jeunes ?

— Peut-être, mais ce serait une excursion en famille.

Elle avait dit cela délibérément, afin qu'il comprenne qu'elle se tournait vers l'avenir, vers leur avenir en tant que couple.

— Si on prévoit les dates suffisamment à l'avance, ce sera plus facile pour toi de t'absenter.

Sur le point d'ajouter que les garçons avaient besoin de passer du temps avec eux, elle se mordit la lèvre et se tut ; ils avaient surtout besoin de sentir que leurs parents s'aimaient.

— Disneyland, répéta-t-il lentement, comme si l'idée faisait son chemin. Nous pourrions y aller à Noël.

— Génial.

Elle était enthousiaste à présent, et Roy semblait l'être aussi.

— Je verrai ce que je peux trouver sur Internet.

— Oui, parfait.

Il se pencha et lui déposa un baiser dans les cheveux. Il y avait une éternité qu'il n'avait pas eu de geste aussi romantique.

Maggie contempla les quais et le port de plaisance. Tout était ravissant. Cedar Cove était vraiment une ville charmante. Elle s'apprêtait à faire part de ses réflexions à Roy quand elle fut soudainement prise de nausée.

— Qu'y a-t-il ? demanda-t-il, sentant aussitôt que quelque chose n'allait pas.

— Je ne sais pas.

Elle pressa la main sur son estomac.

— J'ai mal au cœur tout d'un coup.

— Tu crois que c'est le *fish and chips* ?

— Je ne sais pas, répéta Maggie. Il était pourtant délicieux. Tu ne te sens pas malade, si ?

— Non. Pas du tout. Bon sang, Maggie, tu es toute pâle.

— Nous avons mangé presque la même chose, alors je doute qu'il y ait un rapport avec le déjeuner.

Elle fut prise d'un nouveau haut-le-cœur, et porta les mains à son ventre, réprimant l'envie de vomir.

— On devrait peut-être retourner à la villa ?

— Oui, je pense qu'il vaut mieux.

La tenant blottie contre lui, Roy la ramena à la maison d'hôtes. Maggie avait espéré que la marche et l'air frais lui feraient du bien, mais elle se sentait en fait de plus en plus mal. Quand ils arrivèrent enfin, la sueur perlait sur son front et elle avait les mains moites.

Rover lâcha un bref aboiement à leur entrée, et Jo Marie sortit de la cuisine.

— Maggie est malade, expliqua Roy.

— Puis-je faire quoi que ce soit ? demanda aussitôt leur hôtesse.

Maggie secoua la tête.

— Non, merci.

Dans l'immédiat, elle avait surtout besoin de regagner leur chambre au plus vite. Roy le lut dans son regard et se hâta de la conduire au premier étage. Dès la porte ouverte, Maggie se précipita dans la salle de bains, et vomit tout son soûl.

Roy attendait sur le pas de la porte. Quand elle eut terminé, il la guida tendrement vers le lit.

— Oh ! Roy, pourvu que je n'aie pas la grippe. Ce serait affreux.

— Ne t'inquiète pas, ma chérie.

Il la recouvrit d'un plaid et déposa un tendre baiser sur son front.

— Ferme les yeux et repose-toi. Tu te sentiras mieux quand tu te réveilleras.

— Qu'est-ce que tu vas faire ? demanda-t-elle, accablée.

Oh ! Pourquoi fallait-il qu'elle soit malade ce jour-là ? Celui-là particulièrement ? Pourquoi ?

— J'ai un roman à lire, souviens-toi. Je vais m'installer dans le fauteuil et bouquiner.

Soudain, Maggie sentit une immense fatigue l'envahir.

On frappa doucement à la porte. Jo Marie venait prendre des nouvelles.

— Tout va bien, affirma Roy tout bas. Maggie va se reposer.

C'était Roy, son mari, le père de ses enfants, l'homme qu'elle aimait de tout son cœur. Ses yeux se fermèrent et elle se souvint de la première fois qu'elle l'avait vu, sur le campus. Ils étaient jeunes, débordaient d'idées et d'idéaux. Ils rêvaient de changer le monde.

Tant de choses avaient changé… Tant de choses.

8

Les Porter formaient un très beau couple. Au premier abord, leur relation m'avait parue tendue mais ils semblaient mieux s'entendre maintenant. C'était sans doute un petit malentendu qui avait pris des proportions démesurées et qui s'était dissipé depuis.

Mon rendez-vous avec Peggy m'avait déçue. J'avais vraiment espéré que Bob et elle pourraient m'en apprendre davantage sur Mark.

Cela m'agaçait qu'il soit si secret. Je croyais que nous étions amis, et les amis devraient être ouverts entre eux, non ? Eh bien, Mark n'était pas de cet avis. Oh, non. Il barricadait sa vie comme une chambre forte.

Peut-être pourrais-je le soudoyer avec des cookies au beurre de cacahuètes ?

— Qu'en dis-tu, Rover ? Devrais-je confectionner une fournée de cookies et les cacher jusqu'à ce qu'il daigne répondre à mes questions ?

Mon fidèle compagnon me fixa en dodelinant de la tête, l'air de dire que j'avais plus ou moins essayé cette tactique plus tôt dans la journée.

— C'est vrai.

Il remit son museau sur ses pattes, sans pour autant me quitter des yeux.

— Eh bien, il y a d'autres moyens de découvrir ce que je veux savoir, dis-je toujours à voix haute, de plus en plus irritée.

Plus résolue que jamais, je tapai le nom de Mark Taylor sur Google. En l'espace de quelques secondes, j'obtins ce que je cherchais... en quelque sorte. Des renseignements concernant les 211 hommes appelés Mark Taylor dans tout le pays, depuis Nome en Alaska jusqu'à Key West en Floride. *Génial.*

Ce qu'il me fallait, c'était son deuxième prénom et sa date de naissance, sans quoi je passerais un temps infini à éplucher la liste. Et au fond, cela en valait-il la peine ? Là était la question. Je pouvais toujours retourner à mon grand ménage de printemps. Cela faisait par exemple un certain temps que j'avais envie d'aller explorer le grenier.

Une portière claqua. Aussitôt Rover sauta sur ses pattes. Redoutant qu'il n'aboie et ne réveille Maggie Porter, je me hâtai vers la porte. À ma grande surprise, le pick-up de Mark était garé devant la maison, l'arrière chargé de bois.

Cet homme ne cesserait jamais de me surprendre. Il lui avait fallu des semaines pour commencer à travailler sur la roseraie. *Des semaines.* Pour le kiosque, je ne lui avais donné mon accord que le matin même et voilà qu'il était déjà en train de décharger son matériel.

Il déposa une pièce de charpente sur la pelouse, se retourna et nous vit, Rover et moi, immobiles sur le seuil. Il hésita.

— Pourquoi fais-tu cette tête ?

— Quelle tête ?

— Celle que tu fais en ce moment.

Je ne savais pas qu'il pouvait lire en moi aussi facilement.

— Je suis surprise, c'est tout.

— Pourquoi ? demanda-t-il en retirant ses gants.

— Tu commences le kiosque ?

Il plissa les yeux.

— Je pensais que c'était ce que tu voulais.

Il faisait exprès de se montrer obtus.

— À propos, comment va Peter O'Connell ?

— Je ne sais pas et je m'en moque.

Il ne s'expliqua pas, et bien que curieuse de savoir ce qui était arrivé à ce dernier, j'avais d'autres questions plus pressantes à lui poser.

— Tu veux que je revienne plus tard ?

— Non, non, vas-y.

Il remit ses gants puis leva les yeux au ciel comme s'il me trouvait impossible.

— J'ai l'impression que tu te plains que je me mette au travail. La dernière fois, tu te plaignais que je tarde à commencer.

— Je ne me plains pas, rétorquai-je, plus fort que je n'en avais eu l'intention.

— Les femmes, lâcha-t-il assez clairement pour que je l'entende.

Il retourna à son pick-up et prit une autre solive qu'il déposa à côté de la première. Rover descendit les marches et vint s'allonger entre nous deux, les pattes écartées, savourant l'herbe fraîche.

— C'est quand ton anniversaire ? demandai-je.

— Quoi, mon anniversaire ? répondit-il d'un ton bourru.

Il entama son troisième voyage, un autre morceau de bois en équilibre sur l'épaule.

— Tu en as un, non ?

— La plupart des gens en ont un.

— Le mien est en février.

Il secoua la tête l'air de dire que cela lui importait guère.

— Tu veux que je te fasse un cadeau ?

Il avait vraiment le don de déformer tout ce qu'on lui disait et je commençais à perdre patience. Les mains sur les hanches, il me foudroya du regard comme si je lui avais demandé son casier judiciaire.

— Pourquoi veux-tu le savoir ?

Question délicate. Je n'allais sûrement pas admettre que je cherchais des renseignements à son sujet sur Internet.

— Je ne sais pas… peut-être pour organiser une fête.

— Très drôle.

— J'inviterais Bob et Peggy et…

— Tu ne vas pas organiser de fête et tu le sais aussi bien que moi.

Il transpirait à présent. Porter tout ce bois était un travail pénible par cette chaleur. Il marqua une pause et s'épongea le front d'un revers de la main, faisant retomber une mèche brune sur son front.

— Tu devrais te couper les cheveux.

Il me lança un regard glacial.

— On est mariés ?

— Pas vraiment.

— Tu es ma mère ?

— Non. OK, très bien. Excuse-moi.

Quelle mouche m'avait piquée ? C'était comme si je faisais tout pour provoquer une dispute.

— Tu me tapes sur les nerfs, Jo Marie.

Je m'en rendais compte. Voyant que je m'y étais mal prise, je rentrai à la maison et lui préparai un thé glacé.

— Tiens. C'est le calumet de la paix.

Il hésita, fixant la tasse pendant cinq bonnes secondes avant de daigner la prendre. Pour faire la conversation, je l'avertis que Maggie Porter ne se sentait pas bien.

— Dommage. C'est la grippe ?

— Je ne sais pas. J'espère que non, pour eux deux.

Je lui versai du thé à nouveau et l'accompagnai. Nous nous assîmes sur la marche supérieure de la galerie, Rover toujours entre nous.

Chacun était perdu dans ses pensées. Les miennes allèrent droit à Paul, comme souvent. Je m'efforçais de me concentrer sur les bons moments que nous avions passés ensemble. Jamais je n'avais autant ri qu'avec lui.

Je vis que Mark m'observait, le front soucieux.

— Ça va ?

Je haussai les épaules et lâchai la première chose qui me vint à l'esprit, et qui, avec le recul, n'avait aucun sens.

— Le T-shirt de Paul a perdu son odeur.

— Pardon ?

— Rien, retirai-je, atterrée.

Il fronça les sourcils.

— Alors, c'est ça.

Je n'avais jamais été aussi gênée.

Plus tôt dans la journée, me sentant d'humeur morose, j'étais allée dans ma chambre et j'avais sorti le T-shirt de Paul de l'armoire. C'était devenu une sorte de rituel. Ce vieux maillot des Seahawks me procurait une sorte de réconfort. Nous nous étions rencontrés lors d'un match et il me l'avait donné à son départ en mission. Je le portais parfois même à l'occasion pour me sentir proche de lui. Cet après-midi-là, j'avais remarqué que l'odeur de mon mari s'était évanouie. Un ultime fragment de lui que je n'étais pas prête à laisser partir. J'avais déjà dû renoncer à tant d'autres choses.

Mark me dévisageait étrangement.

— Jo Marie ? Ça va ?

— Bien sûr que oui, balbutiai-je, arrachée à mes pensées.

— On dirait que tu vas te mettre à pleurer.

— Pas du tout, ne t'inquiète pas.

Je me levai d'un bond et me précipitai à l'intérieur, ma tasse de thé encore intacte. Quelques instants plus tard, Mark me rejoignit, la sienne à la main.

— Pourquoi voulais-tu connaître la date de mon anniversaire ?

— Pour rien. Je n'aurais pas dû te le demander. Si tu ne veux pas me le dire, il n'y a pas de problème.

Il fit mine de ressortir et se ravisa.

— Tu es sûre que ça va ?

— Oui oui.

Il marqua une nouvelle pause.

— Je suis né le 8 mai.

Je le fixai, interdite. Je ne reprendrais pas mes recherches sur Internet. Cette obstination à vouloir résoudre le mystère de Mark était ridicule. Il m'avait accordé un peu de sa confiance et continuer à l'espionner m'aurait donné l'impression de le trahir.

Une heure s'écoula, me laissant dans un état de fébrilité courant ces derniers temps. Des pas résonnèrent dans l'escalier et je vis Ellie, une main sur la rampe, dans une jolie robe à fleurs. Son changement de style était spectaculaire. Sa nouvelle coupe de cheveux lui allait à merveille.

— Tom ne va pas tarder, expliqua-t-elle.

— Vous êtes superbe, dis-je, sincère.

Elle sourit.

— Vraiment ?

— Oui.

Elle allait éblouir Tom, j'en étais certaine.

Son téléphone émit un petit bruit. Elle y jeta un coup d'œil et soupira.

— C'est Tom ? demandai-je, en la voyant s'assombrir.

— Je vais faire comme si je n'avais pas entendu, dit-elle en remettant l'appareil dans son sac.

9

Quand Ellie entendit la voiture de Tom dans l'allée, elle était comme paralysée. Le moment qu'elle attendait depuis des mois était enfin arrivé.

Pourvu qu'il soit tel qu'il s'était présenté et qu'il n'ait pas l'intention de se servir d'elle ! Son cœur battait à tout rompre. La sonnette retentit. Elle prit une profonde inspiration et compta lentement jusqu'à dix, aussi calmement qu'elle en était capable, avant d'ouvrir.

Tom était fidèle à sa photo. Élancé, il devait mesurer près d'un mètre quatre-vingt-dix. Ellie aussi était grande, sa mère prétendait qu'elle tenait cela de son père. Les yeux de Tom, d'une belle couleur noisette, rencontrèrent les siens. Ellie retenait son souffle.

Après quelques longues minutes de silence, Tom commença.

— Ellie ?

— Tom ? demanda-t-elle d'une voix étranglée.

— Tu es encore plus belle en vrai, murmura-t-il sur un ton presque intimidé.

Il avait l'air sincère. Ellie, pour sa part, mit un instant à se souvenir de ses bonnes manières.

— Voudrais-tu entrer ? demanda-t-elle, ayant retrouvé un semblant de voix.

Il jeta un coup d'œil à sa montre, et Elle se souvint qu'il leur avait réservé une table au restaurant.

— Peut-être plus tard, si cela ne t'ennuie pas ?

— Pas du tout.

Il l'aida à descendre les marches, puis se hâta de faire le tour de la voiture pour lui ouvrir la portière. Dans un de ses derniers messages, sa mère l'avait avertie de se méfier des hommes trop courtois. Une mise en garde qu'Ellie refusa d'entendre. Il était rare d'accorder de l'importance à ce genre de détails. Comme elle, Tom avait un petit côté vieille école.

Elle remarqua l'intérieur de la voiture, impeccable, le tableau de bord rutilant, les sièges lisses. Tom avait tenu à faire bonne impression. Sa mère l'avait mise en garde contre cela aussi. Une fois de plus, Ellie chassa cette pensée.

— *DD* est le meilleur restaurant de Cedar Cove, dit-il en démarrant.

— C'est ce que m'a dit Jo Marie, la propriétaire de la villa. Tu la connais ?

Il regarda par-dessus son épaule pour faire marche arrière.

— Non, répondit-il une fois en route, mais je n'ai entendu dire que du bien à son sujet et sur sa maison d'hôtes. J'ai pensé que tu te plairais chez elle.

— Merci de me l'avoir recommandée.

Il attendit qu'ils aient atteint le bas de la côte avant de continuer.

— Tu as changé de coiffure.

Ellie porta aussitôt la main à ses cheveux, réprimant l'envie de lui demander si la coupe lui plaisait. Elle ne voulait pas avoir l'air de quémander des compliments.

— Ce style te va très bien.

— Merci.

Lorsqu'ils arrivèrent au restaurant, leur table était prête. Tom lui tira galamment une chaise.

— Si tu ne sais pas quoi choisir, la cassolette de palourdes est excellente.

Ellie sourit.

— Quel est ton plat préféré ici ?

— Les huîtres gratinées.

— J'adore ça aussi, mais je suis tentée par la salade aux fruits de mer.

Elle se décida à prendre une soupe de palourdes en entrée, puis la salade. Quand la serveuse arriva, Tom commanda une bouteille de vin blanc néo-zélandais. Pour sa part, Ellie appréciait le vin, mais n'en avait que des connaissances limitées. Tom lui expliqua les différences entre les cépages. La serveuse revint avec la bouteille et prit leur commande avant de s'éclipser discrètement.

— À quoi allons-nous porter un toast ?

— À notre rencontre, suggéra Ellie.

Ils firent tinter leurs verres.

— Que ce soit la première de beaucoup d'autres.

Ellie l'espéra. Tom était exactement tel qu'elle l'avait imaginé, et pas seulement physiquement.

— Ta mère est fâchée contre toi ? demanda-t-il, alors qu'on leur apportait le potage.

— Un peu, admit-elle.

Il ne pouvait pas savoir à quel point, et elle n'allait pas s'étendre sur le sujet. Elle goûta le potage. Il était délicieux.

— Ce qui veut dire qu'elle t'envoie sans doute un texto par heure.

— Quelque chose comme ça.

Il posa son verre et fronça légèrement les sourcils. Apparemment, il avait parfaitement conscience de la tactique employée par sa mère.

— Cela compte beaucoup pour moi que tu aies accepté de me rencontrer.

Pour elle aussi. C'était pour cette raison qu'elle avait tenu à ce que ce premier rendez-vous se déroule loin de l'Oregon, loin de sa famille.

— Je suis sûr qu'elle pense agir pour ton bien, reprit Tom, suivant sa pensée. Si tu étais ma fille, je voudrais aussi te protéger.

— Ai-je besoin d'être protégée de toi, Tom ?

— Non, répondit-il, écarquillant légèrement les yeux. Je ne te ferais jamais de mal, Ellie, je te le jure.

Ses paroles lui allèrent droit au cœur. Jusqu'à présent, ils avaient surtout parlé de leur famille respective. Dans le cas d'Ellie, il n'y avait pas grand-chose à dire. Elle avait été élevée par sa mère et ses grands-parents, et éduquée à la maison avant de suivre des cours pour adultes dans un établissement local. Ensuite, sur la suggestion d'une amie, elle avait rejoint un groupe de femmes qui partageaient un même talent pour l'organisation. À quatre, elles avaient créé leur propre société, avec un succès qui avait dépassé toutes leurs espérances.

Quant à Tom, il lui avait révélé qu'il avait à peine connu son père, décédé alors qu'il était tout jeune. Sa mère s'était remariée, et Tom et son jeune frère, Earl, avaient pour ainsi dire été élevés par leur beau-père. Tous les deux le considéraient d'ailleurs comme leur père.

— Je sais que ta mère s'inquiète, et à vrai dire, je la comprends, dit-il. Peut-être pourrions-nous l'appeler plus tard pour la rassurer.

— Non.

Cela ne servirait à rien, sinon peut-être à éveiller ses soupçons.

— La mienne me manque encore maintenant, murmura-t-il, songeur. Elle est morte depuis dix ans pourtant. J'étais adolescent à l'époque. Sa disparition a bouleversé ma vie.

— Je suis désolée.

Peut-être n'appréciait-elle pas assez sa propre mère, mais leurs relations avaient été tendues ces derniers temps, Virginia montrant sa désapprobation de toutes les façons possibles.

— Ça été très dur pour mon père, d'autant plus qu'elle est décédée brutalement. Elle allait parfaitement bien et, un jour, elle s'est effondrée. Comme ça. Elle est morte en l'espace de quelques heures. Nous étions sous le choc. Mon père s'est accablé de reproches. Il n'aurait rien pu faire, mais il continue à penser qu'il aurait pu l'aider d'une manière ou d'une autre. Il a beaucoup de regrets, et pas seulement celui-là.

— Je n'ai jamais connu mon père, bredouilla Ellie.

Elle posa sa cuillère, envahie par une profonde tristesse.

— Mes parents ont divorcé avant que j'aie de véritables souvenirs de lui.

— Tu n'as jamais eu aucun contact avec lui après leur divorce ?

— Jamais.

Le visage de Tom s'assombrit.

— Je crois que leur mariage était si épouvantable qu'il a voulu tout laisser derrière lui.

— Par « tout », tu veux dire toi aussi ? demanda Tom, l'air consterné. As-tu jamais pensé à essayer de le retrouver ?

Quand elle était à l'école primaire, et par la suite au lycée, elle avait voulu lui écrire, mais sa mère avait prétendu ignorer où il vivait ou comment le joindre.

— Si, j'en ai eu envie.

— Pourquoi ne l'as-tu pas fait ?

— Ma mère m'a dit qu'il ne voulait plus entendre parler de nous. Qu'il avait refait sa vie et elle aussi.

Tom secoua la tête, visiblement incrédule.

— Cela a dû te manquer de ne pas avoir de père.

Elle baissa les yeux. Tom lisait dans son cœur. Souvent, pendant son enfance, elle avait ardemment désiré connaître son père et rêvé de l'avoir dans sa vie. Si jeune qu'elle ait été, elle se demandait s'il était parti à cause d'elle. Sa mère lui avait un jour confié que, tout bébé, elle avait souffert de coliques et avait passé des nuits entières à pleurer.

— Je crois que j'ai peut-être été un bébé pénible.

— Et alors ? Quel rapport ?

Ellie fixa la table et s'efforça de sourire, les mains crispées.

— Je l'ai peut-être dégoûté de la paternité.

— Au point qu'il t'aurait abandonnée ? se récria Tom, abasourdi. Tu plaisantes, n'est-ce pas ?

Ellie haussa les épaules.

— Je ne sais pas quoi penser. Pouvons-nous parler d'autre chose ?

— Bien sûr, dit Tom d'un air désolé.

Les plats servis, la conversation continua sur d'autres sujets. Ils se connaissaient déjà un peu, même à distance. Il n'y avait entre eux aucune trace de la gêne qui accompagne parfois les premiers rendez-vous. Au contraire, elle se sentait parfaitement à l'aise avec lui.

Après dîner, Tom suggéra à Ellie d'aller au cinéma. Comme ils avaient environ une heure avant la séance, ils en profitèrent pour flâner sur les quais. La soirée était magnifique. Une légère brise soufflait depuis la baie.

— Laisse-moi t'aider, lui proposa Tom alors qu'elle enfilait son cardigan, laissant ses mains s'attarder sur ses épaules. Alors instinctivement, elle se pencha en arrière et se pressa contre lui, nichant la tête dans son cou, songeant qu'ils étaient vraiment bien assortis. Leurs corps s'épousaient parfaitement, et elle adorait sentir ses bras autour d'elle.

— J'ai rêvé de t'embrasser, souffla-t-il à son oreille.

Elle sourit.

— Moi aussi.

Il lui caressa les bras.

— J'ai du mal à croire que tu es vraiment là.

Il la fit pivoter et plongea son regard dans le sien. Au bout d'un long moment, il rompit le charme et jeta un coup d'œil autour d'eux.

Les quais étaient fréquentés. Un couple les dépassa tranquillement, absorbé par une conversation, flanqué d'un garçonnet qui poursuivait une mouette aussi vite qu'il pouvait avec ses petites jambes. Un chien aboya au loin.

Tom poussa un soupir.

— Tout à l'heure, chuchota-t-il en prenant sa main dans la sienne.

— Je suis venue par ici cet après-midi, confia Ellie. C'est tellement beau, avec la baie et les montagnes à l'horizon. J'ai entendu quelqu'un dire qu'on avait repéré des orques tout près. Les gens se sont dépêchés d'aller au port de plaisance dans l'espoir de les apercevoir.

— Faire de la voile est un de mes plus grands plaisirs.

— Je n'ai jamais essayé… Ma mère a toujours eu peur qu'il m'arrive quelque chose.

— Tu n'es jamais montée sur un bateau ? l'interrogea-t-il, stupéfait.

— Si, mais toujours à proximité de la plage, pour pouvoir rentrer à la nage au cas où.

— Voudrais-tu faire une sortie en mer ? demanda-t-il le regard empreint d'excitation. Un de mes amis a un yacht et il m'a proposé de m'en servir quand je voulais.

— Ce serait génial.

— Demain alors. Je passerai te chercher. Tu peux être prête pour neuf heures ?

— Bien sûr. Pas de problème.

— Nous ferons le tour de Puget Sound et, avec un peu de chance, nous verrons des orques. Mais j'ai d'autres projets pour nous concernant l'après-midi…

— Vraiment ? Lesquels ?

Après une brève hésitation, il secoua la tête.

— C'est une surprise.

— Tu ne peux pas me le dire maintenant ?

Il avait laissé entendre à plusieurs reprises qu'il avait prévu quelque chose de spécial à son intention, mais jusque-là, il avait toujours refusé d'en dire plus. À en juger par sa réaction, il redoutait qu'elle n'apprécie pas ce qu'il avait préparé, aussi résolut-elle de se montrer reconnaissante quelle que soit la tournure des événements.

Tom secoua la tête de nouveau.

— Il faut que tu attendes jusqu'à demain.

Il chassa son air inquiet et lui tapota le bout du nez.

— J'ai le droit de deviner ?

— Non.

Il glissa le bras sous le sien alors qu'ils arrivaient au cinéma. C'était un établissement à l'ancienne, doté d'une salle unique, contrairement à l'énorme multiplex dont Ellie avait remarqué la publicité dans la *Gazette de Cedar Cove.*

Il acheta des billets. Ellie avait déjà vu le film qu'ils allaient voir mais peu lui importait – il serait tout neuf à ses yeux parce que Tom était là.

— Du pop-corn ? suggéra-t-il en entrant.

Elle porta une main à son estomac.

— Je n'ai vraiment pas faim.

Tom sourit. Il était encore plus séduisant quand il souriait, songea-t-elle, émerveillée. Mais à la vérité, il l'attirait à tous points de vue, avec ou sans sourire.

— On ne peut pas regarder un film sans manger du pop-corn, et ici, ils le font avec du vrai beurre, pas ce truc artificiel comme dans la plupart des cinémas.

— Du vrai beurre ?

— Tu vas voir, insista-t-il.

Il prit un petit sachet pour deux. La salle était déjà plongée dans l'obscurité et on passait les bandes-annonces. Saisissant la main d'Ellie, Tom la guida vers le côté droit, choisissant les places les plus éloignées de l'entrée.

Elle le suivit à tâtons et, comme elle portait le sachet de pop-corn, Tom lui déplia son siège. Elle s'installa confortablement.

— Tu te souviens de ce dont je t'ai parlé tout à l'heure ?

— Tout à l'heure ?

— Quand je t'ai dit que je rêvais de t'embrasser ? murmura-t-il d'une voix rauque.

— Au cinéma ? chuchota-t-elle en retour, souriant jusqu'aux oreilles.

— Franchement, Ellie, je ne crois pas pouvoir attendre une seconde de plus.

Elle non plus.

10

Maggie s'éveilla à regret, gardant les yeux clos pour prolonger le rêve merveilleux qu'elle venait de faire, dans lequel Roy et elle, jeunes étudiants, avaient devant eux un avenir prometteur. Il y avait eu un temps où ce bonheur idyllique, ce sentiment que rien ne pourrait jamais les séparer, avait réellement existé. Même maintenant, elle avait peine à croire que leur couple ne tenait plus qu'à un fil.

Maggie se força à revenir à la réalité. Elle avait bien chaud sous la couverture, mais elle ne pouvait pas faire la sieste indéfiniment.

Roy était assis dans un fauteuil de l'autre côté du lit. Apparemment, il parlait au téléphone. Elle entendait sa voix sans pouvoir comprendre ce qu'il disait. Il parlait tout bas.

Elle tendit l'oreille, soudain envahie par la crainte que Katherine ne soit à l'autre bout du fil.

— Non, dit Roy, avant de se répéter, plus fort cette fois. Non. Ça ne va pas marcher.

Qu'est-ce qui ne va pas marcher ? s'interrogea Maggie. Après tout ce qu'ils avaient traversé, Roy était-il en train de fixer un rendez-vous à sa rivale ? Elle s'en voulut aussitôt. Elle ne pouvait pas se permettre de se laisser envahir par ses craintes. Le soupçon les détruirait son mariage et elle.

Cependant, sa réaction l'aidait à comprendre ce que Roy avait dû ressentir par rapport à ce qu'elle avait fait. Elle avait été si stupide, si irréfléchie. Comment avait-elle pu se conduire de cette manière même après avoir découvert que Roy flirtait avec une autre ?

Elle s'étira, faisant délibérément savoir à son mari qu'elle était réveillée. Aussitôt, ce dernier mit fin à la conversation.

— Il faut que j'y aille, murmura-t-il. Non, ne me rappelle pas plus tard.

Il avait élevé la voix avec un ton sans équivoque.

Elle déglutit avec peine. Il était clair qu'il ne voulait pas qu'elle écoute cette conversation.

— Maggie se réveille. Au revoir.

Feignant d'émerger du sommeil, elle s'étira de nouveau, arquant le dos.

— Salut, lança Roy en venant s'asseoir sur le bord du lit. Tu as fait une sacrée sieste.

Elle cilla et songea qu'il avait l'air coupable. C'était donc bien Katherine. Pas étonnant qu'il ait été pressé d'en finir.

Maggie l'avait averti franchement : elle ne tolérerait aucun contact avec cette femme, même anodin. De son côté, il lui avait donné sa parole que leur liaison était terminée. Il avait coupé les ponts avec Katherine et la société qui l'employait.

Maggie voyait en lui un homme d'honneur. C'était une des raisons pour lesquelles elle l'avait épousé. Un homme qui tenait sa parole. Jusqu'à peu, elle n'avait eu aucune raison de douter de lui.

— J'ai dormi longtemps ?

Roy jeta un coup d'œil à sa montre et arqua les sourcils, l'air surpris.

— Presque deux heures.

— Deux heures ? se récria Maggie, choquée.

Jamais il ne lui était arrivé de faire une sieste aussi longtemps au beau milieu de l'après-midi. Elle se redressa et se frotta les yeux.

— Tu étais épuisée.

— Sans doute.

À vrai dire, elle souffrait d'insomnie depuis plus d'un mois. Bien qu'exténuée à la fin de la journée, elle avait un mal fou à s'endormir. Probablement à cause de la tension constante qui régnait entre eux.

— Comment te sens-tu ?

Il se pencha et écarta les cheveux qui retombaient sur son visage, légèrement sur le qui-vive.

Maggie le dévisagea. Au prix d'un effort incroyable, elle ravala les questions qui la taraudaient et s'obligea à faire comme si de rien n'était.

— Beaucoup mieux, affirma-t-elle, plaquant un sourire sur ses lèvres.

Physiquement elle se sentait bien, mais son cœur était en morceaux. Elle ne pouvait pas laisser passer ça. Et pourtant, il serait si facile de feindre l'ignorance… Peut-être valait-il mieux ne pas savoir ? Si

Roy avait bel et bien parlé à Katherine, elle serait confrontée à un choix cornélien. Or elle était déjà dans un tel désarroi qu'elle se sentait à peine capable de choisir un plat au restaurant. Alors décider du sort de son mariage…

Elle regarda le réveille-matin.

— Six heures passées ! Tu aurais dû me réveiller.

— Ce n'est pas grave, Maggie. Tu avais besoin de dormir.

— Allons-nous sortir dîner ?

Bizarrement, elle avait faim.

— Tu en as envie ? Eh bien, tant mieux.

Il se leva et prit son téléphone posé sur la commode. Une fois de plus, un doute envahit Maggie.

— Je vais me recoiffer, chuchota-t-elle en se levant.

Elle repoussa le plaid et fut étonnée de voir Roy le prendre pour le replier avec soin et le poser au bout du lit. Cela ne ressemblait guère à son mari d'avoir ce genre d'attentions. Voulait-il éviter de la regarder en face ?

Dans la salle de bains, Maggie s'efforça de réfléchir de façon rationnelle. Si elle continuait à ressasser la conversation que son mari avait essayé de lui cacher, leur week-end allait en pâtir. Soit elle lâchait prise, soit elle allait gâcher l'occasion de remettre son mariage sur les rails.

Elle se remaquilla, prit quelques instants pour remettre de l'ordre dans ses pensées et sortit rejoindre Roy. Quand ils descendirent, Jo Marie était dans la cuisine avec Rover.

— Ah ! Maggie, vous êtes debout ! Comment vous sentez-vous ?

— Beaucoup mieux, merci, répondit-elle dans un sourire.

— Nous sortons dîner, expliqua Roy. Pourriez-vous nous recommander un restaurant ?

— Plusieurs, répondit Jo Marie. Dans la brochure que je vous ai donnée tout à l'heure, vous trouverez une liste de restaurants avec leurs spécialités. Si vous dites que vous venez de la Villa Rose, on vous fera sans doute une réduction.

— Excellent.

Ils ne devaient retourner à Yakima que dimanche en fin de soirée, ce qui leur laissait tout le samedi et une bonne partie du dimanche. Ils n'avaient pas encore de projets précis. Peut-être iraient-ils à Seattle ou visiteraient-ils une des attractions de la région.

— De quoi as-tu envie ? demanda Roy en sortant de la villa.

— Pardon ?

— Pour le dîner.

Elle aurait dû comprendre qu'il parlait du repas.

— N'importe.

Il plissa les yeux.

— Et si on mangeait des sushis ?

Après une sortie au restaurant avec des collègues, Roy s'était découvert une passion pour la cuisine japonaise, si différente de celle de son enfance. Pour sa part, Maggie y avait déjà goûté mais n'était jamais arrivée à s'habituer à l'idée de manger du poisson cru.

— Je ferais un effort, dit-elle en montant dans la voiture.

Roy ne cacha pas sa stupéfaction. C'était une blague.

— Ou un restaurant mexicain ?

— Si tu veux.

Là encore, sa réponse sembla le désarçonner.

— D'habitude, tu as des opinions plus arrêtées.

— Pas du tout, protesta-t-elle, agacée. Tu as l'air de dire que j'insiste pour n'en faire qu'à ma tête, et ce n'est pas vrai.

— Ouh là, attends, dit-il, levant la main comme pour se défendre. Je n'ai rien dit de tel.

— Tu l'as laissé entendre.

— Ce n'est pas ce que je voulais dire.

Il soupira, puis reprit plus calmement :

— La cuisine mexicaine n'est peut-être pas à recommander si tu as l'estomac dérangé.

— Mon estomac va parfaitement bien. Je ne sais pas ce qui s'est passé tout à l'heure, mais je me sens beaucoup mieux à présent.

— Bon, si tu veux qu'on mange mexicain, c'est ce qu'on va faire.

Il démarra, mais ne bougea pas la voiture.

— Quelque chose ne va pas ?

— Non non, rétorqua-t-elle, plus sèchement qu'elle n'en avait eu l'intention.

Son mari souffla, comme pour dire qu'il savait qu'elle mentait mais qu'il ne voulait pas provoquer une dispute.

Sur le trajet qui les mena au restaurant, Maggie garda les yeux sur le paysage, ignorant Roy.

Ni l'un ni l'autre ne pipait mot. Elle eut l'impression qu'il leur fallait une éternité pour arriver à destination. Quand ils pénétrèrent enfin dans le parking du *Taco Shack*, Roy dut en faire deux fois le tour avant de trouver une place.

— La cuisine doit être fameuse pour attirer autant de clients, commenta-t-il.

Maggie, qui s'en voulait d'avoir été désagréable, posa la main sur son bras.

— Pardon, murmura-t-elle. Je n'ai pas été de très bonne compagnie, n'est-ce pas ?

Un instant, elle redouta qu'il n'acceptât pas ses excuses.

— C'est pareil avec Jaxon quand il dort trop longtemps. Trop de sommeil semble avoir l'effet opposé à celui auquel on s'attend.

Maggie apprécia qu'il ait inventé une excuse plausible pour expliquer sa conduite. On aurait pu croire qu'elle cherchait n'importe quel prétexte pour mettre sa conversation téléphonique sur le tapis. Pourquoi se montrait-elle si peu rationnelle ? Son mari avait eu du mérite de garder son calme.

Quelques instants plus tard, on les conduisait à une table.

— Que dirais-tu d'une margarita ? suggéra Roy.

— Avec plaisir, acquiesça-t-elle après une brève hésitation.

La dernière fois qu'elle avait trop bu, les conséquences avaient été désastreuses. Une chose était sûre, elle n'allait pas recommencer. Elle s'était juré de ne jamais refaire la même erreur. Cependant, il n'y avait pas de mal à prendre un simple cocktail avec son mari.

On leur servit leurs margaritas avec une corbeille de chips et de la sauce salsa. Le menu était varié et Maggie prit tout son temps pour choisir. Sans doute plus longtemps que nécessaire. De son côté, Roy se décida presque aussitôt.

— Tu ne vas pas prendre un *arroz con pollo* ? demanda-t-il, sachant qu'elle optait souvent pour ce plat.

— Non.

Là encore, sa réponse lui sembla sèche. Elle tenta de l'adoucir par un demi-sourire.

— Pas ce soir. J'ai envie de changer un peu.

— Apparemment, commenta Roy à mi-voix.

Elle leva les yeux et vit qu'il l'observait. Plutôt que de rencontrer son regard, elle tourna rapidement la tête et prit une chips qu'elle trempa dans la sauce. Elle remarqua son air surpris. Il était rare qu'elle se permette de grignoter de la sorte. D'ordinaire, elle faisait très attention à sa ligne.

Enfin, le serveur revint prendre leur commande. Dès qu'il fut hors de portée, Roy la regarda fixement.

— Bon, Maggie. Qu'y a-t-il ?

— Je te demande pardon ?

— Tu m'as entendu. Quelque chose ne va pas.

Elle fut tentée de nier, mais ne put s'y résoudre. Elle plaça la serviette en papier sur ses genoux, gardant les yeux baissés.

— Tu étais au téléphone quand je me suis réveillée.

— Oui. Et alors ?

— Tu allais lire ton livre, rappelle-toi ?

Il prit son verre à deux mains, cherchant à donner l'impression qu'il était détendu. Maggie savait qu'il n'en était rien.

— Je m'en suis lassé.

Elle s'accorda un moment pour digérer sa réponse. Contrairement à elle, Roy se laissait rarement absorber par un roman. Il était habitué à l'activité physique. Rester assis longtemps lui était pénible, ce qui était une des raisons pour lesquelles il n'aimait pas prendre l'avion.

Maggie leva la tête et soutint son regard. Le moment était venu d'avoir la conversation qu'elle avait voulu éviter. Son mari la connaissait trop bien pour lui permettre de se dérober. Il était résolu à lui arracher une réponse.

Elle se redressa.

— À qui parlais-tu ?

Elle vit les doigts de Roy se crisper autour de son verre et s'étonna que ce dernier ne se brise pas sous la pression.

— Pourquoi cette question ? demanda-t-il, d'un ton faussement calme.

— J'ai entendu une partie de la conversation.

— Vraiment ?

Elle déglutit.

— Oui… Celle où tu disais de ne pas te rappeler et que ça n'allait pas marcher.

— Et tu as automatiquement supposé que c'était Katherine.

Maggie baissa les yeux, se refusant à répondre.

— Eh bien non. C'était Alex, le chef de projet. Il y a un autre problème sur le chantier. Il avait besoin de conseils. Il m'a proposé une solution, mais je savais que les syndicats ne l'accepteraient pas et je lui en ai fait part.

— Oh !

— Et je lui ai interdit de me rappeler parce que…

Sa voix était tendue, sa mâchoire crispée. Il se maîtrisait avec peine.

— Oui ? souffla Maggie.

—… parce que je voulais préserver ce week-end avec toi. Parce que je t'avais promis de laisser le travail de côté.

Maggie se sentait affreusement mal. Un nœud s'était formé dans son estomac, sa lèvre inférieure tremblait. Elle la mordilla longuement, le temps de se ressaisir.

— Je te dois des excuses… Une fois de plus.

— Pourquoi ne m'as-tu pas posé la question tout de suite ?

— Je… J'avais peur, avoua-t-elle d'une voix tremblante.

— Peur ? Mais de quoi ?

Il devait bien le savoir, non ?

— De la décision que j'aurais dû prendre si ça avait été Katherine.

Il mit la main sur la sienne.

— Je vais te le répéter, Maggie, mais c'est la dernière fois. C'est fini. Je n'aurai plus jamais aucun contact avec Katherine, que ce soit par texto, e-mail, téléphone ou Facebook. Tu as ma parole d'honneur.

Incapable de parler, elle hocha la tête plusieurs fois.

— Pouvons-nous mettre tout cela derrière nous ? S'il te plaît ?

De nouveau, elle acquiesça, mais à vrai dire, elle ne savait pas si c'était possible. Elle pouvait lui pardonner. Restait à savoir si, avec le temps, elle pouvait se pardonner à elle aussi.

11

La maison était vide. Mes invités étaient sortis et je me sentais vaguement désemparée. L'incident avec le T-shirt de Paul restait dans mes pensées. Comme si cela ne suffisait pas, je m'étais rendu compte que j'avais aussi oublié le son de sa voix. J'avais beau fermer les yeux et me concentrer, je ne parvenais pas à m'en souvenir. Son odeur était partie, sa voix avait déserté ma mémoire. La réalité me frappa avec une violence identique au moment où l'on m'avait annoncé que l'hélicoptère de mon mari s'était écrasé, que je l'avais perdu. Il m'avait quittée. Il ne ferait jamais plus partie de ma vie sur cette terre.

Je m'étais habituée à vivre sans lui. Quand il était parti en mission, nous communiquions chaque jour. Bien qu'il se trouvât à l'autre bout du monde, nous étions ensemble, par la pensée et dans notre cœur. Sa mort m'avait anéantie. Paralysée par la douleur et le chagrin, je m'étais cramponnée à chaque souvenir, au moindre détail, et voilà qu'ils m'échappaient quand même.

Au fil des mois, j'étais parvenue à trouver une paix fragile. À cet instant, je réalisais que je me battais pour une cause désespérée. Son pull, le son de sa voix. Ces pertes étaient au-dessus de mes forces, et je ne pouvais m'autoriser à y penser sinon j'allais fondre en larmes.

J'avais plus que jamais besoin de me changer les idées, aussi, comme souvent le soir, je descendis inspecter mes roses. J'en coupai quelques-unes que je disposai dans un vase dans l'entrée. Puis j'allai arroser les légumes du potager. Mes tomates poussaient bien et les citrouilles s'annonçaient prometteuses. Les haricots verts n'allaient pas tarder à donner. Les épinards et la laitue grossissaient à vue d'œil. J'aimais beaucoup ce petit jardin qui longeait le côté Sud de la maison.

C'était Mark qui avait retourné la terre pour moi. La tâche avait été ardue, d'autant plus qu'à l'époque il avait encore la jambe dans le plâtre. Il nous avait fallu plusieurs jours de patience pour en venir à bout.

Je cueillis quelques tomates, pris une bonne poignée d'épinards et remontai le tout dans la cuisine. J'avais la plupart des ingrédients pour faire une soupe italienne et pouvais aisément remplacer ceux qui me manquaient par des produits similaires. Je sortis du congélateur des petites boulettes de viande que j'avais préparées quelques semaines plus tôt ainsi qu'un bouillon de poulet. Laissant la soupe mijoter, j'allai m'asseoir sur les marches de la galerie.

En d'autres circonstances, j'aurais partagé ma récolte avec Mark. Malheureusement, je n'étais pas sûre qu'il ait envie de me voir avant un certain temps. Après avoir déchargé le bois destiné au kiosque, il s'était éclipsé. Et je ne pouvais guère lui en vouloir. À en juger par nos antécédents, je n'allais peut-être pas le revoir avant une bonne semaine ou plus. En général, il gardait ses distances pendant plusieurs jours lorsque je manifestais trop d'émotion concernant Paul ou que j'essayais de lui soutirer des informations. Cependant, chose que j'appréciais chez lui, il n'était jamais rancunier.

Rover lâcha un aboiement et dévala les marches en direction du jardin.

— Rover !

La plupart du temps, mon chien ne s'éloignait guère. D'ailleurs, après avoir failli le perdre, je le surveillais de près. Il s'arrêta net, remua la queue et je ne tardai pas à voir ce qui avait retenu son attention. Mark Taylor apparut, l'air mécontent, le front barré d'un pli qu'il s'efforçait à peine de dissimuler.

— Qu'est-ce qui se passe ?

— Je vais te le dire en deux mots : Peter O'Connell.

J'avais oublié que ce dernier passait la nuit chez lui. J'étais encore sidérée que Mark lui ait proposé de l'héberger, lui qui veillait si jalousement sur sa vie privée. Pourquoi cet élan de générosité ? Une chose était sûre : mon homme à tout faire ne considérait pas Peter comme un ami. On aurait dit que Mark cherchait à me protéger, et pas simplement d'un mauvais payeur.

J'étais à la fois surprise et reconnaissante de le voir. La perspective de passer la soirée seule ne m'enchantait guère.

— Je croyais que tu ne savais pas où il était parti.

— C'était vrai, grommela-t-il.

— D'où je conclus qu'il est revenu.

Mark ricana de façon méprisante, ce qui ne laissait aucun doute sur son opinion.

— Il s'est installé dans *mon* fauteuil, a monopolisé la télé et a vidé mon réfrigérateur.

— Autrement dit, il t'a chassé de chez toi.

— Pas exactement.

— Ah non ?

À l'évidence, Mark ne m'avait pas tout dit.

— Si tu tiens à le savoir, je suis parti parce que sinon je lui aurais envoyé mon poing dans la figure. Il a eu le culot de se plaindre que je n'avais pas de bière. En ce qui me concerne, il a de la chance d'avoir encore toutes ses dents. Ce type ne doute de rien.

Réprimant un gloussement, je changeai de sujet.

— Je suis en train de faire de la soupe avec les légumes du jardin. Ça t'intéresse ?

— Tu sers autre chose avec ta soupe ?

— Comme quoi ? Un sandwich ? Des cookies ?

— Non. Des questions ?

Je souris pour le rassurer.

— Tu seras libre de la déguster sans être soumis à un interrogatoire.

Il me dévisagea d'un air sceptique.

— C'est quel genre de soupe ?

— Ta préférée.

Il fronça les sourcils de nouveau.

— Comment le sais-tu ? J'aime plusieurs sortes de soupes.

— C'est toi qui me l'as dit.

— Quand ?

— Je ne m'en souviens pas.

Son visage s'éclaira et ses yeux pétillèrent. À quoi jouait-il donc ?

— Tu en veux, oui ou non ?

Son sourire lui donnait de faux airs d'adolescent.

— Je suppose que tu n'aimes pas non plus qu'on te bombarde de questions.

— Touché.

Il me suivit dans la cuisine. Quand je soulevai le couvercle de la casserole, il huma le fumet avec satisfaction.

— C'est ce truc aux épinards et aux boulettes, c'est ça ?

— Les épinards viennent tout droit du jardin, et son vrai nom c'est « soupe de mariage italienne ».

— Je sais, mais il se trouve que je n'aime pas ce nom-là.

— C'est ridicule.

— La soupe est bonne, déclara-t-il, mais la référence au mariage suffit à dégoûter la plupart des hommes.

— Oh ! Je t'en prie !

Je secouai la tête et sortis deux grands bols du placard. J'avais un morceau d'*asiago* et du pain fourré au fromage que j'avais acheté le matin même en vue de le servir au petit-déjeuner. Il accompagnait à merveille les œufs pochés, et la soupe encore mieux. Je pourrais facilement modifier mon menu et préparer du pain perdu, un autre plat qu'affectionnaient mes clients. Je coupai deux grosses tranches et les mis de côté.

— Si on dînait dehors ?

Au début de l'été, j'avais acheté une petite table et deux chaises en osier pour la terrasse. Je mangeais là presque tous les soirs. C'était un bonheur de s'asseoir là à la tombée du jour, face à la baie et aux montagnes, et de contempler les ombres dansant sur l'eau.

Mark me jeta un regard étrange, comme si je venais de lui proposer quelque chose d'illégal.

— Pourquoi pas dans la cuisine ?

— C'est dommage de manger à l'intérieur par une soirée aussi magnifique.

Il s'assombrit de plus belle.

— Tu vas allumer des bougies et mettre de la musique d'ambiance pendant que tu y es ?

— Aucun risque.

Il ne s'imaginait tout de même pas que j'aie envie de transformer une soupe en dîner aux chandelles ?

Pourtant, il hésitait toujours.

— Très bien, reste dans la cuisine si tu veux, mais moi je vais sur la terrasse.

En fidèle compagnon qu'il était, Rover m'emboîta le pas. Je m'étais déjà assise et je m'apprêtais à commencer quand Mark apparut.

— N'aie pas l'air si inquiet, le réprimandai-je. Je ne vais pas te sauter dessus.

En réalité, je prenais un malin plaisir à le taquiner. Il marmonna quelque chose d'inintelligible. Cependant, après avoir goûté la soupe, il hocha la tête d'un air appréciateur.

— C'est bon.

— Merci.

— C'est vraiment étonnant que tu sois devenue aussi bonne cuisinière.

— Ah bon, pourquoi ?

Il avait vraiment une étrange manière de s'y prendre pour faire des compliments.

— Vu que tu travaillais dans une banque et tout.

Je réprimai l'envie de lever les yeux au ciel.

— Quel rapport ?

— C'est logique, c'est tout. Les femmes qui occupent des postes à responsabilités n'ont pas le temps de faire la cuisine.

— Mark, s'il te plaît, ordonnai-je en levant la main. Tu ne sais pas de quoi tu parles.

— Bon, très bien, comme tu voudras.

— Merci.

Il y avait vraiment des moments où je me demandais comment je pouvais le considérer comme un ami.

— Mary Smith, dit-il.

Je levai les yeux, stupéfaite. Avais-je bien entendu ? Parlait-il de la cliente qui était venue au printemps ?

— Quoi, Mary Smith ?

Il haussa les épaules.

— C'est un exemple de femme qui avait un poste haut placé. Il suffisait d'un coup d'œil pour savoir qu'elle n'aurait pas su s'orienter dans une cuisine même avec une carte.

Il dut voir mon irritation car il s'empressa d'ajouter :

— C'était juste un exemple. J'ai dit ce que je pensais ; je me tais maintenant.

— Sage décision. Qu'as-tu fait cet après-midi ? demandai-je, résolue à changer de sujet.

— Tu veux dire après avoir déchargé le bois ?

J'acquiesçai et trempai un morceau de pain dans le délicieux bouillon.

— Je ne pouvais pas rester à la maison avec Peter qui faisait comme chez lui. Une vraie plaie celui-là.

— Tu ferais peut-être bien de dresser un inventaire demain.

C'était une plaisanterie, mais Mark me prit au sérieux.

— J'y compte bien.

Il avait déjà terminé sa soupe.

— Ça t'ennuie si j'en reprends ?

— Pas du tout, au contraire.

Il se leva. Rover le suivit des yeux, mais resta à côté de moi. Mark disparut dans la cuisine et revint presque aussitôt.

— Je pourrais engloutir toute la casserole.

— Emporte le reste si tu veux.

Il secoua la tête dans un petit rire.

— Crois-moi, il n'en resterait pas demain matin.

J'avais oublié Peter.

— Je t'en mettrai de côté.

— Merci.

Il se concentra un instant sur le repas, puis lâcha brusquement :

— J'ai travaillé sur le berceau.

Je le regardai, perplexe.

— Tu m'as demandé ce que j'avais fait cet après-midi.

— Toi et ce berceau, marmonnai-je.

Cet homme demeurait un vrai mystère. Il avait des clients qui réclamaient ses services à cor et à cri, pourtant il choisissait de travailler sur un projet que personne n'avait commandé. Il l'avait commencé peu après notre rencontre et s'y attelait de temps à autre, quand l'envie lui en prenait.

Il agita l'index dans ma direction.

— Ne me regarde pas comme ça.

— Comment ?

— D'un air désapprobateur.

— Je n'ai pas l'air désapprobateur.

— Si. Tu viens de le prendre à l'instant quand j'ai mentionné le berceau.

— Bon, très bien.

Je n'allais pas me disputer avec lui.

— C'est un gros projet et j'aimerais le terminer.

Il semblait éprouver le besoin de se justifier auprès de moi et il avait raison.

— Mais tu as d'autres clients, des gens qui sont prêts à te payer.

— Oui, et alors ?

— Alors, tu les fais attendre.

— Je m'occuperai d'eux le moment venu. Tu n'as pas à t'inquiéter. Le berceau me détend.

— Pardon ?

— Tu ne l'as peut-être pas remarqué, mais par moments je suis un peu à cran.

— Sans blague ?

— Je ne plaisante pas, Jo Marie. Je ne sais pas ce qu'il adviendra de ce berceau ni où il échouera, mais je prends plaisir à le fabriquer.

Au cours des derniers mois, je l'avais vu plusieurs fois travailler sur sa création. La tête de lit était superbement sculptée et quiconque l'achèterait aurait un réel chef-d'œuvre à exposer.

— J'avais besoin de détente après tes questions. Et héberger cette sangsue de Peter O'Connell ne m'aide guère non plus.

— Tu n'étais pas obligé de l'inviter à passer la nuit chez toi.

De nouveau, il marmonna quelque chose que je ne compris pas. Je lui fis répéter.

— Je n'ai pas confiance en O'Connell et je n'étais pas tranquille à l'idée qu'il soit ici.

— Je peux me défendre toute seule, tu sais.

Il me lança un regard sceptique.

— O'Connell est une ordure. Je ne voulais pas qu'il s'approche de toi.

— Ah ! Tu te soucies de moi, dis-je la main sur le cœur.

— Je me soucie de beaucoup de choses.

— Et de moi, vraiment ?

Je commençais à savourer la conversation.

— Évidemment, répondit-il en fronçant les sourcils. Enfin, pas de la façon dont tu penses.

Un moment, je me demandai s'il plaisantait ou non.

Ma soupe était à moitié finie et j'avais englouti tout mon pain. Les féculents étaient mon point faible, l'avaient toujours été et le seraient toujours. Je me laissai aller contre le dossier de ma chaise en contemplant la vue. C'étaient ces soirs-là que Paul me manquait le plus. J'avais pensé à lui toute la journée. Malgré moi, un profond sentiment de tristesse m'envahit.

Mark resta silencieux, lui aussi, les yeux dans le vague.

— Je regrette pour tout à l'heure, avouai-je.

— Tu regrettes beaucoup de choses, Jo Marie. Tu crois que je ne peux pas lire en toi ?

Il commençait à m'inquiéter avec sa capacité à deviner mes pensées.

— Tu regrettes de ne plus avoir ton mari avec toi. Il est mort bien trop jeune. Tu regrettes de ne pas avoir d'enfants.

Comment diable le savait-il ?

— Autre chose ? demandai-je, vaguement sur la défensive.

— Rien qui vaille la peine d'en parler. Si tu cherches bien, tu trouveras autres chose. Nous avons tous tendance à faire ça, tu sais, après un deuil important.

Nous nous tûmes pendant de longues minutes. On n'entendait que le gazouillis des oiseaux et la rumeur des quais. Et de temps à autre, les ronflements de Rover.

Je rompis le silence.

— Je suis contente que tu sois venu.

— Moi aussi, dit-il d'une voix sourde.

Nous échangeâmes un sourire par-dessus la table.

12

Lorsqu'Ellie regagna la maison d'hôtes, elle était sur un nuage ; ses pieds touchaient à peine le sol. Au cinéma, elle avait mis son téléphone sur silencieux, sachant que sa mère ne manquerait pas de la harceler. Tom et elle s'étaient embrassés plusieurs fois durant le film. En sortant aussi. Être dans ses bras lui avait semblé naturel. Elle n'avait pas ressenti cette gêne qu'elle avait connue lors d'autres relations. Tom était charmant et attentionné. Et il la regardait comme si elle était la plus belle femme au monde.

Il était minuit passé. Tout le monde dormait. Veillant à ne pas faire de bruit, Ellie glissa discrètement la clé dans la serrure, referma doucement la porte d'entrée derrière elle, puis monta dans sa chambre.

Avec Tom, les heures avaient filé à une vitesse folle. Tout comme elle, il n'avait pas semblé pressé de lui dire bonne nuit. Cependant, ils avaient prévu de se retrouver de bonne heure le lendemain matin pour aller faire de la voile. Ellie se réjouissait à cette idée, mais elle avait surtout hâte de revoir Tom.

Ce week-end – son déplacement à Cedar Cove – était un test. Après les journées passées ensemble, ils décideraient s'ils voulaient oui ou non poursuivre leur relation. Ellie savait déjà qu'elle le désirait, et elle était assez certaine que Tom partageait cet avis.

Assise sur le bord du lit, elle ferma les yeux et soupira. Cette soirée resterait gravée dans sa mémoire. Encore deux jours à passer avec Tom avant de rentrer à la maison.

À la maison.

À cette pensée, elle se recroquevilla. À l'heure qu'il était et sans nouvelles, sa mère était sûrement folle d'inquiétude. La connaissant, Virginia devait penser que sa fille avait été enlevée et qu'elle ne la reverrait plus jamais.

Après une légère hésitation, elle prit son téléphone. Comme prévu, il y avait un nouveau message. Inutile de le lire. Elle savait déjà ce qu'il disait. Sans doute Virginia était-elle assise dans son lit, attendant son appel. Elle ne s'endormirait pas avant de savoir sa fille saine et sauve.

Comme prévu, elle décrocha dès la première sonnerie.

— Eleanor ? Oh ! Mon Dieu. Je me faisais un sang d'encre !

— Oui, je sais, répondit Ellie d'une voix calme, dénuée d'émotion.

— Pourquoi n'as-tu pas répondu à mon texto ? demanda sa mère d'un ton blessé. Un simple *Tout va bien* m'aurait rassurée.

— Excuse-moi, maman.

— Eh bien… Comment s'est passé ton rendez-vous avec Tom ? demanda sa mère en soupirant longuement, comme délivrée d'un poids. Est-il exactement comme tu l'espérais ?

— Oui.

Ellie était résolue à donner des réponses aussi brèves que possible.

— Ma chérie, je veux des détails… Il t'a embrassée ? reprit Virginia sur le ton de la confidence.

— Maman ! J'ai vingt-trois ans. À t'entendre, on croirait que j'ai treize ans et que c'était mon premier rendez-vous.

— Je sais, je sais. Pardon. Tu es toujours ma petite fille, quel que soit ton âge.

Là était précisément le fond du problème. Sa mère continuait à la traiter comme une enfant.

— Je l'aime beaucoup, maman. Il est gentil, drôle et attentionné.

— Ton père était pareil, chuchota Virginia d'une voix crispée.

Ellie se raidit.

— Alors je devrais être prudente, c'est ça ?

— Non, protesta sa mère. Enfin, si, mais ce serait vrai avec n'importe qui. Ce que je veux dire, c'est qu'il est facile de tomber amoureuse d'un homme qui a toutes les qualités.

— Mais il a probablement une facette plus sombre, la devança Ellie, ne voulant pas entendre un avertissement supplémentaire. Une facette qui ne se révélera sans doute qu'après notre mariage.

— Ellie, ma chérie, ne me fais pas dire ce que je n'ai pas dit.

— Mais tu le pensais.

— Eh bien, oui, avoua Virginia. Lors d'un premier rendez-vous, chacun a tendance à se présenter sous son meilleur jour. Je suis sûre que tu l'as fait et Tom aussi. Vous vouliez tous les deux faire bonne impression, n'est-ce pas ?... Et c'est seulement plus tard que les défauts se révèlent.

— Quand je serai mariée, enceinte et prisonnière d'une relation avec un homme qui ne comprend pas mes besoins, qui ne m'aime pas comme je le mérite et qui me rend malheureuse, lâcha Ellie d'un seul trait, ne s'arrêtant que pour reprendre son souffle.

Un silence choqué lui parvint de l'autre bout du fil.

— Une fois de plus, tu me fais dire ce que je n'ai pas dit.

— Maman, je ne fais que te rappeler les mises en garde que tu m'as données au fil des années.

— J'ai dit tout ça ? se récria Virginia, incrédule.

— Ça et bien plus encore.

— Oh ! Mon Dieu, souffla sa mère, interdite.

— Je vais te laisser maintenant. Je suis fatiguée.

— Oui, oui, bien sûr, répondit Virginia, avec tant de déception qu'Ellie se sentit aussitôt coupable. Mais tu n'as pas vraiment répondu à mes questions.

— Il est tard, maman.

Sa mère hésita.

— Me caches-tu quelque chose à propos de Tom ? demanda-t-elle avec une douceur qui se prêtait aux confidences. Je suis ta mère, ma chérie. Tu peux tout me dire. A-t-il essayé de te persuader de coucher avec lui ?

— Maman ! Non. Il n'est pas comme ça. Tu m'as élevée, pourquoi tu ne te fies pas à mon jugement ?

— Je te fais confiance, bien sûr, mais quand j'ai rencontré Scott, j'étais sur un nuage. J'ai perdu tout mon bon sens et puis…

— Et puis il a été trop tard.

— Eleanor, je t'en prie.

Le ton de sa mère lui montrait qu'elle perdait patience, mais Ellie en avait assez entendu. Pour une fois, elle ne permettrait pas à sa mère d'assombrir son avenir.

— Bonne nuit, maman.

Elle s'était acquittée de son devoir en lui téléphonant.

— Bonne nuit, ma chérie, répondit Virginia. Tu vois Tom demain ?

Que s'imaginait-elle donc ? Elle n'avait pas fait tout ce chemin pour passer le week-end à lire un roman dans sa chambre d'hôtel !

— Oui, maman. Il m'emmène faire un tour en bateau sur Puget Sound, ajouta-t-elle exprès pour choquer sa mère.

Celle-ci étouffa un cri.

— Tu ne vas pas me rappeler le nombre de gens qui se noient chaque année ? demanda-t-elle, plaisantant à demi.

— Non. Le bateau de Tom est équipé de gilets de sauvetage, n'est-ce pas ?

— Maman !

— D'accord. Pardon, tu as raison. Tu es une adulte et tu es capable de te débrouiller toute seule.

— Merci !

Sa mère pouvait au moins lui accorder un minimum de bon sens. Ellie n'était pas du genre casse-cou : elle n'avait sûrement jamais rien tenté de plus dangereux que d'ouvrir une conserve avec un ouvre-boîte !

— Tu seras sur l'eau toute la journée ?

— Non. Dans l'après-midi, Tom a une surprise pour moi.

— Quel genre de surprise ?

— Si je savais ce que c'était, ce ne serait plus une surprise, n'est-ce pas ?

Il y eut un petit rire contraint à l'autre bout du fil.

— Je suppose que non.

— Bonne nuit, maman. Euh… Maman ?

— Oui, ma chérie ?

La voix de Virginia était pressante.

— Je n'aurai pas de réseau de toute la journée, annonça Ellie, vaguement gênée par son mensonge.

— Très drôle.

— Je parle sérieusement, maman.

— Bien. Message reçu. J'attendrai que tu m'appelles et je ne te dérangerai pas.

— Merci, murmura Ellie. Maintenant, pour la troisième fois, bonne nuit.

Elle coupa la communication avant que sa mère ait trouvé un nouveau prétexte pour la garder en ligne. Au moment où elle s'apprêtait à recharger son portable, elle remarqua un nouveau texto. Si c'était elle, elle serait tentée de hurler.

Il venait de Tom. *Merci pour cette merveilleuse soirée. J'ai hâte d'être à demain.* Ellie aussi avait hâte d'être au lendemain !

Quand le réveil sonna, à sept heures, elle eut l'impression de n'avoir dormi que quelques minutes. Tout à son excitation, elle avait mis longtemps à trouver le sommeil. Elle aurait cédé à la tentation d'une grasse matinée si Tom ne venait pas la chercher moins de deux heures plus tard. Elle bondit hors du lit et se dirigea vers la salle de bains, impatiente d'entamer cette journée. Une nouvelle journée avec Tom.

Après s'être pomponnée, elle trouva Jo Marie dans la cuisine.

— Je n'arrive pas trop tôt au moins ?

— Pas du tout. Un café ?

— Avec plaisir.

— Il y a du jus d'orange fraîchement pressé sur la table et des muffins aux myrtilles.

— Mes préférés, commenta Ellie en se dirigeant vers la salle à manger, gambadant presque.

— Je prépare du pain perdu fourré au fromage, annonça Jo Marie dans son dos.

— Merci, mais le jus d'orange et les muffins me suffisent.

Elle ne voulait pas trop manger avant d'aller faire du bateau. Elle avait peur de souffrir du mal de mer, et préférait ne pas prendre de risque.

Jo Marie ne tarda pas à venir la rejoindre.

— Tout s'est bien passé hier soir ?

— Ça a été fantastique, sourit Ellie. Après dîner, nous sommes allés voir un film et puis nous nous sommes promenés sur les quais. Nous avons pris un café au *Pancake Palace* et nous avons parlé, parlé, parlé. Pourtant, on avait déjà passé des heures à communiquer par écrit et on aurait pensé que nous n'aurions plus grand-chose à nous dire.

— Mais si ?

— Mais oui. Nous avons été étonnés quand on a vu qu'il était minuit.

Jo Marie prit une expression lointaine, comme si ses pensées l'avaient transportée dans un autre lieu, un autre moment.

— C'était pareil pour Paul et moi quand nous nous sommes rencontrés.

Ellie se souvint d'avoir entendu quelqu'un dire, elle ne savait plus qui, que Jo Marie était veuve. Peut-être était-ce l'homme à tout faire avec qui elle avait eu une brève conversation la veille.

— Alors vous savez comment c'est de rencontrer quelqu'un et d'avoir tout de suite la certitude que c'est lui qu'on attendait ?

Jo Marie acquiesça.

— Oui. Paul et moi avons fait connaissance lors d'un match des Seahawks.

— Vous aimez le football américain ?

Ellie ne s'était jamais intéressée à ce sport avant d'apprendre que Tom y avait joué au collège et au lycée. Il était sur la liste d'attente des Seahawks pour acheter un abonnement pour la saison. Il allait sans dire que si leur relation se poursuivait – et Ellie priait pour que ce soit le cas – elle devrait se familiariser avec les bases de ce jeu. D'ailleurs, Tom s'était déjà porté volontaire pour les lui apprendre.

— Paul et moi étions tous deux des passionnés.

Jo Marie changea de sujet rapidement, comme s'il lui était douloureux de parler de son mari disparu.

— Voulez-vous un autre muffin ?

— Non merci, mais ils sont délicieux.

— Merci, c'est la recette d'une amie. Les myrtilles viennent de son jardin. Ce qui me rappelle que je dois en acheter ce matin au marché.

Ellie songea qu'elle aimerait bien voir le marché, avec ses étals de fruits, de légumes, et de produits et d'objets artisanaux. Peut-être auraient-ils le temps d'y faire un saut après leur sortie en bateau. Elle poserait la question à Tom.

Justement, sa voiture s'engageait dans l'allée. Ellie regarda sa montre. Il avait quelques minutes d'avance, ce qui voulait dire qu'il était aussi excité qu'elle à l'idée de la revoir.

Rover dut entendre la portière claquer car il trotta aussitôt vers l'entrée.

— C'est Tom, expliqua Ellie. Il a un peu d'avance.

— Invitez-le à déjeuner, suggéra Jo Marie. J'ai largement de quoi nourrir tout le monde.

— Je vais lui proposer, merci. C'est très gentil à vous.

Ellie ouvrit la porte avant même qu'il soit arrivé en haut des marches. L'espace d'un instant, ils restèrent immobiles, les yeux dans les yeux, comme s'ils avaient encore du mal à croire qu'ils étaient ensemble.

Tom rompit le silence le premier.

— Bonjour.

— Bonjour. Entre. Jo Marie t'invite à prendre un café et à manger un muffin. Ils sont excellents.

— Génial. J'étais tellement pressé d'arriver que je n'ai pas pris le temps de déjeuner.

Il s'assit à table et elle remarqua qu'il avait des cernes sombres sous les yeux.

— Tu n'as pas bien dormi ?

— Non, avoua-t-il. J'ai passé presque toute la nuit debout.

— Quelque chose ne va pas ?

Il secoua la tête, mais son sourire était forcé.

— Non non, tout va bien.

Puis il passa la main dans le cou d'Ellie et posa son front contre le sien.

Quelque chose le préoccupait, quelque chose dont il ne voulait pas lui parler. Et Ellie n'avait pas la moindre idée de quoi il s'agissait.

13

Le samedi matin, Roy dormait toujours quand Maggie se réveilla, leur dispute de la veille encore présente dans son esprit. Des années plus tôt, lorsqu'ils étaient étudiants à l'Université, Roy lui avait écrit une lettre d'amour. Elle l'avait gardée et relue de temps à autre. Cette lettre avait été un tournant dans leur relation.

À l'époque, ils étaient profondément amoureux et se fréquentaient assidûment. Ils projetaient de se marier dès qu'ils auraient terminé leurs études. Roy avait rencontré ses parents, et elle les siens. Leur avenir semblait tout tracé. Jusqu'au soir où Roy était sorti avec d'autres étudiants de sa fraternité, invoquant une partie de poker et du temps « entre hommes ».

Maggie n'y avait pas attaché d'importance… Et puis des photos de Roy flanqué de deux femmes nues avaient été postées sur Internet et avaient fait le tour du campus. Apparemment, on n'avait pas beaucoup joué aux cartes ce soir-là, et Maggie avait découvert par le bouche-à-oreille que la petite réunion « entre hommes » avait eu lieu dans un club de strip-tease. Et ce n'était pas la première fois.

En ce qui la concernait, l'incident sonnait la fin de leur relation. À la fois anéantie et humiliée, Maggie ne se voyait pas épouser un homme qui prenait plaisir à fréquenter ce genre d'endroits. Et qu'il ait menti au sujet de ses sorties était une raison de plus de s'alarmer.

Une dispute éclata. Roy avait prétendu qu'ils avaient juste voulu s'amuser un peu après le stress des derniers examens et que l'affaire n'avait aucune importance. Qu'il n'avait pas voulu lui faire de la peine et que son mensonge pieux avait pour simple but de la protéger. D'après lui, elle faisait une montagne d'un rien. Ses copains, eux, n'avaient pas eu de soucis avec leurs petites amies, et Maggie aurait dû fermer les yeux elle aussi. Certes les photos étaient gênantes, mais l'agitation provoquée par cette affaire n'allait pas durer.

Maggie avait été choquée par son attitude. Plutôt que de discuter, elle avait pris la décision la plus douloureuse de sa vie et, les larmes aux yeux, avait rompu avec Roy.

Tout d'abord, il avait refusé de croire qu'elle parlait sérieusement. Il lui avait offert des fleurs ainsi qu'un énorme ours en peluche, et était venu l'attendre à la fin des cours. Il lui avait même chanté une sérénade ! C'était seulement au bout d'un mois qu'il avait compris qu'elle ne plaisantait pas. Quant à Maggie, bien que déchirée, elle avait le sentiment de ne pas avoir le choix. Roy avait montré un aspect de lui-même qu'elle ne pouvait tolérer.

Puis sa lettre était arrivée. Il n'avait pas utilisé des tournures romantiques et n'avait pas non plus essayé de la convaincre de se raviser. Au fond, il lui écrivait pour lui dire adieu.

Chère Maggie,

J'espère que tu liras cette lettre. J'ai mis près d'un mois à la rédiger. J'ai oublié combien de versions j'ai faites, et peu importe. Ce qui compte, c'est que tu me croies quand je te dis que mes mots sont sincères.

Lorsque tu as rompu avec moi, je n'arrivais pas à le croire. Je ne sais pas au juste ce que je pensais. Tu étais furieuse et je le comprenais. À vrai dire, moi aussi. J'étais gêné par ces photos, même si, par amour-propre, je ne voulais pas l'admettre. J'ai fait comme si cet incident n'avait pas d'importance, mais je sais qu'il en avait. Qu'il en avait beaucoup.

Il m'a fallu une quinzaine de jours pour réaliser que tu n'allais pas revenir sur ta décision. Que c'était fini. En pensant à ce que j'avais perdu, j'ai ressenti de la colère, puis de la tristesse et de l'écœurement. Je n'ai pas été facile à vivre ces jours-là. Si nous n'avions pas été si près de la fin d'année scolaire, j'aurais sans doute été renvoyé de ma fraternité.

Tu sais tous les efforts que j'ai faits pour te faire changer d'avis. Tu as tenu parole, avec courage et détermination. J'avais pensé, au départ, que c'était de l'entêtement. J'ai mis un certain temps à me rendre compte qu'il ne s'agissait pas uniquement de fierté.

Quand j'ai échoué à te reconquérir, j'ai été désemparé. Je me suis interrogé. J'ai passé des heures cloîtré dans ma chambre, à m'apitoyer sur moi-même sans saisir ce que tu essayais de faire entrer dans mon crâne obtus.

Tu m'aimes... Tu m'aimais, au passé. J'ai gâché ton amour pour de bon et je n'ai que moi-même à blâmer. Je sais que tu es allée de l'avant et que tu sors avec d'autres à présent, et je l'accepte. Je n'ai que ce que je mérite.

Si je t'écris aujourd'hui, c'est pour te dire que j'ai enfin compris. Je sais pourquoi tu as pris la décision de rompre et je sais que ça n'a pas été plus facile pour toi que pour moi. Je t'avais menti. Pas seulement une fois, mais plusieurs. Cela semblait innocent. Je me disais que ce que tu ignorais ne pouvait pas te faire de mal. Mais cela va plus loin que de te faire croire que j'allais jouer au poker. C'est une question de caractère. Tu attendais davantage de moi et je n'ai pas été à la hauteur.

Dans quelques jours, j'aurai mon diplôme et je quitterai l'Université pour travailler dans la société de construction de mon père. Merci pour tout, Maggie, sincèrement. Tu m'as encouragé à être quelqu'un de meilleur, un homme intègre, avec des principes. Le genre d'homme qui ferait un bon mari et un bon père, le genre d'homme que tu mérites. Tu as raison de ne pas vouloir te contenter de moins.

Ça a été une dure leçon pour moi, une leçon qui m'a coûté très cher, car je t'ai perdue.

Nous ne nous reverrons probablement jamais, et cela vaut sans doute mieux. Bien qu'il me soit difficile d'accepter ta décision, je veux te remercier. Cela ne signifie peut-être pas grand-chose pour toi en ce moment, mais je tiens à te dire que je t'aime sincèrement. Je t'aimerai toujours. Si tu as besoin d'aide un jour, je serai là. Tu peux compter sur moi.

Adieu, mon amour.
Roy

Lorsque la lettre était arrivée, Maggie l'avait lue quatre ou cinq fois de suite, s'imprégnant de chaque mot. Puis elle s'était mise à pleurer. Roy savait-il à quel point elle avait été malheureuse elle aussi ? Finalement, elle lui avait téléphoné. Ils s'étaient donné rendez-vous dans un café et avaient passé deux heures à discuter. Maggie, bien que convaincue de la sincérité de Roy, n'était pas sûre qu'une réconciliation soit souhaitable, et lui en avait fait part. En se quittant, ils étaient partis chacun de leur côté. À peine Maggie s'était-elle éloignée qu'elle s'était ravisée. Elle aimait Roy et il l'aimait. Elle voulait qu'ils tentent leur chance à nouveau. Quand elle l'avait rattrapé, elle avait été stupéfaite de voir qu'il avait les larmes aux yeux. Sans un mot, ils s'étaient serrés l'un contre l'autre en pleurant, submergés par l'émotion. À la fin de cet été-là, ils étaient fiancés.

La lettre de Roy avait tout changé. Et si Maggie avait jamais eu besoin d'être rassurée quant à son amour pour elle, c'était bien maintenant, et c'était la raison pour laquelle elle avait apporté la lettre.

Son mari roula sur lui-même et regarda le plafond.

— Bonjour, murmura-t-elle en se penchant pour l'embrasser.

Il tourna légèrement la tête de sorte que ses lèvres effleurèrent juste sa joue. Ça allait donc se passer comme ça. Elle se raidit et se leva, se préparant mentalement. Elle n'avait pas d'autre choix que de faire face.

— Tu m'as dit hier que tu ne voulais pas parler de ce qui s'est passé.

— Non, je ne veux pas en parler.

Ses paroles étaient sèches, sans concession.

— Moi non plus…

— Bien. Dans ce cas, le sujet est clos.

Il roula de nouveau sur lui-même, lui tournant délibérément le dos.

Maggie hésita. Jusqu'où pouvait-elle aller ? S'ils ignoraient cette plaie à vif, leur mariage ne guérirait pas. Tôt ou tard, il se désintégrerait complètement.

— À quelle heure est le petit-déjeuner ? demanda Roy en rejetant les couvertures.

Il s'assit sur le bord du lit, lui tournant toujours le dos.

— Jusqu'à huit ou neuf heures, je crois.

— Dans ce cas, nous ferions mieux de descendre, tu ne crois pas ?

— Non, souffla-t-elle, parlant tout bas de peur de trahir son émotion. Je pense que nous devrions dire ce que nous avons sur le cœur une fois pour toutes.

Roy fit comme s'il ne l'avait pas entendue.

— Tu as une idée de ce que tu voudrais faire aujourd'hui ? Je me disais qu'on pourrait aller au mont Saint Helens voir le site de l'éruption.

Elle décida d'aborder le sujet autrement.

— Tu sais que j'ai gardé la lettre que tu m'as envoyée à l'Université, quand nous avons rompu ?

Roy la regarda par-dessus son épaule.

— En fait, je l'ai apportée.

— Ici ? dit-il en fronçant les sourcils. Pourquoi ?

Maggie contourna le lit pour être face à lui.

— Je la relis de temps à autre quand on traverse une période difficile, juste pour me rassurer, pour me rappeler que tu m'aimes.

Elle hésita, attendant une confirmation mais redoutant sa réponse. Néanmoins, mieux valait qu'elle sache ce qu'il éprouvait tout de suite.

— J'ai écrit ça il y a des années, grommela-t-il.

— Penses-tu toujours ce que tu as écrit Roy, ou ma… mon erreur a-t-elle tout gâché ? Tu m'aimes encore ?

Sa brève hésitation faillit lui donner le coup de grâce.

— Bien sûr que oui. Je suis là, non ?

Maggie se laissa retomber sur le lit à côté de lui, le visage entre les mains, refoulant ses sanglots.

Il posa une main fébrile sur son épaule.

— Maggie, s'il te plaît, ne pleure pas, dit-il d'une voix pleine de regrets. Je ne peux pas supporter de te voir pleurer. Je pensais ce que j'ai dit dans cette lettre et je le pense toujours. C'est juste dur pour moi d'accepter… de t'imaginer avec un autre homme.

Elle se fit violence pour se ressaisir et inspira à fond.

— Tu refuses de me parler.

— Qu'est-ce qu'on est en train de faire ? rétorqua-t-il avec brusquerie.

— Reparlons de ce soir-là, Roy, je t'en prie, juste une fois, pour que tout soit dit… Il faut en passer par là, je t'en prie.

— Non, protesta-t-il, criant presque. Je veux mettre toute cette histoire derrière nous.

— Nous pouvons essayer, murmura-t-elle, mais un jour elle nous rattrapera et à mon avis, ça ne tardera pas. Si nous taisons nos sentiments, notre souffrance finira par ronger notre couple. Si tu ne veux pas le faire pour moi, fais-le pour Jaxon et Collin. Plus que tout, ils ont besoin d'avoir un père et une mère qui s'aiment.

Roy se leva et gagna l'autre côté de la pièce, sans cesser de lui tourner le dos.

— Tu n'as que toi à blâmer, Maggie. Ce que tu voudrais, c'est que j'endosse une part de responsabilité, mais ce n'est pas moi qui me suis enivré au point de coucher avec un inconnu rencontré dans un bar. C'était toi toute seule, ma chérie. C'est toi qui as franchi la ligne. Et largement en plus.

— Vraiment ? dit-elle, sans prendre la peine de dissimuler son sarcasme. Moi toute seule ? Je trouve ça intéressant de la part d'un homme qui avait une liaison avec une ancienne copine retrouvée sur Facebook.

— Au moins je n'ai jamais couché avec elle.

— Non, mais c'est tout comme. Tu lui as donné tout ce que tu avais fait le vœu de me donner à moi.

— Tu vois ? éructa-t-il. Notre petite conversation n'est qu'un prétexte qui te sert à rejeter la faute sur moi.

Maggie se tut, s'exhortant à parler calmement. Une querelle de plus ne résoudrait rien.

— Quand j'ai découvert ce qui se passait avec Katherine, j'ai pensé que notre mariage était fini, que plus rien n'avait d'importance. Je n'avais jamais été aussi malheureuse.

Elle marqua une pause.

— Je suis la première à reconnaître mes torts. Je sais que ma conduite a été épouvantable. Et tu es bien placé pour savoir que ça ne me ressemble pas du tout.

Roy garda le silence.

— Il m'a donné l'impression que j'étais séduisante, désirable…

— Évidemment. Il voulait t'attirer dans son lit et il a réussi, non ?

Elle hésita. Avait-elle la force de poursuivre cette conversation ?

— Tu veux m'accabler et c'est compréhensible, mais il me semble que tu devrais te regarder dans la glace.

Une fois de plus, Roy se tut. Il ne comprenait pas à quel point il l'avait blessée.

— Je n'ai pas besoin d'une boule de cristal pour lire l'avenir, Roy, reprit-elle, faisant de son mieux pour se maîtriser. Des paroles cruelles, irréfléchies, auraient vite fait de démolir ce qu'ils avaient mis dix ans à construire.

— À chaque fois que nous aurons une dispute, tu vas me renvoyer ça à la figure.

— Tu veux dire comme tu le fais avec Katherine ?

— Exactement.

Elle ne pouvait pas être plus directe.

Il fronça les sourcils et se passa la main dans les cheveux pour les discipliner.

— Alors qu'allons-nous faire ?

— Je t'aime, Roy. De tout mon cœur et de toute mon âme. Cette affaire peut nous détruire, détruire notre famille, notre avenir. Nous devons apprendre à nous pardonner.

Il lui fallut un bon moment avant d'acquiescer.

— Ce n'est pas facile.

— Non, admit-elle. Nous avons tous les deux beaucoup souffert.

Il tourna la tête et resta silencieux pendant de longues secondes avant de se tourner vers elle.

— Je suis désolé, Maggie, tellement désolé. Je n'aurais jamais pensé que renouer avec Katherine nous mènerait là. Ça semblait si innocent sur le moment. Pardonne-moi.

— Moi aussi. Vraiment. Peux-tu trouver la force de me pardonner ?

Son mari traversa la pièce et l'attira vers lui.

— Je t'aime. Je t'ai toujours aimée et je t'aimerai jusqu'à la fin de mes jours.

Maggie refoula ses larmes.

— Tu es un bon mari et un merveilleux papa. Et je t'aime.

Roy expira, comme s'il venait de se libérer d'un grand poids. Maggie éprouvait une sensation similaire. Cette conversation avait été nécessaire.

— J'ai faim, annonça Roy tout à coup, avant de se diriger vers la salle de bains.

Maggie sourit. Son estomac grondait aussi et elle avait de grands espoirs pour cette journée qui débutait. Elle avait l'impression qu'ils recommençaient à zéro. Ce ne serait pas facile, mais ils avaient fait un pas dans la bonne direction. Chacun avait fait un effort en acceptant sa part de responsabilité.

Dix minutes plus tard, Roy sortit de la douche. Maggie, déjà habillée, était en train de se maquiller.

Il s'approcha, la prit par les épaules et l'embrassa dans le cou.

— Que dirais-tu d'aller au mont Saint Helens ?

Cette perspective ne l'excitait guère.

— Nous y sommes déjà allés, souviens-toi.

— C'est vrai, mais c'est un site incroyable.

— Je crois que j'aimerais mieux visiter un endroit que nous ne connaissons pas, ou même aller en ville.

— Comme tu voudras. Voyons si Jo Marie a des suggestions.

— Bonne idée.

Quand ils descendirent, Jo Marie leur proposa un véritable festin : muffins maison, jus d'orange, œufs au bacon et pain perdu. Après avoir fait honneur au petit-déjeuner, ils lui demandèrent conseil.

— Bremerton est tout près, et il y a une foule de choses à faire là-bas, commença-t-elle, citant divers musées et attractions. Ensuite il y a la forêt nationale d'Olympique, on peut y faire des randonnées magnifiques. Je vous recommande aussi le musée du Verre à Tacoma qui expose des œuvres de Dale Chihuly. Je n'y suis pas encore allée mais il paraît qu'il est remarquable. Et il y a un musée de l'Automobile pas loin.

Maggie remarqua une lueur d'intérêt dans les yeux de son mari. Il avait toujours eu une passion pour les voitures.

— Eh bien, voilà qui nous donne plusieurs options, commenta Roy en reprenant du bacon.

Jo Marie lui resservit du café.

— Je vous conseille de prendre des pulls. Le temps est couvert ce matin, et d'après la météo, nous pourrions avoir un peu de pluie cet après-midi.

Maggie se sentait un peu barbouillée.

— Je vais chercher nos vestes, annonça-t-elle pendant que Roy se penchait sur la carte avec Jo Marie.

Elle grimpa les marches, attrapa son sac et leurs affaires, puis s'arrêta net, envahie par une nausée soudaine. Elle se précipita dans la salle de bains et arriva juste à temps pour rendre tout son petit-déjeuner.

La prise de conscience la percuta de plein fouet : les seules fois où elle avait été malade de la sorte étaient quand elle était enceinte de ses fils.

Maggie se laissa tomber sur le lit, livide. *Mon Dieu*, pria-t-elle avec ferveur, *faites que je ne sois pas enceinte.*

14

Après le départ de Roy et Maggie, je débarrassai la table et rapportai les restes dans la cuisine. Rover attendait à côté de sa gamelle, me rappelant que, dans mon empressement à servir les invités, j'avais oublié de le nourrir. Je remplis son bol et il se jeta sur les croquettes comme si elles allaient s'échapper.

La sonnerie du téléphone s'éleva. Pas ma ligne personnelle, celle de la maison d'hôtes.

— Villa Rose, annonçai-je, prenant un ton professionnel.

— Jo Marie ?

— Bonjour, maman. Tu appelles sur la ligne des réservations, tu sais.

— Ah bon ? Tu as tellement de numéros que je ne sais plus lequel utiliser. J'ai deux enfants et ils ont à eux seuls six ou sept numéros ! Je ne suis pas sûre qu'il faille considérer ça comme un progrès.

Je ne pus m'empêcher de rire. Elle avait raison.

— Je t'appelle pour dimanche après-midi, reprit-elle, droit au but. Tu ne serais pas libre par hasard ?

— Laisse-moi vérifier.

Je fis apparaître mon planning sur mon ordinateur. Malheureusement, j'avais trois couples de clients qui devaient arriver à la mi-journée.

— À quoi pensais-tu ?

— Eh bien, il y a un certain temps que nous ne t'avons pas vue.

En fait, il ne s'était écoulé qu'un mois environ depuis notre dernière rencontre. Mais, depuis la mort de Paul, mes parents gardaient un œil sur moi.

— Tu ne peux pas t'éclipser pour l'après-midi et venir déjeuner avec nous ? demanda doucement ma mère.

Avec le départ et l'arrivée de clients, je pouvais difficilement m'absenter. C'était un des inconvénients de tenir une maison d'hôtes. Peggy Beldon m'avait prévenue et suggéré de prendre quelqu'un pour me remplacer en cas d'urgence. Depuis je faisais régulièrement appel à deux jeunes filles qui habitaient la ville. Elles étaient compétentes, mais je n'étais pas sûre qu'elles puissent se débrouiller toutes seules.

— Désolée, maman, dis-je à regret, je ne pense pas pouvoir me libérer. Pourquoi ne viendriez-vous pas déjeuner à Cedar Cove ?

— Pourquoi pas en effet ? répondit ma mère après une brève hésitation. Todd et Jennifer sont libres, et tu sais combien il est difficile de réunir toute la famille.

C'était vrai. Mon neveu et ma nièce, bien que jeunes, participaient déjà à toutes sortes d'activités. Shauna prenait des cours de piano, tandis que Brian jouait au football. Et tous deux faisaient partie des scouts.

— Mais c'est beaucoup de travail, Jo Marie, alors que tu as déjà du pain sur la planche.

— Maman, je t'en prie. Je fais la cuisine tous les jours pour plusieurs personnes. Ça me ferait plaisir de vous recevoir. D'ailleurs, ce sera l'occasion de vous montrer mes progrès en matière culinaire.

— Tu es sûre ?

— Absolument. Je suis devenue plutôt bonne cuisinière.

Je me demandais comment ma mère imaginait mes journées. Durant l'année écoulée, j'avais préparé plus de repas qu'au cours de ma vie entière !

Néanmoins, elle continuait à hésiter et je pouvais presque la voir mordiller sa lèvre inférieure, une habitude qu'elle avait lorsqu'elle était face à une décision délicate.

— C'est un déjeuner, souviens-toi, pas un petit-déjeuner. Et nous serons sept. Il faut que je vérifie avec Todd et Jennifer, mais puisque c'est la seule solution pour te voir, je doute qu'ils aient des objections.

En fait, la table pouvait accueillir jusqu'à douze personnes, ce qui me donna une idée.

— Ça t'ennuierait si j'invite quelqu'un ?

— Qui ma chérie ?

Peut-être allais-je ouvrir la boîte de Pandore. Pourtant, je ne pus résister.

— Mark Taylor. Mark. Mon homme à tout faire.

— Celui qui a planté la roseraie ? Et qui a fabriqué l'enseigne de ta maison ?

— Oui, lui.

J'aurais dû y songer plus tôt. Ma mère possédait ce don naturel de faire parler les gens. Et je mourais d'envie de connaître son impression sur Mark. Il me suffirait de les placer face à face pendant le repas.

Un silence suspect me répondit.

— Tu… aimes bien Mark ? me demanda ma mère d'une petite voix douce qui ne lui ressemblait pas.

— Si je l'aime bien ?

Je commençai à saisir.

— Maman, il n'y a absolument rien entre nous. Mark est un ami.

— Vous avez une liaison ?

— Absolument pas, répétai-je avec emphase.

Ma mère prit un ton apaisant, celui que l'on utilise avec un enfant.

— Tu sembles souvent parler de lui, Jo Marie.

À présent, j'étais contrainte d'avouer la vérité.

— J'ai une bonne raison de vouloir l'inviter à se joindre à nous.

— Ah bon ?

L'intérêt de ma mère était éveillé. Je le perçus dans sa voix.

— Je vois souvent Mark. Euh… Non, ce n'est pas ce que je voulais dire. La seule raison pour laquelle je le vois beaucoup, c'est parce qu'il a travaillé sur plusieurs projets liés à la maison d'hôtes.

— Oui, il a fait un excellent travail avec la roseraie, et tu m'avais dit que tu lui demanderais de construire un kiosque.

— J'en ai peut-être parlé oui.

Je redoutais de m'enfoncer un peu plus à chaque parole.

— En fait il est en train de commencer, mais ce que je veux dire, maman, insistai-je, résolue à ne pas me laisser distraire par ses questions ou commentaires, c'est que je ne le connais pas vraiment.

— Que veux-tu dire ?

— Il parle rarement de lui-même, et tu es tellement douée pour te lier avec les gens. J'ai pensé que tu pourrais… tu sais…

— Lui tirer les vers du nez…

— Oui, mais d'une manière naturelle, sans l'effrayer. Te faire une idée sur lui, ce genre de choses.

— Parce que tu es curieuse ?

— Je… Oui, je suppose. C'est un ami, et je ne sais pratiquement rien de lui. Et je ne veux pas le bombarder de questions.

— Eh bien, répondit-elle, en traînant sur les mots, dans ce cas, invite-le, ne serait-ce que parce que ça nous ferait plaisir à ton père et à moi de faire sa connaissance.

La communication terminée, Rover m'attendait à la porte, m'indiquant qu'il voulait sortir. Comme je le soupçonnais, Mark était arrivé avec un nouveau chargement pour le kiosque.

— Bonjour ! lui lançai-je depuis le seuil.

Apparemment, il était là depuis un bon moment, car le plateau du pick-up était presque vide.

— Que dirais-tu d'un café ?

Il hésita, comme s'il avait besoin d'un peu plus de persuasion.

— J'ai fait des muffins aux myrtilles d'après la recette de Peggy.

Il s'arrêta, une longue planche en équilibre sur l'épaule.

— Avec des myrtilles de son jardin ?

— Oui.

Il acquiesça, bien que sans grand enthousiasme.

— Je suppose que je pourrais te dépanner et en manger un ou deux.

Me dépanner. Je levai les yeux au ciel.

— Tu es d'une générosité débordante.

Pendant que Mark achevait de décharger le bois, je partis chercher le nécessaire à la cuisine et revins m'asseoir à côté de lui, Rover entre nous deux.

— J'ai une invitation pour toi, dis-je en lui tendant l'assiette. Que dirais-tu de venir déjeuner ici avec moi dimanche ?

Je jugeai préférable de ne pas lui dire que ma famille allait se joindre à nous, du moins pas tout de suite.

Il considéra ma proposition.

— Que vas-tu préparer ?

— Du saumon, je pense. J'irai au marché tout à l'heure et je verrai ce qu'ils vendent sur les bateaux.

— La semaine dernière, ils avaient du thon. Et à cette époque de l'année, il y a souvent des crevettes du Hood Canal.

La saison des crevettes était courte. Elles étaient chères mais délicieuses. Il en était de même avec le saumon pêché dans la rivière Cooper, qui n'était disponible qu'au printemps.

— Du saumon, répéta-t-il, songeur. J'aime bien ça, mais je croyais que ce n'était pas ton poisson préféré.

— C'est vrai, mais mon père adore ça.

Je me mordis la lèvre. Trop tard. Je ne voulais pas que Mark sache que mes parents seraient là et pourtant, la première chose que j'avais faite, c'était de le lui dire.

Mark se figea, la main au-dessus d'un muffin.

— Ton père va venir ?

— Ce n'est pas encore sûr.

— Il y aura d'autres gens dont tu voudrais me parler ? me demanda-t-il innocemment, avant de mordre dans le gâteau.

Des miettes tombèrent sur les marches. Rover s'empressa de les avaler, puis leva les yeux, espérant davantage.

— Je ne sais pas encore.

— Bon, je vais poser la question autrement. Combien d'autres personnes as-tu invitées ?

J'aurais fait une espionne lamentable. J'avais craché le morceau avant qu'il se soit engagé à venir.

— Six. J'ai invité ma famille.

Mark sirota son café, prit un deuxième muffin et en donna un petit morceau à Rover.

— Pourquoi voudrais-tu que je sois présent à ce repas de famille ?

— Pourquoi pas ? Ils admirent le travail que tu as fait ici. J'ai pensé qu'il était temps que tu fasses leur connaissance.

— Pourquoi ? insista-t-il.

— Tu n'as pas envie de faire la connaissance de ma famille ? demandai-je, le rouge commençant à me monter aux joues.

— Pas nécessairement.

Je lâchai un petit rire et secouai la tête.

— Prends des gants, surtout, plaisantai-je, voyant mon plan tomber complètement à l'eau.

Mark fronça les sourcils.

— Je suis mal à l'aise en société.

— Il ne s'agit pas de société. On sera en famille.

— Avec ta famille, me rappela-t-il.

J'ignorai sa remarque.

— Tu es venu à ma journée portes ouvertes.

Il plissa les yeux, l'air de dire qu'il ne voyait pas le rapport avec cette conversation.

— Il y avait plein de gens et tu t'es bien débrouillé.

— Si tu te rappelles bien, dit-il avec raideur, je venais de me casser la jambe et j'étais bourré de médicaments. Je n'étais pas moi-même.

— C'est ridicule, assénai-je, perdant patience. Bon, tu acceptes mon invitation oui ou non ?

— Non, répondit-il sans ciller.

Je m'efforçai de dissimuler ma déception. C'était stupide, mais je me sentais blessée. En rejetant cette invitation, il me rejetait, moi.

— Ne le prends pas personnellement.

— Je ne suis pas vexée, mentis-je.

Il avait dû lire la déception dans mon regard.

— Ce n'est pas mon truc, Jo Marie, insista-t-il.

— Ça n'a pas d'importance, répondis-je, avec autant d'entrain que j'en étais capable.

Je me levai et époussetai mon pantalon.

— Je ferais mieux de me remettre au travail.

— Oui, moi aussi, dit Mark, sans faire mine de bouger.

Je me dirigeai seule vers la porte. Alors que je refermais la moustiquaire, j'entendis Mark murmurer à mon chien :

— Ce qu'il y a, c'est que je ne suis pas sûr d'être à l'aise avec la famille de Jo Marie.

J'eus envie de le rassurer, mais hésitai. Peut-être avais-je eu tort de l'inviter pour parvenir à mes fins.

15

— J'apprécie que tu fasses ces efforts pour moi, dit Tom, debout au gouvernail.

Le vent les poussait, les aidant à fendre les flots de Puget Sound. Alors qu'ils contournaient l'île Blake, Ellie avait écouté avec attention ses explications sur les techniques de voile. Au début, elle s'était sentie mal à l'aise, mais Tom s'était montré patient et encourageant, aussi s'était-elle très vite détendue, savourant le plaisir d'être sur l'eau.

— J'ai du mal à croire que nous sommes là, avoua-t-elle, fascinée.

On n'entendait que le claquement des voiles quand la brise changeait de direction. La journée était parfaite, le temps idéal. Pas étonnant que Tom adore naviguer.

Il l'avait fait asseoir tout près de lui, et avait passé un bras autour d'elle. Le soleil était agréablement chaud sur leur peau. Mais de temps à autre, un gros nuage arrivait et Ellie se félicita d'avoir apporté son cardigan.

— Vas-tu me parler de ta surprise ?

Elle avait hâte de savoir ce qu'il avait en tête.

— Pas encore.

Il ne lui donna pas le temps de le questionner davantage, mais se pencha pour l'embrasser longuement. Son baiser, intime et profond, la laissa à bout de souffle et émerveillée.

Quand il détacha ses lèvres, Ellie se nicha contre son épaule.

— Merci.

— Pour le baiser ?

— Oui, et pour tout le reste, ajouta-t-elle, plus heureuse que jamais.

— J'espère que je ne vais pas te décevoir, dit Tom, si bas qu'elle douta d'avoir bien entendu.

— Me décevoir ? Impossible. Tu es tout ce que j'ai jamais espéré et bien davantage.

— Je suis plus beau que tu ne le croyais ? demanda-t-il, amusé.

— Certes.

— Certes ? C'est un terme un peu démodé, non ?

— Je suis une fille un peu démodée, je suppose.

Tom appuya tendrement le menton sur son front.

— Tu as mené une existence très protégée.

Elle ne pouvait le nier.

— Ma mère et mes grands-parents y ont veillé.

— Tu ne t'es jamais demandé pourquoi ils te couvaient autant ?

À ses yeux, les choses étaient comme ça, voilà tout ; elle n'avait rien connu d'autre.

— Non, en fait, je n'y ai jamais pensé. J'étais leur seule petite-fille, et ma grand-mère vivait dans l'angoisse qu'il ne m'arrive quelque chose, expliqua-t-elle, songeuse.

— Comme quoi ?

Ellie soupira.

— Je ne l'ai jamais su au juste, mais je crois que cela avait un rapport avec mon père.

— Tu plaisantes ?

— Pas du tout.

Elle se souvenait vaguement de conversations le concernant, des conversations qui s'interrompaient brusquement dès qu'elle entrait dans la pièce.

— Et que s'imaginaient-ils donc ? demanda Tom d'un ton réprobateur.

On aurait dit qu'il était offensé, mais pourquoi ? Cela n'aurait eu aucun sens.

— Je ne sais pas. Avec le recul, cela semble plutôt étrange, non ?

— En effet. Peut-être qu'ils avaient peur que ton père essaie de t'enlever. Cela expliquerait qu'ils aient décidé de t'éduquer à la maison.

Ellie secoua la tête.

— Il y avait d'autres raisons.

— Lesquelles ?

— Souviens-toi que mes grands-parents étaient assez âgés. Quand j'étais toute petite, j'ai attrapé la grippe et je l'ai transmise à ma grand-mère. Il a fallu l'hospitaliser. Tout le monde était très inquiet à son sujet.

— Et tu t'es sentie coupable.

— Un peu, je suppose. J'étais à l'école maternelle et je me rappelle que je m'en voulais que ma grand-mère soit si malade à cause de moi.

— Autrement dit, on t'a éduquée à la maison pour que tu ne rapportes pas de virus ?

— Apparemment, mais je n'en ai pas souffert. Ma grand-mère était mon institutrice parce que maman travaillait toute la journée. On faisait des sorties, et les leçons étaient toujours distrayantes.

— Avais-tu le droit d'avoir des amis ?

— Quelques-uns. Ce n'était pas si terrible, Tom. Tu as l'air de penser que j'étais en prison, mais ce n'était pas ça.

— Que s'est-il passé quand tu as eu l'âge de sortir avec des garçons ?

C'était plus difficile à expliquer.

— Si tu crois qu'on m'en a empêchée, tu as tort, dit-elle, légèrement sur la défensive.

— Tes grands-parents et ta mère avaient une liste de garçons qu'ils considéraient comme acceptables ?

De nouveau, elle détecta une pointe de dérision dans sa voix, comme s'il était fâché en son nom.

— Quand j'ai eu l'âge de sortir, mes grands-parents étaient déjà morts.

Il ne posa pas davantage de questions et Ellie lui en fut reconnaissante. Sa mère et elle avaient traversé des moments très durs.

— Parle-moi de ton premier rendez-vous.

Ellie se mit à rire et Tom l'imita.

— Je portais un appareil dentaire et ma mère avait tenu à ce que je mette une robe. J'étais tellement timide que j'ai à peine décroché un mot de toute la soirée. Heureusement, on est allés au cinéma et il n'était pas indispensable de faire la conversation.

— Quel âge avais-tu ? Treize, quatorze ans ?

— Seize.

Elle sentit son bras se resserrer autour d'elle.

— Seize ans, répéta-t-il.

— Je suis allée à une fête quand j'avais quinze ans, mais personne ne m'a invitée à danser.

— Les garçons sont aveugles dans l'Oregon ? s'étonna Tom, incrédule.

Ellie sourit, touchée qu'il soit si prompt à se fâcher pour elle.

— Quel est ton tout premier souvenir ? demanda-t-elle pour changer de sujet.

Il déposa un baiser sur sa tempe avant de répondre.

— J'étais parti en pique-nique avec mes parents. Il y avait une rivière tout près et je suis descendu avec un gobelet pour prendre des poissons.

— Avec un gobelet ?

— C'est le meilleur moyen, insista-t-il.

— Quel âge avais-tu ?

Tom haussa les épaules.

— Je devais avoir trois ou quatre ans. J'ai vu un petit poisson et j'ai voulu l'attraper pour montrer à mon père à quel point j'étais bon pêcheur. Et j'ai fait l'erreur d'entrer dans la rivière.

— Tu as glissé ?

— Le courant m'a entraîné et je suis tombé ; je me rappelle avoir entendu ma mère crier. Mon père s'est jeté dans l'eau pour me sauver.

— Tu as perdu ton poisson ? le taquina-t-elle.

— Et mon gobelet. C'est ce qui m'a le plus contrarié.

Il l'embrassa de nouveau.

— Et toi, quel est ton premier souvenir ?

— J'ai lu quelque part que cela concerne toujours quelque chose qui nous a fait peur.

— Tu as eu peur toi ?

— Oui, mais ce n'était pas une histoire de courant. Ma mère m'avait couchée pour que je fasse la sieste et je n'avais pas envie de dormir. J'étais encore dans mon lit à barreaux, je m'en souviens.

— Tu étais très jeune, alors. Et qu'est-il arrivé ?

Ellie ferma les yeux. Le souvenir demeurait très net dans son esprit.

— Pour une raison quelconque, ma mère avait encadré une photo de mon père sur la commode. Elle l'avait sortie pour la regarder sans la ranger… Du moins, c'est ce que je pensais.

— Tu penses qu'elle l'aimait ?

— Je crois que oui, à sa manière, mais qu'elle avait peur.

Ellie prenait plaisir à lui raconter cette anecdote. Elle avait l'impression de pouvoir parler de tout avec lui.

— J'ai voulu prendre la photo. Sur la commode, il y avait un napperon fait au crochet par ma grand-mère. J'ai pensé que si je tirais dessus, je pourrais l'attraper.

— Et alors ?

— Mais il y avait aussi ce vase ancien que maman adorait et…

—… il est tombé et s'est cassé en mille morceaux, coupa Tom.

— Hé, c'est mon histoire ! protesta-t-elle en lui donnant un coup de coude.

— Mais c'est ce qui s'est passé, non ?

— Oui.

Encore maintenant, Ellie se souvenait avoir regardé les morceaux de verre à travers les barreaux de son petit lit. Finalement, elle s'était endormie comme elle était censée le faire, mais en redoutant de recevoir une bonne fessée à son réveil.

— Et tu as eu peur, compléta Tom. Que s'est-il passé après ?

— Je ne m'en souviens pas.

— Alors ce que tu as lu s'applique à nous deux. Ça a été deux moments effrayants. Tu as pu regarder la photo de ton père une autre fois ?

— Non. J'avais beau être toute petite, je savais que si je tirais de nouveau sur le napperon, je risquais de casser quelque chose.

— Même à trois ou quatre ans, tu étais futée.

Ellie remarqua que Tom avait viré de bord, et qu'ils retournaient vers la baie.

— J'ai téléphoné à ma mère hier soir quand je suis rentrée à la maison d'hôtes, dit-elle d'un ton dégagé, espérant donner l'impression qu'il était tout à fait normal qu'elle lui parle à une heure aussi tardive.

— Je parie qu'elle se faisait du souci.

— C'est compréhensible.

Elle ne voulait pas présenter Virginia comme un tyran, même si c'était vrai en partie.

— Oui, dit Tom, d'un ton peu convaincu. Tu rencontrais un inconnu. Quelqu'un qui ne figurait pas sur sa liste de candidats.

— Tu n'étais pas un inconnu pour moi, mais je ne voudrais pas que tu aies une mauvaise opinion d'elle. Elle a été une bonne mère.

— Protectrice à l'excès. Dominatrice.

— Dans une certaine mesure, mais toujours avec douceur.

— Elle a mis une chaîne à ta vie, Ellie.

Elle n'avait jamais entendu la situation être décrite en ces termes, mais Tom avait raison. Elle ne pouvait pas prendre une seule décision sans que sa mère donne son avis.

— À part pour ce rendez-vous avec moi, lui as-tu déjà tenu tête ?

— Bien sûr.

Il émit un petit rire sceptique.

— Par exemple ?

— Eh bien, pour commencer, le jour de mon premier rendez-vous, elle voulait que je porte ma robe blanche et j'ai insisté pour mettre la rose.

— Pourquoi ?

— Parce que la blanche faisait penser à un mariage.

— Et qui l'a emporté ?

Ellie soupira. Forcément, il allait poser la question.

— Ma mère.

— Donc tu étais habillée en mariée pour ton premier rendez-vous.

— Pas exactement, rectifia-t-elle. Je ressemblais plutôt à une marchande de fleurs.

Tom ne put s'empêcher de rire.

— Nous approchons, annonça-t-il en se levant. Tu peux prendre la barre deux minutes ?

— Moi ?

— Ne t'inquiète pas. Tout ira bien. Je vais affaler les voiles, mais je vais faire vite. Tu ne remarqueras même pas que je suis parti.

Se sentant un tantinet dépassée, Ellie prit la barre à deux mains. Heureusement, plus tôt dans la journée, Tom lui avait montré les rudiments et elle surveilla attentivement sa trajectoire. Mais il fut de retour en un rien de temps et ils filèrent droit vers le port.

Les jardins et les quais étaient très animés. Apparemment, le beau temps et le marché avaient attiré quantité de badauds.

Tom accosta, sauta prestement à terre et enroula les cordes autour des bittes d'amarrage. Puis il veilla à bien ranger les voiles de façon à tout laisser exactement tel qu'il l'avait trouvé.

Il releva enfin la tête et hésita avant de se tourner vers elle.

— Tu es prête pour ta surprise ?

— Bien sûr.

De nouveau, elle perçut sur ses traits un peu d'appréhension. Il lui prit la main et la conduisit vers le jardin public.

— Je voudrais te présenter quelqu'un, dit-il, en serrant davantage sa main dans la sienne.

— Qui ?

— Mon père, dit-il sans la regarder.

Un homme d'âge mûr s'avança vers eux et Ellie sentit un frisson la parcourir.

— Voici mon père, annonça Tom. Mon beau-père, rectifia-t-il.

— Enchantée, dit Ellie en souriant.

L'homme était séduisant, ses tempes argentées ajoutant à son charme. Ses yeux étaient sombres et graves, et elle lut dans son regard le même doute qui habitait Tom.

— Je m'appelle Eleanor.

— Tu t'appelles Ellie, dit-il doucement. Et je suis ton père.

16

Maggie était au comble de l'agitation. C'était impossible. Elle ne pouvait pas être enceinte ! Une grossesse gâcherait sa vie, son mariage, son avenir.

— Ça va ? demanda Roy alors qu'ils sortaient de Cedar Cove par la route qui longeait la côte.

Ils avaient décidé de prendre le ferry de Bremerton pour passer la journée à Seattle. Il y avait des années qu'ils n'étaient pas allés au marché de Pike Place et la ville offrait une multitude d'attractions touristiques.

— Très bien, affirma Maggie, faisant de son mieux pour sourire.

Combien de temps allait-elle pouvoir cacher sa terreur à son mari ? Une chose était sûre : elle ne pouvait tout lui révéler comme la fois où elle lui avait avoué son écart de conduite.

Roy, d'humeur joviale, sifflotait sur une chanson de Katy Perry que diffusait le poste. Après leur conversation, il semblait soulagé… presque heureux. Il y avait une éternité qu'elle ne l'avait pas vu si insouciant. Comme si tout allait pour le mieux dans le meilleur des mondes.

On n'aurait pas pu en dire autant d'elle. Maggie avait l'impression que son corps pesait une tonne ; son cœur battait à tout rompre et elle avait la nausée. Il fallait qu'elle sache, sinon elle allait devenir folle.

— Mon chéri, pourrais-tu t'arrêter devant une pharmacie ? demanda-t-elle d'une voix aussi calme que possible. J'ai laissé mes médicaments pour l'estomac à la maison d'hôtes.

— Tu as toujours mal au cœur ? demanda-t-il, aussitôt inquiet.

— Pas vraiment. Je suis juste un peu barbouillée.

Mais pas pour les raisons qu'il imaginait. Elle porta une main à son ventre.

— J'espère vraiment que ce n'est pas la grippe. Si tu veux qu'on rentre à la Villa Rose, dis-le-moi.

— Non, non, je suis contente d'aller à Seattle.

Au moins, si elle était occupée, cela lui changerait les idées. Elle ne penserait pas à l'épouvantable cauchemar qu'elle allait peut-être devoir affronter.

— Ça va être génial de prendre le ferry, dit-il avec enthousiasme.

Elle avait toujours aimé prendre le ferry. C'était un trajet si pittoresque, surtout par beau temps comme ce jour-là.

— Je crois qu'il y a une pharmacie là-bas, dit Roy.

— Parfait.

Il s'engagea dans le parking. Avant même qu'il se soit arrêté, Maggie avait défait sa ceinture.

— Je reviens tout de suite.

— J'y vais si tu veux ?

— Non, merci, ne te dérange pas.

Ce n'était pas quelque chose pour la digestion qu'elle voulait mais un test de grossesse. Elle devait en avoir le cœur net, et vite. Et Roy ne devait pas connaître la vraie raison de cet arrêt.

— Tu peux prendre des bouteilles d'eau ? demanda-t-il dans son dos.

Il lui fallut quelques instants pour trouver le bon rayon. Elle attrapa un test, deux petites bouteilles d'eau, et dans sa hâte faillit oublier les comprimés. En sortant, elle dissimula le test de grossesse dans son sac à main.

Ils arrivèrent à Bremerton avec un peu d'avance. Après avoir pris leurs billets, ils se placèrent dans la longue file de voitures qui attendaient l'embarquement. Quelques minutes plus tard, ils aperçurent le ferry qui entrait dans la baie.

Un pygargue prit son envol au-dessus d'eux et, les ailes déployées, décrivit un cercle paresseux dans le ciel moucheté de nuages.

— Quel paysage ! ajouta son mari en embrassant d'un geste les eaux turquoise de la baie. C'est splendide, non ?

La vue était spectaculaire en effet, mais Maggie était incapable de l'apprécier. Quel effet l'annonce d'une grossesse aurait-elle sur l'engagement qu'ils venaient de prendre ? Elle n'osait imaginer la réaction de son mari lorsqu'elle lui avouerait qu'elle attendait un bébé. Car elle ne pouvait savoir si cet enfant – si enfant il y avait – était bien celui de Roy ou le fruit de son incartade.

Elle ne pourrait pas garder le secret très longtemps. Roy allait forcément deviner… Oh, Seigneur, elle allait trop vite. Elle n'avait pas encore la preuve irréfutable qu'elle était enceinte, et pourtant, elle savait… En son for intérieur, elle savait.

Ce qui la stupéfiait, c'était que cette éventualité ne lui soit pas venue à l'esprit plus tôt. Elle connaissait les risques… Ils faisaient l'amour si peu souvent qu'elle avait négligé de prendre la pilule. À un moment donné, Roy et elle avaient même évoqué la possibilité d'avoir un troisième enfant.

Un bébé.

Que faire ? Maggie se souvenait du moment où elle lui avait annoncé qu'elle était enceinte du premier. Son mari l'avait soulevée de terre, la faisant tournoyer en riant pour montrer sa joie. Et il s'était empressé d'informer ses parents.

Quinze petits mois après, Maggie avait découvert qu'elle attendait leur deuxième enfant. Cette grossesse-là n'était pas prévue, mais son mari avait été tout aussi enchanté même si, après coup, il avait avoué à Maggie qu'il avait espéré avoir une petite fille.

Le ferry accosta et une longue file de voitures commença à débarquer. Bientôt, ce serait à leur tour de monter à bord. Là, Maggie irait aux toilettes et ferait le test. Si elle avait la confirmation de ce qu'elle redoutait, elle déciderait quand et comment en parler à Roy.

Comment avait-elle pu être aussi stupide ?

Quiconque la connaissant aurait été choqué d'apprendre ce qu'elle avait fait. Maggie avait toujours été une fille obéissante, une mère et une épouse irréprochable. À vrai dire, elle avait elle-même du mal à le croire.

Après sa terrible dispute avec Roy ce soir-là au sujet de Katherine, elle avait cru que tout était terminé entre eux. Secouée de sanglots, elle était partie sans savoir où elle allait. Il était hors de question d'aller se réfugier chez ses parents. Il aurait été trop humiliant de leur avouer que Roy et elle allaient divorcer. Elle aurait pu demander à une amie, et avec le recul, c'est ce qu'elle aurait dû faire. Seulement, c'était trop rabaissant de devoir admettre à quelqu'un que son mari s'était entiché d'une autre.

À une intersection, elle avait brûlé un feu rouge et failli percuter une autre voiture. C'est là qu'elle avait compris qu'elle n'était pas en état de conduire et, avisant une place juste devant un bar, s'était dit qu'un verre la calmerait certainement. Après tout, pourquoi pas ? Combien de fois Roy avait-il manqué les dîners en famille ? Elle savait désormais que ces soirs-là, il avait certainement pris un verre avec Katherine. Qu'il avait préféré sa compagnie à celle de Maggie et de ses fils.

Elle était entrée et avait commandé un cocktail, qu'elle avait bu d'une traite comme si cela avait été du jus d'orange. Dès son deuxième verre, elle avait atteint ses limites. Elle se sentait déjà un peu étourdie.

Et puis, un certain Steve lui avait offert un autre verre par l'intermédiaire du serveur. Peu après, il l'avait rejointe et ils avaient bavardé longuement. Assis tout près d'elle, il lui avait sorti tous les compliments que son mari ne lui disait plus depuis longtemps. Qu'elle était belle, drôle, spirituelle. Après quatre verres, Steve Machin-Chose l'avait embrassée. Maggie s'était laissé faire. Son baiser, doux et tendre, lui avait donné les larmes aux yeux. Il y avait si longtemps que Roy ne l'avait pas embrassée comme ça, comme si elle était le cadeau le plus précieux qu'il ait jamais reçu.

Après plusieurs slows langoureux, Steve avait suggéré qu'ils aillent dans un endroit plus tranquille. Pressentant la suite, Maggie avait refusé et il n'avait pas protesté. Il savait qu'elle était mariée, et il lui avait avoué qu'il l'était également.

Juste un café en bas de la rue. L'idée avait paru bonne à Maggie… malheureusement, ils n'étaient jamais arrivés jusque-là. En sortant du bar, Steve avait recommencé à l'embrasser prétendant qu'elle était irrésistible. Elle s'était retrouvée le dos au mur, enlacée par un homme qu'elle venait de rencontrer, convaincue que son mariage appartenait au passé.

Elle avait protesté sans conviction, puis fini par céder. Pourquoi ne pas se sentir aimée, attirante, sensuelle ? Désirée. Roy n'avait qu'à retourner à sa Katherine. Elle en avait assez de jouer les seconds rôles dans la vie de son mari.

Elle avait passé la nuit avec Steve dans une chambre d'hôtel et s'était réveillée seule, au petit matin, avec un violent mal de tête et écœurée par sa conduite. Après s'être frictionnée avec acharnement sous la douche, elle avait trouvé dix messages de Roy sur son répondeur. Il avait laissé les garçons chez sa sœur pour partir à sa recherche. Il voulait lui parler. Il lui demandait pardon et la suppliait d'appeler.

Elle avait accepté de le retrouver. Face à lui, Maggie, furieuse, avait affiché un air de défi. Roy regrettait tout. Il savait qu'elle avait le droit d'être en colère. Il jura que tout était fini entre Katherine et lui et qu'ils n'auraient plus de contact. Il s'engageait même à ne plus travailler avec la société qui l'employait.

Les larmes aux yeux, il lui avait demandé de le pardonner et lui avait fait promettre de ne jamais le quitter ainsi de nouveau. Il avait passé la moitié de la nuit à faire les cent pas dans la maison, fou d'inquiétude. Et pourquoi diable n'avait-elle pas répondu à son téléphone ?

En arrivant au rendez-vous, Maggie n'avait pas eu la moindre intention de révéler son incartade à son mari. Mais, après ses excuses émues, elle n'avait pu garder ça pour elle. Se sentant coupable et désolée, tellement désolée, elle avait tout avoué.

Pendant un moment interminable, Roy était resté silencieux, la fixant comme s'il refusait de la croire. Et comment le blâmer ? Maggie était bien la dernière que l'on aurait cru capable d'une aventure sans lendemain.

Et jusqu'à ce matin, son mari avait refusé d'en parler.

Arrachant Maggie à ses réflexions, Roy démarra et suivit le véhicule devant eux sur le ferry. Ils se garèrent au second niveau, près des escaliers qui menaient au pont supérieur et à la cafétéria.

— Tu as l'air toute pensive, commenta-t-il en coupant le moteur.

Elle sourit, espérant le rassurer. Roy captura doucement sa main.

— J'avais tort de ne pas vouloir parler de ce qui s'est passé.

Elle baissa la tête.

— Je ne peux pas t'en vouloir... J'étais comme toi.

— Mais tu avais raison. Ça aurait été une erreur. Je me sens mieux que jamais maintenant.

Maggie aurait tellement voulu lui assurer qu'elle éprouvait le même sentiment de paix, mais ça aurait été un mensonge. Un très gros mensonge. Et elle n'avait jamais pu faire semblant.

— Allons à l'avant du bateau, suggéra Roy.

Les jambes flageolantes, elle le suivit dans l'escalier. Dehors, le vent lui fouetta les cheveux, mais le soleil brillait, vif et chaud. Le ferry fit hurler sa sirène et s'ébranla, s'éloignant du quai en direction de Seattle. Des mouettes le suivirent, en quête de nourriture jetée par les passagers.

Maggie regarda les vagues s'écraser sur la coque. Comme il serait facile de sauter, de disparaître dans les profondeurs de Puget Sound ! Elle n'aurait ainsi jamais à affronter son avenir. À subir les lourdes conséquences d'un seul moment de folie. Elle ne méritait pas tant d'injustice. Elle dut se mordre la lèvre pour ne pas crier.

Roy arriva derrière elle et l'enlaça pour la protéger du vent.

— Je t'aime, Maggie, chuchota-t-il dans son cou. Je t'aime de tout mon cœur.

Elle se laissa aller contre lui, glissa la tête sous son menton et ferma les yeux. À cet instant, son amour était une certitude, mais combien de temps durerait-il lorsqu'elle lui annoncerait sa grossesse ?

— Tu m'as demandé tout à l'heure si je pensais toujours les choses que j'avais écrites dans ma lettre.

Je n'aurais pas dû hésiter. Chaque mot était vrai. Nous sommes faits l'un pour l'autre, Maggie. Tu es mon âme sœur.

Maggie se retourna et enfouit son visage dans sa poitrine, retenant ses larmes alors qu'il la serrait étroitement. — Je vais aux toilettes, murmura-t-elle.

— Je rentre aussi. Veux-tu boire un café ?

— Du thé, s'il te plaît.

— Je vais nous trouver des places.

— Je n'en ai pas pour longtemps.

Par chance, il n'y avait pas la queue. Elle entra dans une cabine, déballa le test et lut rapidement les instructions. Cinq minutes. C'était tout ce qu'il fallait pour la rassurer ou pour faire voler son univers en éclats.

Cinq longues minutes.

En réalité, le test prit moins longtemps que prévu. Le ruban se colora, confirmant ses soupçons bien avant que l'alarme de son téléphone ne retentisse. Il était bleu.

Elle était enceinte.

17

— Mon… mon père, balbutia Ellie, lorsqu'elle eut enfin retrouvé la parole.

L'homme paraissait aussi gêné qu'elle. Le visage contrarié, elle se tourna vers Tom pour avoir une explication. Cela n'avait aucun sens. Il avait parlé d'une surprise, mais il ne pouvait tout de même pas avoir fait allusion à ça.

— Bonjour Ellie, dit l'homme.

Elle ne répondit pas. Son regard restait rivé sur Tom, et ce fut à lui qu'elle s'adressa.

— Je ne comprends pas.

— Je sais que c'est un peu un choc…

— Un peu ? répéta-t-elle, incrédule.

— Je vais tout de dire.

Tom montra une table de pique-nique toute proche, suggérant silencieusement qu'ils aillent tous s'asseoir, comme s'il s'agissait d'une grande réunion de famille où on allait s'étreindre et s'embrasser.

Ellie refusa de la tête.

— Non… non…

Ce n'était pas un moment en famille. Elle n'allait pas dresser le couvert pendant que Tom allait faire cuire des saucisses au barbecue.

— Après mon divorce d'avec ta mère, j'ai épousé la mère de Tom, expliqua l'homme.

Ellie tendit le bras comme pour lui imposer silence.

— C'est à Tom que je parle. C'est lui qui devrait me dire ce qui se passe.

— Je… Je voulais te retrouver pour mon père, commença ce dernier.

— Me retrouver ? Comment ça, me retrouver ?

Aussitôt, toutes les pièces du puzzle se mirent en place. L'invitation à devenir ami dans un club de lecture *via* Facebook, la stratégie habile avec laquelle il s'était présenté et avait gardé le contact, en la séduisant peu à peu, en gagnant sa confiance jour après jour. Leur rencontre n'était due ni au hasard ni au destin : elle avait été habilement orchestrée. Il l'avait recherchée, avait découvert ses centres d'intérêt, puis l'avait manipulée pour obtenir un rendez-vous.

Ellie fit un pas en arrière.

— Tu as tout manigancé depuis le début… Tu m'as caché qui tu étais, tu t'es servi de moi. Il était au courant ? demanda-t-elle, désignant son père de la tête.

— C'est une surprise pour moi aussi, déclara Scott Reynolds. Je ne l'ai su que récemment… ce matin, à vrai dire.

Pas étonnant qu'il ait l'air si embarrassé.

Autrement dit, son père n'avait jamais eu la moindre intention de la contacter. Il n'avait pas préparé cette rencontre. Il les avait abandonnées, sa mère et elle, et s'était trouvé une nouvelle famille, une nouvelle vie. Tom avait parlé mille fois de son beau-père, qu'il appelait papa. *Papa* par-ci, *papa* par-là.

Son père. Tom avait été élevé par *son* père. Tom n'éprouvait rien pour elle. Il ne l'aimait pas. C'était pour *son père* qu'il avait de l'affection. Il avait accepté ses confidences et s'en était servi contre elle.

— Il est normal que tu connaisses l'homme qui t'a donné la vie, affirma Tom, tu me l'as dit toi-même. Je t'en prie, Ellie, écoute-moi.

— T'écouter ?

Son cerveau bouillonnait, mais elle devait rester là, à affronter… elle ne savait quoi.

— Scott est quelqu'un de bien. Permets-lui au moins…

— Non ! cria-t-elle, en secouant la tête.

Elle se tourna vers Tom, la voix vibrante d'émotion.

— Tu t'es servi de moi !

— Non, protesta-t-il aussitôt. Ça ne s'est pas passé comme ça.

— Ce n'est pas par hasard si tu m'as contactée sur Facebook, poursuivit-elle, refusant de le croire. Tu viens de l'admettre.

— C'est vrai, au départ. Papa parlait de ta mère et de toi avec tant de chagrin et de regrets que cela m'a semblé légitime qu'il puisse te rencontrer.

Ellie n'était pas prête à écouter ses excuses. Son père, heureusement, se taisait.

— Je trouve intéressant que ce soit toi qui m'aies cherchée, et pas lui.

Elle pointa le doigt vers son père, le foudroyant d'un regard accusateur.

— Il se moquait éperdument de moi, n'est-ce pas ?

Pendant des années elle avait rêvé de le connaître, et elle était restée face à un mur.

Encore maintenant, Scott n'avait rien à dire pour sa défense. Il paraissait avoir du mal à la regarder en face. Il avait honte, et ce n'était que justice. Il avait abandonné le fruit de sa propre chair et offert un foyer à d'autres enfants.

Presque toutes les mises en garde de sa mère se réalisaient. Tom avait conquis son cœur, gagné sa confiance par pur égoïsme. Il ne se souciait pas d'elle ; il ne l'aimait pas. Son saut dans l'inconnu – son seul acte d'indépendance – s'était violemment retourné contre elle.

Elle était sur le point de pleurer.

— Je n'arrive pas à y croire…

— Ellie, s'il te plaît. Je t'en prie, écoute-moi.

— Non.

Elle les toisa tous les deux.

— Je ne veux jamais vous revoir ni l'un ni l'autre. Jamais.

Sur quoi elle tourna les talons, brûlant de s'éloigner le plus vite possible.

Tom courut à sa suite.

— Ellie ! Écoute-moi. D'accord, d'accord, tu as raison. Je ne t'ai pas trouvée par hasard, mais après, je suis tombé amoureux de toi.

Elle réprima un rire amer.

— Tu penses que je vais te croire ?

— Oui, c'est vrai qu'au début je voulais organiser une rencontre entre papa et toi. Mais le temps a passé, et nous en sommes venus à mieux nous connaître. C'est là que j'ai compris que je te voulais, toi.

Ellie ne distinguait même plus les traits de son visage à travers ses larmes.

— Dans ce cas, tu aurais dû me dire qui tu étais.

— Tu as raison, j'aurais dû. Donne-moi une autre chance. Je t'en prie.

Ellie mit ses bras autour d'elle comme pour se protéger du froid.

— J'ai besoin de réfléchir. Et pour l'instant, je veux que tu t'en ailles.

— Je ne peux pas, plaida-t-il. Je ne peux pas laisser les choses comme ça entre nous.

— Donne-moi du temps, insista-t-elle. J'ai besoin de temps pour assimiler tout ça.

Il hésita.

— Combien de temps veux-tu ? Une heure, une journée ?

— Que les choses soient claires. Je t'appellerai. Ne m'appelle pas.

— Très bien.

Il la prit par les épaules pour l'immobiliser. Ses yeux plongèrent dans les siens, exigeant toute son attention.

— Tu as raison, répéta-t-il. Je m'y suis très mal pris et je te demande pardon. Je suis désolé. Pour rien au monde je ne voulais te faire du mal.

Ellie était déchirée entre l'envie de le repousser et celle de se blottir contre lui. Mais elle s'était déjà ridiculisée une fois à cause de cet homme. Elle n'allait pas recommencer.

— Je suis tombé amoureux de toi, Ellie.

Le regard de Tom était grave, intense.

— Je ne te mens pas. Je te parle du fond du cœur.

Elle aurait tant voulu le croire ! Pourtant elle avait trop peur.

— Alors laisse de côté mes sentiments pour toi, dit-il, comme elle se taisait. Ton père t'aime.

Ellie n'avait aucune preuve de cela, aucune. Elle tenta de se dégager, mais Tom tenait bon.

— C'est vrai. Je n'ai découvert ton existence qu'après la mort de ma mère.

Ce seul fait démentait son affirmation précédente.

— Il m'aimait tellement qu'il ne t'a jamais parlé de moi, c'est ça ?

— Il a parlé de toi à ma mère.

— Ça m'apporte un grand réconfort, rétorqua-t-elle, sarcastique.

— Quand elle est morte, il m'a avoué que son plus grand regret était de ne pas connaître sa fille.

— C'est un peu tard, tu ne crois pas ? Quelque chose comme vingt ans trop tard ?

— Il m'a montré une photo de toi bébé. Il l'a toujours gardée dans son portefeuille.

— Il aurait pu me téléphoner. M'écrire.

— Il a essayé, mais tes grands-parents l'ont empêché de te contacter, insista Tom. Si tu ne me crois pas, demande à ta mère.

— C'est exactement ce que j'ai l'intention de faire.

— Parle-lui, Ellie, supplia Tom. Donne-lui au moins la possibilité d'expliquer ce qui s'est passé entre ta mère et lui.

— Non.

— Tu crois que ça a été facile pour lui de venir ? Tu ne crois pas que ça a été aussi difficile pour lui que pour toi ?

Ellie secoua la tête.

— Je pensais que tu avais dit que j'étais son plus grand regret… S'il a fallu que tu le traînes jusqu'ici, c'est qu'il n'avait pas tellement envie de me rencontrer.

— Je n'ai pas eu à le traîner jusqu'ici. Il est venu de lui-même parce qu'il t'aime.

Ellie lâcha un petit bruit méprisant.

Tom ôta ses mains.

— Il m'a averti que tu réagirais ainsi. Que tu le haïrais… Que tes grands-parents et ta mère t'auraient montée contre lui, et il avait raison.

— Ma mère a été là chaque jour de ma vie pour m'encourager et me soutenir. Mes grands-parents étaient des gens bien, des gens honorables, qui m'aimaient.

— Ils t'ont étouffée, et ils ont dicté le moindre de tes gestes, accusa-t-il.

Ellie était trop troublée pour réfléchir lucidement.

— Tu ne sais pas de quoi tu parles, insista-t-elle, reculant de nouveau.

— Vas-y, lança Tom. Prends la fuite. Tourne-nous le dos, à ton père et à moi. Tu dis que tu as besoin de temps. Très bien, prends tout le temps que tu voudras. Si tu veux parler, je serai là et ton père aussi. Tu peux me haïr si ça te soulage. Je suis sûr d'être exactement le genre d'hommes contre lequel ta mère t'a mise en garde. Mais si tu ignores ton père maintenant, Ellie Reynolds, tu le regretteras jusqu'à la fin de tes jours.

Il la quitta alors et retourna vers le quai. Ellie le suivit des yeux quelques secondes et le vit rejoindre le père qu'elle n'avait jamais connu. Scott Reynolds était assis sur un banc, le dos voûté comme s'il portait le poids du monde sur ses épaules.

Ellie remonta en hâte à la maison d'hôtes. Elle arriva hors d'haleine, tremblant de tous ses membres tant elle était perturbée. Ne voulant pas croiser Jo Marie dans cet état, elle resta dehors et s'assit sur la terrasse. De là, elle avait vue sur le jardin public, mais elle se força à ne pas regarder en direction de l'endroit où elle avait laissé Tom et son père.

Une larme roula sur sa joue, bientôt suivie d'une autre. Elle voulait croire que Tom l'aimait, mais elle avait peur de lui faire confiance. Elle éclata en sanglots, et son nez se mit à couler.

Elle tendit la main vers son sac pour attraper un mouchoir et découvrit Rover qui l'avait rejointe. Il s'était allongé à côté d'elle, le museau sur ses pattes.

— Tu ne vas pas croire ce qui s'est passé, murmura-t-elle en se mouchant.

— Rover ?

C'était la voix de Jo Marie.

Ellie s'essuya les yeux, s'efforçant de maîtriser son émotion.

— Ellie ? Mon Dieu, qu'y a-t-il ?

Ellie baissa la tête, indiquant qu'elle était incapable de parler pour l'instant.

Jo Marie lui pressa doucement l'épaule.

— J'ai ce qu'il faut, dit-elle avant de retourner à l'intérieur.

À la surprise d'Ellie, Rover resta à ses côtés, allant même jusqu'à poser sa tête sur son pied, ce qui, bizarrement, la réconforta.

— As-tu jamais aimé quelqu'un qui t'a amèrement déçu ? lui demanda-t-elle tout bas.

Quelques minutes plus tard, Jo Marie revint avec du thé et une petite assiette de cookies. Elle déposa le plateau sur la table.

— À mon avis, il n'y a rien de plus réconfortant qu'un thé avec des sucreries.

En dépit de sa peine, Ellie parvint à sourire. Jo Marie les servit. Un nuage de vapeur s'éleva de la théière en porcelaine, puis de la tasse.

— Du lait ? Du sucre ?

Ellie déclina poliment et souffla sur le breuvage brûlant.

— Je n'ai jamais connu mon père, avoua-t-elle. Mes parents ont divorcé avant que j'aie des souvenirs de lui.

— Vous n'avez jamais eu de contacts ?

— Non, jusqu'à aujourd'hui… Il était là… sur les quais.

— À Cedar Cove ?

Ellie acquiesça.

— C'est le père de Tom.

Jo Marie s'efforça en vain de masquer sa stupeur.

— Tom est votre demi-frère ?

— Non, Tom est le beau-fils de mon père. Il a élevé Tom et son frère, Earl, comme ses fils. La seule raison pour laquelle Tom m'a invitée, c'est…

Elle marqua une pause, réticente à prononcer ces mots.

— … qu'il voulait nous réunir, mon père et moi, acheva-t-elle.

— Oh ! Ellie, je ne crois pas que ce soit la seule raison. J'ai vu la manière dont il vous regardait ce matin, ajouta Jo Marie avec douceur. Il est fou amoureux de vous.

Ellie secoua la tête.

— Mon père ne savait pas plus que moi ce que Tom mijotait. Il osait à peine me regarder… Tom a prétendu qu'il avait essayé de me contacter pendant toutes ces années mais que mes grands-parents et ma mère l'en avaient empêché… Pourtant, il aurait pu s'adresser au tribunal. S'il avait vraiment voulu m'impliquer dans sa vie, il aurait remué ciel et terre pour y parvenir.

— Oui, admit Jo Marie en s'asseyant à côté d'elle. Mais nous avons tous des regrets, n'est-ce pas ? Je suppose que vous auriez aimé connaître votre père.

— Quand j'étais petite, j'aurais donné n'importe quoi pour avoir des nouvelles de lui, pouvoir lui parler. J'avais besoin de lui et il n'était pas là. À ses yeux, je n'étais qu'un fardeau.

Jo Marie but une gorgée.

— Pourquoi est-ce différent pour vous à présent ?

Ellie se tourna vers elle.

— Que voulez-vous dire ?

— Il est ici. Il a dû avoir beaucoup de courage pour accepter de vous rencontrer après tout ce temps, sachant combien il vous avait déçue.

Tom avait dit plus ou moins la même chose. N'avait-il pas même ajouté que si elle tournait le dos à son père, elle le regretterait ?

— Vous ne croyez pas que vous devriez lui donner une chance ? insista Jo Marie.

— Mais Tom…

— Laissons Tom de côté pour l'instant.

— Ma mère m'a mise en garde contre lui… Elle m'a avertie de ne pas lui faire confiance.

— Oh ! Ellie, votre mère a été blessée, profondément blessée. J'espère que vous ne m'en voudrez pas de vous dire cela, mais même si ses intentions sont louables, elle vous a transmis une vision déformée des hommes et de la vie.

Jo Marie disait la vérité, et Ellie s'en rendit compte aussitôt.

— Vous avez raison, murmura-t-elle. Je devrais permettre à mon père de s'expliquer…

— Je pense que vous ne le regretterez pas.

Ellie sortit son téléphone de son sac et envoya un message à Tom. *J'aimerais parler à mon père. Dis-moi où je peux le retrouver. Mais ne viens pas.*

18

Pauvre Ellie. J'aurais voulu la serrer contre moi et lui dire que tout allait finir par s'arranger. Surtout, j'aurais voulu dire à Tom ses quatre vérités pour lui avoir joué ce mauvais tour. Cela dit, instinctivement, je savais que ses intentions étaient bonnes, même si sa méthode était discutable.

À l'évidence, il avait beaucoup d'affection pour son beau-père. Et pour avoir vu le jeune homme avec Ellie, j'étais convaincue qu'il lui était aussi très attaché.

Que disait Walter Scott déjà ? *Oh, quel enchevêtrement nous tissons lorsque nous commençons à tromper…* Je soupçonnais que Tom avait été dépassé par son entreprise et qu'il n'avait jamais eu l'intention de pousser la tromperie aussi loin.

Je remarquai que Mark ne travaillait pas sur le kiosque. Mon invitation à déjeuner avait dû le faire fuir. Tous les efforts que je faisais pour mieux le connaître se retournaient contre moi. Il était clair que la perspective de rencontrer ma famille l'avait rendu nerveux. Pourtant, j'avais espéré qu'il verrait dans cette offre la preuve que je le considérais comme un ami, un ami susceptible, certes, mais un ami quand même.

Avant ce matin-là, je ne m'étais pas rendu compte à quel point je me sentais proche de lui. Pas sentimentalement parlant, mais en tant qu'amie. Sinon pourquoi lui aurais-je confié que les souvenirs que j'avais de mon mari s'en allaient peu à peu ?

Un seul regard avait suffi pour que je comprenne à quel point il était mal à l'aise. Il était souvent présent dans mes pensées ces temps-ci, peut-être parce que je le voyais presque tous les jours. J'en étais venue à me reposer sur lui, sans doute plus que je n'aurais dû.

La porte de la galerie s'ouvrit et Ellie entra, rapportant sa tasse de thé.

— Ça va mieux ? demandai-je en les mettant sur le plan de travail.

— Beaucoup mieux. Merci de m'avoir écoutée, Jo Marie. Je vais m'allonger, annonça-t-elle. J'ai un début de mal de tête ; ça ira mieux si je me repose un peu.

— Appelez-moi si vous avez besoin de quoi que ce soit.

— Je n'y manquerai pas. Merci encore.

Elle se dirigea vers l'escalier.

Une fois seule, je ressentis le besoin de m'occuper et décidai d'aller jeter un coup d'œil dans le grenier, facilement accessible depuis le deuxième étage. Cette tâche figurait sur ma liste depuis un certain temps et je l'avais toujours reportée. La veille, j'avais rangé mon armoire et caché le T-shirt de Paul dans un tiroir. S'il ne pouvait plus me réconforter comme avant, autant ne plus l'avoir en vue.

Je n'avais jamais exploré les combles, mais lorsque j'avais acheté la maison, les Frelinger m'avaient expliqué qu'ils y avaient entreposé des meubles et objets divers. Je voulais en dresser l'inventaire pour faire une brocante ou mettre le tout au dépôt-vente selon ce que j'allais trouver.

Arrivée au deuxième étage, je tirai sur la cordelette de l'échelle escamotable. J'avais passé la tête une fois, sans aller plus loin. Il était grand temps que j'inspecte les lieux correctement.

Une fois en haut, je dus me courber légèrement car le plafond était bas. J'avançai avec précaution, espérant qu'il n'y avait pas de souris. Par chance, les Frelinger avaient tout laissé en ordre. Outre deux tables de nuit en chêne, je repérai quelques lampes, un coffre qui se révéla vide, et trois ou quatre peintures à l'huile, plutôt bonnes.

Je me souvenais que Madame Frelinger avait suivi des cours de peinture, et me demandai si elle était l'auteur de ces tableaux. Il faisait assez sombre, mais en approchant une des marines de l'ampoule, je constatai qu'elle avait été signée par quelqu'un d'autre.

Aucun des objets qui se trouvaient là ne me serait utile. Et il y en avait trop peu pour organiser une vente.

Mon regard se porta de nouveau sur la peinture. Elle était vraiment pas mal du tout. La villa regorgeait de tableaux, la plupart peints par des artistes locaux. Les Frelinger avaient commencé une collection que j'avais complétée au point qu'il n'y avait plus d'espace pour cette toile à moins d'en déplacer une autre. C'était dommage, parce qu'elle était vraiment charmante et qu'elle méritait d'être mise en évidence.

Soudainement me vint une idée.

La maison de Mark était dépourvue de toute touche personnelle, comme s'il avait résolu de ne s'encombrer de rien ni de personne.

À mes yeux cependant, l'art était important. Un tableau pouvait transformer l'atmosphère d'une pièce. Je décidai donc de lui offrir ma trouvaille. D'ami à ami, sans arrière-pensée.

J'eus toutes les peines du monde à sortir l'objet du grenier. Quand j'y parvins enfin, Rover m'attendait, couché au pied de l'échelle, la tête levée vers la trappe. En me voyant, il s'éloigna et aboya, visiblement mécontent que j'aie disparu de la sorte.

— C'est un cadeau pour Mark, lui dis-je.

Aussitôt, Rover dévala l'escalier. Lorsque je le rejoignis, il était à la porte du placard où était rangée sa laisse, apparemment prêt à partir chez notre voisin.

Ne voulant pas me déplacer pour rien, je décidai de téléphoner d'abord pour vérifier qu'il était bien chez lui.

Il décrocha à la quatrième sonnerie, juste avant que son répondeur se déclenche.

— Salut, lança-t-il, et avant que tu me poses la question, je n'ai pas changé d'avis pour dimanche.

— OK, très bien. Pas de problème. Ce n'est pas pour ça que je t'appelle. J'ai quelque chose pour toi.

Il hésita.

— Tu n'es pas fâchée que je ne vienne pas ?

L'incrédulité perçait dans sa voix. S'était-il attendu à une dispute ?

— Pas du tout, répondis-je d'un ton suave.

— Bon. Alors, qu'est-ce que tu voulais ?

Pour quelqu'un qui lambinait au travail, il ne perdait pas de temps en politesses au téléphone.

— Je te l'ai déjà dit. J'ai quelque chose pour toi, répliquai-je, un tantinet agacée par son manque de courtoisie.

— Quoi ? demanda-t-il, soupçonneux.

— Une peinture à l'huile que j'ai trouvée dans le grenier.

J'étais sur le point de la décrire quand il me coupa la parole.

— Pourquoi est-ce que j'aurais besoin d'un tableau ?

— Parce que tu n'en as pas.

— Je n'en veux pas.

— C'est un cadeau, insistai-je, de plus en plus irritée.

On aurait pensé que j'étais folle de vouloir lui offrir une œuvre d'art.

Il se tut, prenant son temps pour décider s'il voulait être ou non dérangé.

— Bon, comme tu voudras. Si tu n'en veux pas, je ne serai pas vexée.

Enfin, si, mais je n'allais sûrement pas le lui dire.

J'entendis une sorte de bourdonnement sur la ligne comme si la liaison était mauvaise, sauf que je savais pertinemment qu'elle était bonne.

— Qu'est-ce qu'il représente ?

Je l'aurais expliqué plus tôt s'il m'avait laissé placer un mot.

— C'est une marine.

— Hum…

— Alors ?

À la porte, Rover s'impatientait. Il fixait la laisse, pressé de se mettre en route.

— Écoute, repris-je, m'efforçant de maîtriser ma frustration, j'emmène Rover en promenade, je ferai un crochet par chez toi et tu pourras le regarder. Si tu le veux, parfait, il est à toi. Sinon, pas de souci, je le ramène avec moi.

— Il est grand comment ?

— Il n'est ni grand ni lourd. Tu seras là ?

— Oui.

— Bien, à tout de suite.

Ce type était vraiment pénible.

— Ce n'est pas la peine, tu sais.

Sur le point de raccrocher, j'interrompis mon geste et serrai les dents. J'aurais dû faire semblant de n'avoir rien entendu.

Il soupira.

— Je voulais être sûr que tu comprennes que je ne vais pas changer d'avis au sujet de ton invitation…

— Mark, écoute, j'ai trouvé le tableau au grenier et j'ai pensé qu'il te plairait. Il ne s'agit ni de mon invitation, ni de ma famille ou de quoi que ce soit d'autre.

— Comment l'as-tu descendu ? demanda-t-il d'un ton calme qui ne me trompait pas.

Il songeait à l'échelle.

— Je l'ai descendu. Point. Je vais bien. Ne t'inquiète pas, dis-je froidement.

Deux minutes plus tard, j'étais sur la route, le tableau sous le bras. Il avait beau ne pas être très lourd, je ne tardai pas à regretter de ne pas avoir pris la voiture. Rover, habitué à trotter, s'exaspérait de ma lenteur. Il tirait sur sa laisse, m'entraînant derrière lui.

— Doucement, marmonnai-je en changeant de position.

Quelques mètres plus loin, je dus m'arrêter de crainte de faire tomber le tableau. La laisse s'était enroulée autour de mes mains et me coupait la circulation du sang.

— Jo Marie…

Je levai les yeux et vis Mark s'approcher d'un pas vif.

— Qu'est-ce que tu fabriques à porter ce truc ?

D'accord, ce n'était pas l'idée du siècle. Mais même si je n'appréciais pas qu'il me fasse la leçon, j'étais soulagée de le voir.

Il marmonna quelque chose d'inintelligible qu'il valait sûrement mieux ne pas lui faire répéter. Ensuite, il prit la peinture et nous nous dirigeâmes vers chez lui.

— Merci, dis-je, vaguement penaude.

— J'avais supposé que tu viendrais en voiture, et puis je me suis souvenu que tu avais parlé de promener Rover.

— Tu ne vas même pas regarder le tableau ?

À la lumière du jour, il était encore plus beau que je ne l'avais pensé. Sous un soleil éclatant, des vagues déferlaient sur le rivage, tandis que des mouettes toutes blanches se détachaient contre le bleu immaculé du ciel.

— C'est déjà fait.

Communiquer avec Mark était à peu près aussi facile que d'essayer de traire un bouc.

— Et qu'en penses-tu ?

— Il est pas mal.

Comme avec les cookies ou les muffins, il donnait l'impression de me rendre service en l'acceptant. Il était vraiment impénétrable par moments.

— Où vas-tu l'accrocher ? demandai-je, trottinant pour rester à sa hauteur.

Rover, satisfait de ce rythme plus rapide, avançait tête haute, l'air de connaître parfaitement la direction.

— Je ne sais pas encore.

— Tu voudrais une suggestion ?

Il pouffa.

— J'ai l'impression que tu vas m'en faire une, que ça me plaise ou non.

— Exact.

Il irait très bien dans le salon, et je le lui dis.

— Et pourquoi là ?

— Tu as besoin d'un objet qui dise : ici, c'est chez moi. Ta maison ressemble à un désert.

Il ne prit pas la peine de cacher son amusement.

— Tu plaisantes, n'est-ce pas ?

— Non, pas du tout.

— Tu vas me conseiller d'engager une décoratrice d'intérieur ?

— Non. Mais c'est ta maison, Mark. On devrait sentir qu'on est chez toi plutôt que dans un…

— Je n'ai pas besoin d'objets… Les objets retiennent les gens.

— Tu as l'intention de déménager prochainement ?

Un désarroi soudain m'envahit. Si Mark décidait de quitter Cedar Cove, il me manquerait. Il avait beau m'exaspérer parfois, je le regretterais. Depuis le début de l'été, surtout depuis qu'il s'était cassé la jambe, j'en étais venue à compter sur son amitié. Pour moi qui avais vécu seule une bonne partie de ma vie d'adulte sans jamais dépendre de quiconque, cette prise de conscience était difficile à accepter.

— Pas dans l'immédiat.

— Mais tu vas partir ?

— Sans doute. En général, je finis par m'ennuyer quand je reste dans la même ville.

Il cessa de marcher et me lança un regard étrange.

— Ça va ?

— Bien sûr, affirmai-je, balayant sa question d'un geste.

— Tu avais un drôle d'air. Cela dit, j'ai commencé à penser que Cedar Cove n'était pas un si mauvais endroit pour s'installer quelque temps.

Je souris.

— Moi aussi.

Le trajet s'acheva en silence. Mark me fit entrer par la porte de la cuisine, qu'il ne fermait pas à clé, apparemment. Je le suivis dans la pièce principale, qui n'avait pour ainsi dire pas changé depuis la dernière fois. Un canapé, un fauteuil inclinable, une petite table et une télévision constituaient l'ensemble du mobilier.

— Je suppose que Peter O'Connell est rentré chez lui.

— Oui. Et c'est tant mieux, parce que je n'aurais pas pu le supporter plus longtemps.

Je ne pus m'empêcher de glousser.

— Ça t'amuse ?

— Non. C'est toi qui m'amuses.

Les mains sur les hanches, je jaugeai les lieux, mais, au fond, la question de l'emplacement idéal ne se posait pas. Le mur opposé à la télévision était l'endroit parfait.

— Alors ? demanda Mark.

— Là, dis-je, désignant mon choix.

Il haussa les épaules, sans que je puisse savoir s'il exprimait son accord ou pas.

— Tu veux que je t'aide à le mettre ?

— Quoi, maintenant ? se récria-t-il, effaré.

— Oui. Sinon, tu vas reporter ça à dans six mois voire plus.

J'imaginais déjà le tableau à Noël, posé exactement au même endroit.

— Je suppose.

Il disparut et j'entendis claquer la moustiquaire de la porte de derrière. Cinq bonnes minutes s'écoulèrent avant qu'il revienne avec un marteau et des clous.

En deux temps trois mouvements le tableau était accroché, et je reculai pour l'admirer.

— Alors ? Ça donne vraiment bien, non ?

Mark haussa les épaules.

— Oh ! Allons, Mark, admets-le. Il ajoute un peu d'ambiance.

— Bon, bon, tu as raison. C'est joli. Merci, Jo Marie.

Doublement surprise, je dus sursauter car il me regarda et s'esclaffa.

— Qu'est-ce qu'il y a de si drôle ?

— Toi. Tu aurais dû voir ta tête à l'instant.

Il fit une grimace, censée m'imiter sans doute.

— Hilarant.

— Je suppose que tu vas me demander des comptes à présent.

— Pardon ?

— Que tu vas insister pour que je vienne faire connaissance avec ta famille dimanche.

J'avais espéré qu'il viendrait, mais j'avais accepté sa décision.

— Pas cette fois. Tu les rencontreras tôt ou tard.

Il plissa les yeux, hésitant visiblement à me croire.

— Tu es une femme remarquable, Jo Marie. Par moments, je me demande si je t'apprécie assez.

19

Roy suivit la file de voitures qui descendait du ferry de Bremerton. Quelques minutes plus tard, il repéra une place de parking à quelques centaines de mètres des quais.

Maggie se sentait écrasée par le poids du secret. Comment allait-elle arriver au bout de cette journée, sans parler du reste du week-end ? Les huit mois à venir s'annonçaient devant elle comme une éternité.

Il régla le parking par carte, mit le reçu sur le tableau de bord, puis tendit la main vers elle. Instinctivement, Maggie devina qu'il ne serait pas si affectueux, si attentionné, lorsqu'il saurait qu'elle était enceinte.

— Par où allons-nous commencer ? demanda-t-il.

— Je ne sais pas, dit-elle, sa bouche tremblant légèrement sous l'effort qu'elle faisait pour paraître insouciante.

— Qu'est-ce qui t'intéresse ?

— Allons voir le marché.

— D'accord.

Le marché de Pike Place était l'une des attractions incontournables de Seattle avec la Space Needle, le monorail, les quais et l'aquarium.

Ils gravirent les marches qui menaient à la First Avenue, s'arrêtant ici et là devant les stands de Hill Climb. Les étals de poissons frais, de légumes et de fleurs côtoyaient des stands de produits artisanaux, telles ces fameuses figurines fabriquées avec la cendre de l'éruption volcanique du mont Saint Helens.

Roy acheta un pot de miel, et Maggie fut attirée par une photo qui montrait la Space Needle sous un orage. Le photographe avait capturé l'instant précis où la foudre avait frappé le monument. Elle aussi avait l'impression d'avoir été foudroyée. Et comme la Space Needle, elle tiendrait bon.

Après avoir acheté du fromage de la région, du pain et de belles grappes de raisin, ils entrèrent prendre un café dans le premier Starbucks de la chaîne du même nom, situé juste en face du marché.

— Nous ferons un festin tout à l'heure, commenta Roy alors qu'ils retournaient déposer leurs courses à la voiture. Où veux-tu aller maintenant ?

Maggie avait l'esprit totalement vide.

— Je... je ne sais pas.

— Il y a tant de choix, observa Roy en la prenant par le cou. Aimerais-tu déjeuner au restaurant de la Space Needle ?

— Tu penses que c'est possible sans réservation ?

Sans compter qu'il était fort probable qu'elle ne puisse rien digérer.

— Non, tu as sans doute raison.

Il se retourna vers la baie, splendide par cette journée ensoleillée. Un bateau tirait un paravoile aux couleurs du drapeau américain. Des voiliers filaient sur les eaux vertes de Puget Sound. Des ferries verts et blancs faisaient la navette entre les îles, transportant voitures et passagers. On avait récemment érigé une grande roue, au pied de laquelle on apercevait une floppée de touristes.

— Que dirais-tu d'une visite du Seattle souterrain ? suggéra Roy.

La ville avait été ravagée par un grand incendie en 1890 et presque entièrement détruite. Lors de la reconstruction, le gouvernement local avait décidé de surélever la zone des quais pour éviter les problèmes d'inondation dus aux marées.

Maggie se rappelait vaguement en avoir entendu parler en cours d'histoire.

— Penses-tu que c'est intéressant ? Je veux dire, si cette partie de la ville a brûlé, qu'en reste-t-il ?

— Je ne sais pas, mais je crois que ça vaut peut-être la peine d'aller voir, pas toi ?

— Bien sûr, si tu en as envie.

À ce stade, elle aurait accepté n'importe quoi pour distraire son mari. Roy savait si facilement lire en elle qu'il ne lui faudrait pas longtemps pour se rendre compte que quelque chose clochait sérieusement.

Il sortit un dépliant de sa poche et l'étala sur le capot.

— Regarde. On achète les tickets sur Pioneer Square. Et voici les horaires de visite.

Roy jeta un coup d'œil à sa montre.

— Nous avons tout notre temps. Ce sera sympa de flâner un peu en attendant.

Ils se dirigèrent vers Pioneer Square. Roy était d'humeur loquace. Maggie faisait de son mieux pour l'écouter mais ses pensées revenaient sans cesse à sa grossesse. Elle devrait lui en parler tôt ou tard, mais quand ? Si elle attendait le dernier moment, elle redoutait qu'il ne considère cela comme une trahison encore plus grande. Et si elle le lui disait maintenant, cela gâcherait le nouvel engagement qu'ils s'étaient fait l'un à l'autre.

— … Qu'en penses-tu ?

Elle n'avait pas entendu la première partie de la question.

— Pardon ?

— Maggie, tu parais soucieuse. Quelque chose ne va pas ?

— Non, tout va très bien, affirma-t-elle, plaquant un nouveau sourire sur son visage.

— Tu ne te sens pas malade ?

— Pas du tout.

— Bon.

Il se pencha vers elle pour l'embrasser.

Pioneer Square était plus calme que le marché et les quais. Roy promena son regard sur les petits cafés et restaurants alentour.

— Nous ne sommes pas loin du stade des Seahawks, observa Roy en désignant un panneau. J'aimerais bien avoir des tickets pour aller voir un match cette année.

— Ce serait bien.

— Un de ces jours, j'emmènerai les garçons.

— Attends deux ou trois ans pour qu'ils apprécient vraiment l'expérience, conseilla-t-elle.

Compte tenu du prix des billets et du trajet en voiture depuis Yakima, ce serait un week-end plutôt coûteux.

— Ils adoreraient, affirma Roy. Ils ont trois et cinq ans maintenant, tout un monde s'ouvre. En un rien de temps, ils seront tous les deux à l'école.

— Ne nous emballons pas, murmura Maggie.

Il y avait encore des couches à venir, seulement Roy ne le savait pas. Et elle n'était pas prête à le lui annoncer.

— Tu as dit récemment que tu chercherais un emploi à mi-temps une fois que Collin serait à l'école.

Cela aussi risquait d'être reporté pendant quelques années. À moins qu'elle ne soit obligée de trouver un emploi pour subvenir à ses besoins… si elle n'était plus mariée. C'était une chose que de demander le pardon de son mari pour un écart de conduite, et une tout autre que de s'attendre à ce qu'il aime, accepte et élève un enfant qui n'était peut-être pas le sien. Un frisson la parcourut à la pensée que Roy pourrait la quitter.

Malgré elle, Maggie ravala un sanglot.

— Ma chérie ?

Elle parvint à esquisser un autre sourire artificiel. Si elle arrivait au bout de cette journée sans se trahir, ce serait un miracle.

— Tu es sûre que tu vas bien ? demanda-t-il avec sollicitude.

— Je suis un peu émue, c'est tout.

L'air légèrement perplexe, il fronça les sourcils, mais n'insista pas.

Ils achetèrent les billets pour la visite du Seattle souterrain, puis, comme il leur restait près d'une heure d'attente, Roy suggéra qu'ils aillent déjeuner dans un petit restaurant tout proche.

— Pas de poisson ni de frites pour toi, la taquina-t-il alors qu'ils consultaient le menu.

— Je serais plutôt d'humeur à prendre de la soupe.

— De la soupe ? répéta Roy, surpris.

Maggie se souvint brusquement que, lors de ses premières grossesses, la soupe était la seule chose qu'elle avait pu avaler au cours des premiers mois. Il ne faudrait pas longtemps à son mari pour faire le lien.

— À la réflexion, je suis tentée par les pâtés au crabe, mentit-elle, terrifiée à l'idée d'éveiller ses soupçons.

Elle se débrouillerait pour ne pas vomir.

Quand le serveur arriva, Roy commanda un sandwich au bœuf. Maggie grimaça intérieurement. L'odeur du bœuf cuit l'avait toujours incommodée lorsqu'elle était enceinte. Et maintenant qu'elle avait la preuve qu'elle l'était, les symptômes habituels allaient réapparaître au galop.

Maggie leva les yeux. Le serveur attendait sa décision.

— Les pâtés au crabe, s'il vous plaît.

— Excellent choix.

Le téléphone de Roy sonna. Il tendit automatiquement la main vers l'appareil et Maggie se figea.

— Qui est-ce ?

Le regard de son mari rencontra le sien, confirmant ses soupçons. C'était bien Katherine.

— Ne t'inquiète pas, je ne vais pas répondre.

— Je pensais que tu avais bloqué son numéro.

— Oui. Elle n'appelle pas de son portable, mais de sa ligne fixe.

Il pinça les lèvres, l'air contrarié.

— Je ne sais pas quand elle va finir par comprendre que c'est fini. Je suis désolé, ma chérie, mais tu le sais, n'est-ce pas ? C'est terminé.

Maggie acquiesça. Irait-il se réfugier dans les bras accueillants de Katherine lorsqu'il saurait ?

Dès que l'appel fut transféré sur la boîte vocale, Roy se mit en devoir de bloquer le numéro.

— Je ne veux pas que tu aies le moindre doute, dit-il en prenant sa main dans la sienne. Pour la première fois depuis des mois, je sens que notre mariage va mieux. Je ne sais pas ce qui m'est passé par la tête quand j'ai commencé à la voir. Je t'aimerai toujours, Maggie.

Maggie baissa la tête.

— Moi aussi je t'aime, Roy. Je t'aimerai toujours. Toujours. Quoi qu'il arrive. Souviens t'en, d'accord ?

Les larmes lui montèrent aux yeux et roulèrent sur ses joues avant qu'elle ait pu se retenir. Elle se hâta de les essuyer.

— Regarde-moi ça, une vraie Madeleine, lâcha-t-elle, faisant mine de se moquer d'elle-même.

Roy parut sur le point de dire quelque chose quand le serveur apporta leurs plats. Maggie jeta un coup d'œil au sandwich de Roy et réprima un haut-le-cœur. S'il le remarqua, il ne fit aucun commentaire. Il le dévora comme s'il n'avait pas mangé depuis des semaines tandis que, de son côté, elle picorait.

Au moment de débarrasser, le serveur remarqua son manque d'appétit.

— Le plat ne vous a pas plu, Madame ?

Elle secoua la tête.

— Non, c'était très bien, mais j'avais moins faim que je pensais.

Il s'éloigna et Maggie s'empressa de consulter sa montre pour changer de sujet.

— Il est presque l'heure de la visite. On y va ?

Un petit groupe de touristes attendait déjà au point de rencontre. La guide prit leurs tickets et les fit traverser un restaurant dont un escalier menait aux souterrains. Ainsi que Maggie l'avait soupçonné il n'y avait pas grand-chose à voir, mais la guide connaissait intimement l'histoire de Seattle et les amusa avec différentes anecdotes. Et, l'espace d'un instant, cela lui permit d'oublier sa situation

— Je crois qu'il est temps que nous retournions à la maison d'hôtes, déclara Roy, la prenant par surprise.

— Tu es sûr ? Nous avons encore le temps de visiter le Seattle Center si tu veux.

— Une autre fois, ça te va ?

— Pas de problème. Comme tu voudras.

Elle ne savait pas pourquoi elle avait protesté. Elle ne demandait pas mieux que de rentrer. Elle réprima un bâillement et songea qu'elle avait envie de faire une sieste. Mais si elle s'endormait dans la voiture, Roy allait avoir des soupçons. Elle ne faisait jamais la sieste… sauf lorsqu'elle était malade ou enceinte.

Ils regagnèrent le parking et, une fois de plus, Roy lui prit la main.

— Si j'achetais une bouteille de vin ? suggéra-t-il. Nous pourrions faire un pique-nique sur la pelouse à la maison d'hôtes. Ce serait une conclusion parfaite à notre après-midi, qu'en penses-tu ?

— Excellente idée.

Elle trouverait bien un prétexte pour ne pas boire d'alcool.

— On rentre par la route plutôt que par le ferry ?

— D'accord. Et on fait une halte au musée automobile de Tacoma ? demanda Roy avec espoir.

Maggie acquiesça en souriant.

Ils eurent quelques difficultés à trouver l'autoroute, mais une fois dans la bonne direction, Maggie se détendit et, malgré elle, s'abandonna au sommeil.

Elle se réveilla en sursaut et vit que Roy l'observait.

— Hé, qu'est-ce qui ne va pas ? Je ne t'ai jamais vue dormir autant. Le mois dernier a été stressant, n'est-ce pas ?

— Oui, admit-elle.

— Eh bien, tu vas pouvoir te reposer. Nous avons essuyé cette tempête, Maggie, mon amour, et notre mariage en est ressorti plus fort, tu ne crois pas ?

Ce que Roy ignorait, c'était qu'ils n'étaient pas encore arrivés à bon port.

Et qu'il restait encore bien des obstacles à franchir.

20

Partagée entre l'anxiété et l'excitation, Ellie se hâtait vers le café où elle devait retrouver son père. Une foule de questions se bousculaient dans sa tête, se succédant si vite qu'elle avait du mal à se concentrer sur son chemin.

Qu'allait-elle dire à cet homme, cet inconnu ?

Dans son texto, Tom avait suggéré le *Pot Belly* comme lieu de rendez-vous. En regardant le plan de ville que lui avait fourni Jo Marie, Ellie avait remarqué qu'il se trouvait en plein centre, juste à côté du salon de coiffure où elle s'était rendue la veille. Elle se rappela avec amertume les efforts qu'elle avait faits pour plaire à Tom, et le risque qu'elle avait pris en acceptant de le rencontrer. Dire qu'elle n'avait été pour lui qu'un moyen d'arriver à ses fins, un cadeau pour son beau-père !

C'était le milieu de l'après-midi et l'établissement était calme. Scott et elle seraient tranquilles pour discuter. Pour la première fois de sa vie, elle allait pouvoir entendre sa version des faits.

Scott était là. Il lui adressa un sourire timide, empreint de remords, et se leva à son approche. Ellie balaya rapidement la salle du regard pour s'assurer que Tom n'était pas venu. Elle n'était pas encore prête à le revoir.

— Merci d'avoir accepté de me rencontrer, murmura Scott.

Elle était tendue, sa bouche était sèche, mais il semblait aussi nerveux qu'elle. Il posa les mains sur la table, comme s'il ne savait pas quoi en faire. Ellie joua avec la fourchette avant de la reposer, gênée.

Ils restèrent un moment silencieux.

— Tu ressembles à ta mère, dit-il, en la fixant avec tant d'intensité qu'elle dut détourner les yeux.

La serveuse arriva, et ils commandèrent chacun un café.

— Comment va-t-elle ?

— Elle va bien.

— Je suppose que tu es en colère contre moi.

À vrai dire, elle était surtout en colère contre Tom. Elle ne s'était pas encore fait une opinion sur Scott. D'un côté, elle avait envie de le serrer dans ses bras et, de l'autre, de déverser sa rancune pour les années qu'il avait passées à l'ignorer.

Elle fit de son mieux pour parler d'une voix calme, sans émotion, et posa la première question qui lui vint à l'esprit. La première qui exigeait une réponse.

— Il y a quelque chose que je voudrais savoir. Pendant tout ce temps, as-tu jamais pensé à moi ?

— Chaque jour, dit-il, sans détacher son regard du sien. Il ne s'est pas passé une seule journée sans que je pense à toi, Ellie. Nous étions séparés, mais tu étais là, dans mon cœur. Toujours. Et encore plus le jour de ton anniversaire et à Noël. Je me demandais si tu travaillais bien à l'école, si tu jouais du piano comme ta mère et ta grand-mère. J'ai passé des nuits blanches à rêver à la petite fille que j'avais à peine eu le temps de connaître et que j'ai aimée toute ma vie.

Il était tentant de le croire, mais Ellie n'avait aucune preuve de ce qu'il avançait. Tout en évitant de se montrer cynique, elle trouvait sa déclaration d'amour difficile à accepter.

— Pourtant tu n'as jamais… Pas une seule fois tu n'as pris le temps de m'écrire ou de me voir.

— Ce n'est pas vrai, dit-il en baissant la tête. Quand ta mère et moi nous nous sommes séparés, j'ai tout fait pour obtenir un droit de visite.

— Je suppose que tu vas me dire que ma mère t'en a empêché.

— Non. Je crois qu'elle m'aurait volontiers permis de te prendre le week-end. C'étaient tes grands-parents. Je leur avais tout de suite déplu. Ils voulaient qu'elle épouse un homme fortuné, le fils d'un de leurs vieux amis.

Sa bouche se crispa et une étincelle de colère jaillit dans ses yeux.

— Il ne sert à rien de ressasser de vieilles blessures. Si j'en parle, c'est seulement pour que tu comprennes que j'ai fait de mon mieux, mais que, contrairement à tes grands-parents, je n'avais pas les moyens d'engager un avocat. Ils voulaient m'exclure de ta vie et ils ont tout fait pour y arriver.

— Ils sont morts tous les deux depuis des années. Tu aurais pu me retrouver. Je suis une adulte à présent, et c'est moi qui prends mes propres décisions.

— Tu as raison, bien sûr, concéda-t-il.

— Pourquoi ne l'as-tu pas fait ?

Scott baissa les yeux et elle remarqua qu'il avait déchiqueté la serviette en papier.

— Je n'ai pas d'excuse. J'avais peur, je suppose.

— Peur de quoi ?

Il lui fallut un long moment avant de répondre.

— De toi, avoua-t-il.

— De moi ? se récria-t-elle, stupéfaite. Mais pourquoi ?

— J'étais sûre que tu me haïssais.

— Comment aurais-je pu haïr quelqu'un que je n'avais jamais rencontré ?

Elle avait élevé la voix, et des regards curieux se tournèrent vers eux.

On apporta leurs cafés. Ellie prit deux sachets de sucre et deux petits pots de crème. Exactement comme Scott. Il tenait sa cuillère de la main gauche et remua son café dans le sens inverse des aiguilles d'une montre. Tout comme elle.

Elle l'observa.

Un sourire éclaira lentement le visage de Scott.

— Dis-moi pourquoi tu avais peur de moi, reprit-elle, radoucie maintenant qu'elle se sentait plus à l'aise.

Il mit un certain temps à formuler sa réponse.

— Pour toi, je t'avais abandonnée. J'ignorais ce que tes grands-parents avaient pu dire à mon sujet, ni même s'ils t'avaient parlé de moi. Ni ce que ta mère t'avait raconté sur notre couple.

Il but une gorgée, le front barré d'un pli songeur.

— Ce que tu as dû entendre n'a pas pu être très flatteur.

— On ne m'a pas dit grand-chose.

Petite fille, elle avait posé de nombreuses questions sur son père, mais la plupart étaient restées sans réponse.

— Autrement dit, pour toi, je n'existais pas, résuma-t-il, une expression douloureuse sur ses traits.

— Si. Par deux fois, quand j'étais toute petite et plus tard au lycée, j'ai demandé à maman si je pouvais t'écrire.

— Quel âge avais-tu ?

— Environ cinq ans, je crois, la première fois. J'avais envie d'une poupée pour mon anniversaire et je m'étais mis en tête que tu allais me l'acheter.

— Tu m'avais écrit ? demanda-t-il en se penchant vers elle.

— Non, je n'ai pas eu à le faire. Mon grand-père me l'a offerte.

Ellie se rappela que, ce jour-là, sa mère avait eu les larmes aux yeux quand elle l'avait bordée. Elle lui avait demandé pourquoi elle pleurait. Sa mère l'avait serrée contre elle en répondant simplement qu'elle était triste. Jusqu'à ce jour, Ellie n'en avait jamais compris la raison.

— J'ai aussi voulu t'écrire pour que tu assistes à la cérémonie de remise des diplômes.

— Et ta mère a refusé ?

De nouveau, le chagrin se lut dans son regard.

— Elle a prétendu qu'elle ne savait pas comment te joindre.

— J'avais quitté l'Oregon à cette époque-là. J'avais déménagé à Cedar Cove.

Il contemplait le breuvage laiteux dans sa tasse.

— Tu devais avoir environ trois ans quand je me suis remarié. Je me sentais seul, et Deana était veuve, avec deux jeunes garçons à élever.

— Tom et son frère ?

— Oui.

— Ils savaient que j'existais ?

— Non. Mais chaque année, pour ton anniversaire, je rapportais un gâteau à la maison. Ils n'ont jamais compris pourquoi, et ça m'allait très bien. Ça aurait été trop douloureux de leur parler de la petite fille que je n'avais jamais eu la chance de voir grandir.

— Mais tu as parlé de moi à Tom.

Elle avait prononcé son nom avec réticence. Tom qui s'était servi d'elle, qui l'avait manipulée.

— Après la mort brutale de Deana, je me suis rendu compte que rien n'était garanti dans la vie. J'ai avoué à Tom que mon plus grand regret était de ne pas te connaître.

— Par conséquent, il a pris les choses en main…

— Si j'avais su ce qu'il avait l'intention de faire, je l'en aurais empêché, assura Scott. Il devait s'en douter d'ailleurs, puisqu'il ne m'en a pas touché un mot avant ce matin.

— Il ne m'a rien dit à moi non plus, murmura-t-elle avec amertume.

— Ne lui en veux pas trop, plaida-t-il. Je crois qu'il t'aime sincèrement.

Ellie secoua la tête, refusant de l'accepter.

Son père eut un geste apaisant.

— Je vais vous laisser régler ça tous les deux.

Aux yeux d'Ellie, la question était déjà réglée. À partir de maintenant, elle ne reverrait pas Tom et ne lui adresserait plus jamais la parole.

— Il avait peur que je ne trouve jamais le courage de te contacter, et il m'en coûte de l'admettre, mais il avait sans doute raison.

Il déglutit avec peine et affronta son regard.

— Peux-tu me pardonner toutes ces années de silence, Ellie ?

Elle ne sut quoi répondre.

— J'aimerais bien avoir un père, dit-elle tout bas.

— Et j'aimerais connaître ma fille, dit-il dans un sourire sincère. Dis-moi, que fais-tu dans la vie ? Aimes-tu lire ? Joues-tu du piano ?

Les questions arrivaient d'affilée comme s'il attendait depuis des années l'occasion de les poser.

Elle prit une inspiration et répondit à chacune l'une après l'autre.

— J'ai co-fondé une société qui aide les gens à ranger leur maison, à organiser leurs affaires et parfois leur vie. Et oui, j'adore lire. Je lis tout le temps. Et je joue du piano aussi.

— Moi aussi, déclara Scott d'un ton gai. Parle-moi de ton premier amour.

— Il s'appelait Dusty et il m'a embrassée quand j'avais quatre ans. Il a promis de m'épouser, mais ça s'est fini comme toutes mes autres histoires d'amour, plaisanta-t-elle.

— Tu étais la meilleure de ta classe ?

— Oui.

— Je le savais. Ta mère était brillante. Savais-tu qu'elle avait été première de sa promotion au lycée ?

Oui, bien sûr, elle n'aimait pas s'en vanter mais ton grand-père ne manquait jamais une occasion d'en parler. Ce n'était pas un mauvais bougre d'ailleurs, il était trop protecteur, voilà tout.

Ils parlèrent pendant une bonne heure, en sirotant deux autres cafés.

— Puis-je te voir plus tard ? demanda Scott. J'aimerais t'inviter à dîner.

— Ça me ferait plaisir, assura Ellie.

Tout à l'heure, elle téléphonerait à sa mère et se rendait compte qu'elle ne pourrait pas lui cacher les événements de la journée. Si Scott avait des regrets concernant leur relation, qu'éprouvait-il envers la femme qu'il avait quittée ?

— Y a-t-il quelque chose que tu voudrais que je dise à ma mère ?

Un bref instant le regard de Scott s'éclaira, puis ses traits se crispèrent.

— Non... rien. Sauf que je lui souhaite bonne chance.

— Elle ne s'est pas remariée, tu sais.

Il releva la tête, visiblement stupéfait.

— Jamais ?

— Elle est sortie avec Wally pendant un temps.

— Walter Keller, dit son père, les sourcils froncés. L'homme que ses parents voulaient qu'elle épouse. Que s'est-il passé ?

— Il est mort d'une crise cardiaque voici quelques années. Ça a été très soudain, très triste.

— Pourquoi ne l'a-t-elle pas épousé ? J'avais supposé que, moi parti, il ne perdrait pas de temps.

— C'est à elle qu'il faut poser la question. Je crois que Wally aurait aimé qu'ils se marient, mais j'ai l'impression qu'elle n'était pas intéressée.

L'air déconcerté, son père secoua la tête et changea de sujet.

— Tu es garée à côté ?

— Non, je suis venue à pied.

— De la Villa Rose ? Tom m'a dit que tu étais descendue là.

Ellie se raidit à la mention de Tom. Scott mit une main sur son bras et plongea son regard dans le sien.

— Donne-lui une chance, Ellie. Écoute-le au moins. Il a voulu bien faire.

— Peut-être, marmonna-t-elle, mais pas tout de suite. J'ai besoin de réfléchir.

Sur le point d'en dire plus, son père se ravisa. Ils se donnèrent rendez-vous pour dîner, puis Scott régla leurs consommations et lui tint la porte. Il était séduisant, et tout occupée à l'observer, Ellie ne remarqua pas la silhouette qui attendait devant le café.

— Ellie.

Tom était là. Il soutint son regard pendant un long moment.

— Je peux te parler ? Je t'en prie, laisse-moi m'expliquer.

Indécise, Ellie jeta un coup d'œil vers Scott. Son visage était neutre, ne lui donnant aucune indication de ce qu'il espérait.

Ce serait facile de céder, surtout maintenant que son père et elle avaient fait le premier pas. Mais elle n'était pas sûre de pouvoir faire confiance à Tom, et pas complètement convaincue non plus de faire confiance à Scott.

— Non, murmura-t-elle. Je ne crois pas que ce soit une bonne idée. Je t'ai dit tout ce que j'avais à te dire, Tom. Restons-en là.

21

En sortant de chez Mark, je descendis la côte pour me rendre au marché. J'espérais bien acheter des myrtilles fraîches, du pain et tout ce dont j'avais besoin pour le repas de famille du lendemain.

Rover tirait sur sa laisse, les oreilles dressées. Il aimait bien aller au marché : c'était l'occasion pour lui de retrouver quelques amis. Plusieurs marchands avaient des chiens et certains bénévoles du refuge local tenaient un stand auquel nous faisions une halte chaque semaine.

Le marché était installé sur les quais, derrière la bibliothèque. En arrivant, je remarquai que l'étal du marchand du Hood Canal croulait sous les caisses d'huîtres, de palourdes et de crevettes.

Personnellement, j'avais un faible pour les palourdes à la vapeur. Je décidai donc de m'en offrir pour dîner et de garder le jus de cuisson pour confectionner une soupe un peu plus tard dans la semaine. Perdue dans mes pensées, je passai à côté de Grace Harding sans la voir.

— Jo Marie !

— Oh ! Grace, bonjour ! Pardon, j'étais complètement dans la lune.

— Comment vas-tu ? demanda-t-elle, les bras chargés de fruits et de fleurs.

— Très bien.

Nous nous croisions une ou deux fois par semaine, mais il y avait un certain temps que nous n'avions pas réellement discuté. Elle était toujours occupée et moi aussi. Bibliothécaire à Cedar Cove, elle m'avait apporté un grand soutien lorsque la dépouille de mon mari avait été formellement identifiée. J'avais attendu plus d'un an avant de savoir ce qu'il en était, et Grace avait connu une situation similaire avec son premier mari, Dan Sherman.

Rover aboya, quêtant son attention. Durant ses heures libres, elle était bénévole au refuge pour animaux, et c'était grâce à elle que mon chien était entré dans ma vie.

— Je veux dire, comment vas-tu vraiment ? insista-t-elle.

Je haussai les épaules, ne sachant que dire.

— Mieux, je pense.

J'avais eu près de deux ans pour m'habituer à l'idée d'être veuve. Le temps, cependant, n'avait guère atténué mon chagrin. Paul demeurait présent dans toutes mes pensées. Il ne s'écoulait pas une seule journée sans qu'il soit avec moi d'une manière ou d'une autre. Je me surprenais même souvent à lui parler.

Je songeai à mentionner les petites choses – si importantes à mes yeux – que j'avais perdues concernant mon mari, mais ce n'était ni le lieu ni le moment.

— Et comment va Rover ? s'enquit Grace, s'adressant à l'intéressé.

Mon chien s'assit sur son arrière-train et tendit le menton vers elle à la recherche d'une caresse. Grace se pencha obligeamment pour la lui donner.

— J'ai lu un article passionnant récemment sur les chiens qu'on utilise en thérapie.

— Tu veux dire pour les aveugles ?

— Non. Pour des militaires qui revenaient d'Irak ou d'Afghanistan après avoir subi des traumatismes physiques ou psychologiques.

Je songeai à Rover, qui avait indéniablement été une source de réconfort pour moi.

— D'après l'article, ils contribuent énormément à leur rétablissement. Ils sont appelés « chiens de réconfort ».

Le regard de Grace se planta dans le mien.

— Ça m'a fait penser à ce que tu m'avais dit : que Rover t'avait choisie, toi, plutôt que l'inverse.

— C'est vrai, affirmai-je.

Soudain, j'aperçus Mark qui flânait sur le marché avec Bob Beldon. Ces deux-là étaient à l'évidence amis et semblaient prendre plaisir à bavarder.

Grace jeta un coup d'œil à sa montre.

— Oh ! Il faut que je me dépêche. Mon mari et moi faisons du baby-sitting pour nos petits-enfants cet après-midi. Je dois y aller. À bientôt, dit-elle en m'embrassant.

Avant que j'aie eu le temps de dire un mot, elle se hâta vers le parking. J'eus envie d'aller voir Mark puis me ravisai. Sur l'étal de fruits, j'achetai une bonne quantité de myrtilles, contenant mon envie d'en grignoter tout de suite. Elles étaient bien mûres, rondes et sucrées à souhait. La marchande me déclara les avoir cueillies le matin même. En plus des muffins, je décidai de confectionner une tarte aux myrtilles pour le déjeuner du lendemain, car c'était un des desserts préférés de mon frère.

En m'éloignant, je remarquai Corrie McAfee. Elle m'adressa un signe de la main, et se fraya un chemin parmi les badauds pour me rejoindre.

— Jo Marie ! s'écria-t-elle, légèrement hors d'haleine. Justement, je voulais te voir.

— Ah bon ?

— J'ai eu une conversation avec Peggy Beldon ce matin. Elle m'a dit que tu cherchais à en savoir plus sur Mark Taylor.

Le souffle me manqua brusquement. J'avais laissé ma curiosité l'emporter sur mon bon sens. Je regrettais amèrement d'avoir interrogé Peggy. J'aurais dû deviner qu'elle le répéterait à Corrie qui était une très bonne amie à elle.

— Pas vraiment, dis-je, gênée.

— Oh ! Pardon, j'ai cru que Peggy avait dit…

— Je lui ai posé des questions, c'est vrai, mais ça n'a pas d'importance.

Avais-je donné l'impression d'être sur la défensive ? J'espérai qu'elle n'allait pas en tirer des conclusions hâtives.

— Je peux te dire quelque chose sur lui qui sort un peu de l'ordinaire, proposa-t-elle.

— Vraiment ?

Malgré moi, elle avait aiguisé ma curiosité.

— Il a acheté sa maison sur Internet. Un de nos amis qui travaille dans l'immobilier nous a raconté que Mark avait vu la maison sur leur site, téléphoné et qu'il l'avait achetée sans demander davantage qu'un état des lieux. Et qui plus est, il a payé en espèces.

— En espèces ?

J'étais sidérée. Je ne connaissais personne qui possède assez d'argent pour acheter une maison en liquide.

— Bob a fait connaissance avec lui peu de temps après son arrivée. Il l'a recommandé comme bricoleur, et nous avons fait appel à lui pour quelques petits travaux à la maison. Ça m'a paru étrange qu'un homme qui avait les moyens d'acheter une maison en espèces se mette à faire de petits boulots.

Je réfléchis. C'est vrai que Mark n'avait jamais semblé s'inquiéter pour l'argent.

— Nous avions besoin de refaire les fondations de la galerie, reprit Corrie, interrompant le cours de mes pensées. Mark nous a fait un devis, a effectué les travaux en un temps record et voilà.

Il était peut-être rapide et efficace chez les autres, mais je n'avais pas eu la même expérience. Heureusement, je ne le payais pas à l'heure.

— Il est génial, reprit Corrie. Je sais qu'il a fait pas mal de choses pour toi.

— Oui.

Elle fronça les sourcils et arbora un air pensif.

— Il y a autre chose…

— Oui ?

Corrie hésita.

— Je me demande s'il n'a pas été militaire de carrière.

Intéressant. Mark n'avait jamais fait allusion à un passé de ce genre, mais cela ne prouvait rien.

— Qu'est-ce qui te fait dire ça ?

— Voici quelque temps, j'ai commandé une bibliothèque fabriquée en Scandinavie et, quand elle a été livrée, les instructions étaient en suédois. Il y avait des schémas aussi mais ni Roy ni moi n'avons réussi à les décoder. J'étais plus que frustrée, et au bout de plusieurs essais, Roy a fini par téléphoner à Mark pour lui demander de s'en occuper. Nous avons été stupéfaits par la vitesse à laquelle il a assemblé ce meuble. Il a fait ça en un rien de temps. Et j'aurais juré qu'il comprenait la langue.

— Oui, mais de là à en conclure qu'il a servi dans l'armée, c'est un grand pas, non ?

— Peut-être, mais c'est une impression que j'aie eue d'autres fois aussi. Roy également et il est très intuitif concernant les gens. Il parle un peu allemand, et il a posé une question en allemand à Mark un jour, qui lui a répondu avec tant d'aisance que j'ai pensé qu'il était linguiste.

— Mark ? répétai-je, troublée.

C'était une facette de lui qui m'était inconnue.

— Je sais que tu as dit que ça ne t'intéressait pas de trouver d'autres informations sur lui, dit Corrie, mais si tu changes d'avis, Roy pourrait t'aider.

Ancien policier de Seattle à la retraite, le mari de Corrie était désormais détective privé à mi-temps. Cependant, l'engager pour enquêter sur Mark serait aller beaucoup trop loin. Avant que j'aie pu décliner son offre, Corrie continua.

— Roy a toutes sortes de contacts. Je lui demanderai de les appeler si tu veux.

Je secouai aussitôt la tête.

— J'apprécie ton offre, mais non, merci.

Ce que je voulais, je le compris, c'était que Mark ait suffisamment confiance en moi pour partager de son plein gré son histoire avec moi. Depuis que je m'étais installée à Cedar Cove, il avait passé pas mal de temps à travailler chez moi, nous avions souvent bu un café ensemble sur la terrasse ou dans la cuisine, et j'étais assez certaine qu'il savait pratiquement tout ce qu'il y avait à savoir à mon sujet. J'étais blessée dans mon amour-propre à la pensée que je le considérais comme mon meilleur ami et lui non.

Rover s'agitait et tirait sur sa laisse, pressé d'aller voir ses congénères. Je souhaitai un bon après-midi à Corrie et terminai mes courses.

Enfin je repartis, chargée de provisions : saumon, palourdes, myrtilles, tomates, pain et un superbe bouquet de dahlias.

Je remontai péniblement la côte, exhortant Rover à ne pas s'arrêter tous les deux mètres.

— Allons, Rover, dépêche-toi. C'est lourd.

— On dirait que tu as besoin d'un coup de main.

Jetant un coup d'œil par-dessus mon épaule, je vis Mark approcher d'un pas vif. Une angoisse me saisit aussitôt : avait-il surpris ma conversation avec Corrie McAfee ?

— Salut.

— Tu veux que je t'aide ?

Mes joues étaient brûlantes, je devais être écarlate. S'il nous avait entendues, j'allais mourir de honte.

— Ça va ? demanda-t-il, fronçant les sourcils.

— Hum… pourquoi est-ce que ça n'irait pas ? répliquai-je.

Mark eut un haut-le-corps.

— Je ne sais pas. À toi de me le dire.

— Je n'ai rien à dire.

— Tu veux que je t'aide, oui ou non ?

J'avais tellement mal aux bras que mes muscles tremblaient. Rover me traînait pour ainsi dire au bout de sa laisse.

— Comme tu voudras, lâcha Mark en me dépassant.

— D'accord, criai-je dans son dos. S'il te plaît.

Il fit volte-face et sourit, comme s'il venait de remporter une victoire.

— Tu es d'une drôle d'humeur cet après-midi.

— Excuse-moi.

Il prit les plus gros paquets, me laissant les myrtilles et le pain.

Nous arrivions dans la partie la plus pentue de la côte. Hors d'haleine, je m'efforçai non sans mal de rester à la hauteur de Mark, qui ne respirait même pas plus vite que d'habitude.

— Je t'ai vue discuter avec Corrie McAfee, observa-t-il d'un ton dégagé. Vous aviez l'air en grande conversation.

Je déglutis avec difficulté. Voilà ce que j'avais craint. Il sembla attendre que je lui révèle le sujet de notre entretien, mais je n'en avais aucune intention. S'il pouvait avoir des secrets, moi aussi. Je gardai le silence, comme il le faisait lorsque je lui posais une question à laquelle il ne voulait pas répondre.

— Tout va bien pour Corrie et Roy ? insista-t-il.

— Je suppose que oui.

— Ils sont sympas.

— Très, acquiesçai-je. Tu savais que Roy était un ancien inspecteur de police ?

— J'ai entendu dire qu'il fait des recherches sur le passé des gens, répondit Mark en regardant droit devant lui.

— Ah bon ? dis-je d'une voix étranglée.

— Allons, Jo Marie, tu le savais, non ? Admets-le.

Je feignis l'indifférence et haussai les épaules.

— Es-tu tentée de l'engager ?

— Je devrais enquêter sur quelqu'un ? demandai-je à mon tour, éludant sa question.

Mark se mit à rire, et j'eus la nette impression qu'il se moquait de moi. Je décidai d'opter pour une approche directe.

— Que caches-tu, Mark ?

— Ce que je cache ? répéta-t-il. Tu crois que je me cache ? Pour échapper à quoi ? À qui ?

— Je ne sais pas, c'est pour ça que je te pose la question.

— Je n'ai rien à dire.

— Ou plutôt, tu ne *veux* rien dire.

Son regard s'assombrit.

— Tu as raison. Je ne veux rien dire. Laisse tomber, Jo Marie.

22

Maggie luttait pour garder les yeux ouverts tandis que Roy roulait vers le Sud en direction de Tacoma et du musée de l'automobile. Le sommeil l'avait emportée à deux ou trois reprises et elle s'était secouée pour se réveiller.

— Dis donc, tu es une vraie marmotte, commenta Roy en jetant, amusé, un coup d'œil vers elle.

— Ça doit être la chaleur ou la musique d'ambiance, prétexta-t-elle.

— Peut-être qu'on devrait écouter du hard rock.

— Ce n'est pas une mauvaise idée.

Elle parvint à sourire et chercha une station de radio diffusant du rock, un style qu'ils aimaient l'un et l'autre, et qui avait rythmé leurs premiers rendez-vous.

— C'est sympa de ta part de bien vouloir visiter ce musée, dit Roy en pressant tendrement sa main dans la sienne.

— Je sais que tu es obsédé par les voitures.

Il ne protesta pas. Pour sa part, Maggie se rappelait qu'il avait été patient pendant qu'elle cherchait des boutons et ne demandait pas mieux que de lui faire plaisir. Elle espéra qu'il s'en souviendrait plus tard.

En venant de Yakima, il n'avait pas dit un mot quand ils étaient passés à côté du musée, pourtant visible de l'autoroute. Roy n'avait pas pu ne pas le remarquer, mais à ce moment-là, c'était tout juste s'ils s'adressaient la parole.

Lors de l'acquisition de leur dernière voiture, il avait dressé une liste des caractéristiques qu'il jugeait indispensables, une liste au moins aussi longue que celle que Collin et Jaxon adressaient au père Noël. Maggie n'avait demandé qu'une chose, qu'elle soit bleue. En fin de compte, ils avaient acheté un véhicule blanc, la seule dans les trois États à la ronde à posséder toutes les options qu'il avait en tête.

— Te souviens-tu de ce que je t'ai dit peu après la naissance de Collin ? gloussa-t-il.

— Comme si j'allais l'oublier !

Épuisée par l'accouchement, Maggie avait sombré dans un sommeil réparateur. Une fois leur nouveau-né baigné, pesé et mesuré, et les grands-parents avertis de l'heureux événement, Roy était revenu à son chevet et avait feuilleté des revues automobiles. À son réveil, il lui avait annoncé qu'un jour il apprendrait à conduire à ses fils. Ça avait été sa manière de lui dire combien il était heureux.

Ils traversaient à présent la petite ville de Fife.

— Nous ne sommes plus très loin, observa Roy.

En effet, on apercevait au loin le dôme de Tacoma. Maggie avait hâte de descendre de voiture. Bien qu'elle ait à peine touché à son déjeuner, elle avait mal au cœur et un début de vertige. Les nerfs, sans doute. La sueur perlait sur son front. Elle porta une main à son estomac, priant pour que son inconfort ne soit pas trop évident.

Ils quittèrent l'autoroute et, au bout de quelques instants, se garèrent sur le parking du musée. Maggie descendit et prit de longues inspirations, espérant que son malaise allait se dissiper. Un coup d'œil au rétroviseur lui révéla qu'elle était affreusement pâle. Ses joues étaient livides, elle avait une mine à faire peur. Avec un peu de chance, Roy serait trop absorbé par les modèles exposés pour s'en apercevoir.

Une fois à l'intérieur, il porta un regard appréciateur sur les véhicules.

— Je vais me rafraîchir, annonça Maggie, se forçant à prendre un air dégagé.

— Tu veux que je t'attende ?

— Non, non, j'en ai peut-être pour quelques minutes. Je te rattraperai.

— D'accord.

Il avait hâte d'explorer les lieux, et Maggie s'en félicita.

Dans sa précipitation, elle faillit trébucher en entrant dans les toilettes. Presque aussitôt, elle vomit le peu de nourriture qu'elle avait absorbé. Elle s'adossa au mur, encore étourdie et nauséeuse.

— Ça va ?

Dans sa hâte, Maggie n'avait pas pris le temps de fermer la porte. Elle pivota et vit une femme âgée derrière elle.

— Oui, merci, affirma-t-elle en portant une main à son front.

— Vous n'en avez pas l'air, mon petit. Voulez-vous vous asseoir ?

— Ça va, merci, insista Maggie, peu désireuse d'attirer l'attention sur elle.

— Laissez-moi aller vous chercher un verre d'eau.

— Merci, dit-elle avec reconnaissance.

Elle avait besoin de se rincer la bouche. Si seulement elle avait pu s'allonger dans un lit bien douillet, se recroqueviller sur elle-même et tout oublier…

La vieille dame revint avec un gobelet, suivie par une employée du musée.

— Je peux vous apporter autre chose ? demanda celle-ci.

— Non, merci, je ne veux déranger personne.

— Vous ne me dérangez pas du tout ; voulez-vous que j'appelle quelqu'un pour vous ?

— Non, non. Je suis venue avec mon mari et je ne veux pas gâcher sa visite.

— Je comprends, commenta la femme âgée. Henry adore ces voitures anciennes. Seigneur, il m'a fait venir d'Olympia pour les voir.

— Il y a un fauteuil près de l'entrée, si vous voulez vous asseoir un peu, proposa l'employée avant de s'en aller.

La vieille dame étudia Maggie.

— J'ai eu le même problème quand j'étais enceinte, observa-t-elle en baissant la voix. Les trois premiers mois ont été épouvantables. Je vomissais tout ce que je mangeais.

Maggie n'allait sûrement pas avouer son état à cette inconnue. Si jamais elle la rencontrait de nouveau dans le musée pendant qu'elle était avec Roy, la femme risquerait de révéler le pot aux roses.

— Je crois que j'ai mal digéré, c'est tout, dit-elle, espérant détourner les soupçons.

La femme fronça les sourcils.

— Ma chère, j'ai été infirmière en gynécologie pendant trente ans. Je connais les signes, croyez-moi. Si vous avez des doutes, prenez rendez-vous avec votre médecin ou achetez un test de grossesse.

Maggie feignit d'être stupéfaite.

— Peut-être le ferai-je, murmura-t-elle, évitant le regard de l'inconnue. Bon eh bien… je vais aller rejoindre mon mari.

Il ne lui fallut que quelques minutes pour retrouver Roy, absorbé par la contemplation d'une Mercedes-Benz 540K datant de 1936. Il faisait le tour du véhicule les mains dans les poches comme pour refouler la tentation de la toucher.

Pendant quelques instants, il ne parut même pas remarquer sa présence.

— Elle est impeccable, dit-il d'une voix sourde, presque révérencieuse.

Maggie le suivit tandis qu'il admirait d'autres véhicules, mais se sentit vite fatiguée.

— Ça t'ennuie si je m'assois un petit moment ? demanda-t-elle d'un ton léger.

Elle se reprocha aussitôt d'avoir posé la question. Jusque-là penché sur l'habitacle d'une Corvette jaune vif des années soixante, Roy se redressa et la dévisagea.

— Tu ne te sens pas bien, Maggie ?

— Si, mais mes chaussures me serrent un peu et nous avons beaucoup marché aujourd'hui.

— Tu veux qu'on retourne à l'hôtel ? demanda-t-il avec sollicitude.

— Non, pas du tout, mentit-elle. Je serai à l'accueil. Il y a des fauteuils là-bas.

Roy hésita.

— Je vais me dépêcher de faire le tour.

— Non, je t'en prie. Ça ne me gêne pas du tout de t'attendre. Profite de ta visite et prends ton temps.

Le regard de Roy s'attarda sur elle.

— Ça ne te ressemble pas.

— Quoi ? demanda-t-elle avec un petit rire forcé.

— D'être aussi patiente.

— Roy, tu es complètement injuste. Et même si c'est vrai, tu ne crois pas que tu devrais profiter de ma générosité et t'estimer heureux ?

— Bon, bon, tu as raison. Va te reposer et je vais terminer ma visite.

— Prends tout le temps que tu voudras.

Une fois de plus, il parut vaguement soupçonneux.

Maggie regagna l'endroit indiqué par l'employée, se laissa tomber dans le fauteuil moelleux et ferma les yeux. Cela lui faisait un bien fou de ne plus être debout. Presque aussitôt, elle se sentit beaucoup mieux.

Elle ne sut pas combien de temps s'était écoulé lorsque Roy la rejoignit.

— Cette collection est incroyable, s'extasia-t-il, aussi ravi que Jaxon dans une aire de jeux. Merci, ma chérie.

— De rien, répondit-elle, contente de lui avoir fait plaisir.

— La prochaine fois que tu voudras me traîner au cinéma pour aller voir un film sentimental, je te promets de ne pas ronchonner.

— Ça me paraît un marché raisonnable, dit-elle avec un sourire, passant un bras sous le sien.

En sortant, ils tombèrent nez à nez avec la dame âgée que Maggie avait rencontrée dans les toilettes. Elle la supplia silencieusement du regard de ne pas y faire allusion, mais ce fut peine perdue.

— Ah ! Re-bonjour, lança-t-elle, sans se rendre compte de rien.

— Re-bonjour, répondit Maggie d'un ton désinvolte qui laissait entendre qu'elle n'était pas intéressée par une conversation.

— Vous vous sentez mieux ? insista la femme en s'empressant de les rattraper.

— Beaucoup mieux, merci.

Maggie faillit s'évanouir de soulagement quand elle s'éloigna, accompagnée de son mari.

— Tu as encore été malade ?

— Je suis en pleine forme.

C'était une légère exagération, mais elle commençait à s'habituer à jouer la comédie.

— On ne le dirait pas, Maggie. En fait, tu as l'air un peu pâle.

Ils avaient atteint leur voiture. Maggie feignit de regarder dans le rétroviseur.

— Tu crois ?

— Tu veux que je t'emmène chez le médecin ?

— Ne sois pas ridicule, protesta-t-elle en riant.

— Mais si tu es malade…

— Je me sens déjà mieux.

Il fronça les sourcils, visiblement sceptique.

— Tu veux qu'on retourne à la maison d'hôtes ?

— Je suppose que oui, dit-elle, comme si c'était sans importance. À moins que tu ne veuilles visiter autre chose ?

— Le musée du Verre est à deux pas d'ici.

En d'autres circonstances, Maggie aurait été enchantée de visiter ce célèbre musée, voire de faire quelques emplettes au magasin, mais pas ce jour-là. Son hésitation conforta Roy dans ses doutes.

— Tu veux rentrer.

— Ce serait peut-être mieux, murmura-t-elle.

— Dans ce cas, tu ne te sens pas aussi bien que tu le prétends.

— Je ne suis pas tout à fait dans mon assiette, voilà tout, rétorqua-t-elle, balayant sa remarque d'un geste.

Il démarra et prit la direction de l'autoroute.

— Si je n'étais pas mieux informé, je penserais que tu es enceinte, lâcha-t-il.

À peine avait-il prononcé ces mots qu'il se figea. Une seconde affreuse, Maggie crut que la voiture allait quitter la route.

Un silence assourdissant se fit.

— Tu prends la pilule, n'est-ce pas ? demanda Roy d'une voix tendue, étrange même, différente de celle qu'il avait d'habitude.

— Oui, bien sûr, affirma-t-elle, espérant paraître calme et sûre d'elle.

— Tous les jours ? insista-t-il.

— J'ai peut-être oublié quelques fois, avoua-t-elle.

À la vérité, elle y avait renoncé. Ça n'avait pas été une décision prise consciemment. Au début, elle avait tout simplement oublié et, au fond, quelle importance ? Ils n'avaient fait l'amour que deux fois au cours du mois écoulé… En fait, ça avait été le manque d'appétit sexuel de Roy qui lui avait mis la puce à l'oreille. Le problème s'était révélé être Katherine.

— Maggie.

Roy avait prononcé son nom dans un murmure. Il semblait avoir du mal à parler.

— Tu n'as pas nié que tu étais enceinte.

— Non ? demanda-t-elle, cherchant à gagner du temps.

— Tu l'es, oui ou non ?

La tension vibrait dans l'air.

— Tu l'es ? répéta-t-il plus fort.

Maggie baissa la tête et s'aperçut qu'elle était incapable de répondre. Les choses se seraient peut-être mieux passées si elle lui avait parlé dès que ses soupçons avaient été confirmés, mais elle en doutait.

Roy écrasa la pédale d'accélérateur et la voiture fit un bond en avant.

— Je suppose que j'ai ma réponse. Et je suppose aussi que tu ne sais absolument pas qui est le père de ce bébé.

23

— Je suis désolé, Ellie. Rien ne s'est passé comme je l'avais imaginé, insista Tom en lui emboîtant le pas.

Apparemment, il refusait d'accepter qu'elle ne voulait plus aucun contact avec lui. Et de son côté, elle était écartelée entre l'envie de lui faire confiance et la certitude qu'elle ne pouvait céder à un homme qui s'était manifestement servi d'elle. Elle aurait peut-être pu lui pardonner s'il le lui avait avoué plus tôt, s'il s'était confié à elle au lieu de lui imposer un tel choc sans crier gare.

La conversation avec son père s'était mieux déroulée qu'elle ne s'y attendait, même s'il restait de nombreuses questions en suspens. Elle espérait qu'il lui en dirait davantage au cours du dîner. À l'évidence, ses grands-parents et lui ne s'étaient jamais appréciés, mais Ellie aurait aimé savoir quel rôle sa mère avait joué dans l'échec de leur mariage.

— Ellie, reprit Tom en réglant son pas sur la sienne. Dis quelque chose.

Elle jeta un coup d'œil vers lui, ne sachant comment lui faire part des sentiments confus qu'elle éprouvait.

— À quoi t'attendais-tu ?

Elle était toujours en colère. Elle ne pouvait ni ne voulait traiter son subterfuge à la légère. Il l'avait trompée. Il avait abusé de sa confiance.

— Je me suis senti tellement mal quand tu es partie…

— Pas plus mal que moi, répliqua-t-elle avec raideur. Comment as-tu pu me traiter ainsi, Tom ? Comment ?

— Je n'ai jamais voulu te faire du mal.

— Tu aurais dû y réfléchir avant.

Qu'avait-il donc imaginé ? Il n'avait pas songé une seconde à la réaction qu'elle aurait en découvrant ce qu'il avait fait. C'était comme s'il avait eu l'intention de se fondre dans le décor après l'avoir présentée à Scott. Son rôle terminé, il en aurait terminé avec elle aussi.

— Ton regard m'a brisé le cœur, murmura-t-il. Je ne peux pas laisser les choses en l'état, c'est impossible.

Ellie ne trouva rien à répondre.

— Je voulais te parler avant que tu rencontres Scott, continua-t-il. J'avais prévu de tout t'expliquer vendredi soir, mais je me suis rendu compte que je ne pouvais pas, pas si tôt. Tu étais si belle, tu avais fait un grand pas vers l'indépendance et je n'ai pas eu le cœur de détruire ta foi en moi si vite. J'ai eu tort, Ellie. Je suis tellement désolé.

— Tu n'aurais pas dû me prendre en traître comme tu l'as fait.

Comment aurait-elle réagi s'il était passé aux aveux ? Elle l'ignorait, mais, au moins, elle aurait eu le temps d'assimiler la nouvelle. Par certains côtés, il aurait été plus facile d'y faire face vendredi que maintenant. Ça aurait été un choc, certes, mais moindre. Lui faire cette surprise après leur dîner et leur sortie en bateau, après qu'ils s'étaient embrassés et regardés dans les yeux… la blessure n'en était que plus vive, la trahison plus profonde.

— Tu ne peux pas savoir combien je regrette. Mais nous venions de nous rencontrer et j'étais tellement bien avec toi, dit-il dans un souffle. J'ai eu peur qu'après, tu ne veuilles plus me revoir… J'ai voulu avoir ces moments avec toi. J'espérais qu'une fois que nous serions ensemble, ce serait différent… que tu serais disposée à… Bon sang ! Je ne sais pas ce que je m'imaginais. J'ai pris contact avec toi pour lui au départ, c'est vrai, mais ensuite, je l'ai fait pour moi. Je suis tombé amoureux de toi, Ellie. Je n'exagère pas, je ne me cherche pas d'excuses. Tout ce que je veux, c'est que tu me donnes une autre chance. Je t'aime. Tu dois au moins me croire pour ça. Je t'aime.

Ellie secoua la tête. Tout allait trop vite. Elle avait l'impression que des émotions la percutaient de toutes parts. Elle avait rencontré son père. Son père, Scott Reynolds. Cet homme qu'elle n'avait jamais eu la possibilité de connaître. Elle avait découvert en même temps que Tom, l'homme qu'elle aimait, l'avait manipulée. Et maintenant il affirmait l'aimer. C'était trop de choses à assimiler à la fois. Elle avait besoin de remettre de l'ordre dans ses pensées.

Il fit mine de poursuivre, mais elle l'arrêta d'un geste.

— Donne-moi du temps.

— Combien de temps ?

— Je ne sais pas.

— Tu me parleras, n'est-ce pas ? Bientôt ?

Elle se contenta d'acquiescer et lui demanda de reculer de la main, de la laisser continuer son chemin seule jusqu'à la maison d'hôtes. À regret, Tom ralentit et finit par s'arrêter. Lorsqu'elle atteignit le sommet de la côte, elle jeta un coup d'œil par-dessus son épaule et le vit debout sur le trottoir, les épaules affaissées. Il avait la mine abattue d'un homme dont l'univers vient de s'écrouler.

Ellie repartit, l'esprit et le cœur tourmentés. Un mal de tête lui martelait les tempes. De retour dans sa chambre, elle avala deux comprimés d'aspirine et s'allongea sur le lit en fermant les yeux. Juste au moment où sa tension commençait à se dissiper un peu, son téléphone se mit à sonner. Comme elle s'y était à moitié attendue, elle avait posé l'appareil à côté d'elle.

C'était sa mère.

— Bonjour maman.

— Ellie ? s'écria Virginia, surprise. Tu me réponds ?

— Oui…

— Ma chérie, qu'est-ce qui ne va pas ?

— Oh ! Maman…

— Dis-moi. Je l'entends dans ta voix. C'est grave, n'est-ce pas ? Tu sais que tu peux tout me dire. Oh !

Mon Dieu ! C'est exactement ce que je craignais. Tu sais…

— Maman, arrête, coupa Ellie d'un ton sec.

Elle se redressa, s'adossa à la tête de lit et pressa ses doigts sur sa tempe lancinante.

Sa mère prit une inspiration choquée.

— Dis-moi ce qu'il y a. Dis-le moi.

Ce fut le tour d'Ellie d'inspirer brièvement.

— J'ai rencontré mon père.

Silence.

Silence total.

— Maman, tu m'as entendue ?

— Oui.

La voix de Virginia était à peine audible.

— Comment cela est-il arrivé ?

Ne sachant par où commencer, Ellie donna la version la plus brève.

— Tom est son beau-fils.

Aussitôt, elle perçut l'indignation de sa mère, au moins égale à la sienne.

— Ils t'ont trompée !

— Oui. Tom m'a trompée.

Ça avait été un choc, c'était le moins que l'on puisse dire, mais à présent, Ellie avait eu un peu de temps pour assimiler les faits. Oui, elle était secouée, mais elle pouvait gérer cela ; c'était ce qui était arrivé depuis qui la bouleversait le plus. En dépit de ce que Tom avait prétendu, il était évident que son père n'avait pas vraiment essayé de garder le contact avec elle lorsqu'elle était enfant, ni même par la suite.

— Rentre à la maison. Fais tes bagages et reviens tout de suite. Je n'arrive pas à croire que ce soit arrivé… Quelle manœuvre mesquine, sournoise…

— Maman, il y a autre chose…

— Autre chose ?

Une fois de plus, sa mère se tut, sans voix.

— Je lui ai parlé.

— Tu as parlé à ton père ?

— Oui, et je le retrouve plus tard pour dîner.

— Eleanor… non. Il n'en est pas question. Je te l'interdis.

La voix de sa mère tremblait, mais pas de colère. Ellie n'en reconnaissait pas le ton, c'était une supplique plus qu'un ordre. Était-ce de la peur ? Du regret ? Elle avait perçu une émotion similaire dans la voix de son père lorsqu'il lui avait parlé de sa mère.

— Pourquoi devrais-je me précipiter pour rentrer dans l'Oregon ?

— Ellie, tu n'envisages tout de même pas de rester tout le week-end ? Après ça ? Tom t'a menti en te cachant qu'il était le beau-fils de Scott. Il t'a induite en erreur délibérément, et il est logique de penser que Scott était au courant. La seule réaction sensée est de partir tout de suite, avant que l'un ou l'autre te fasse plus de mal.

— Maman, j'ai déjà accepté de dîner avec mon père.

— Mais…

— J'ai des questions auxquelles lui seul peut répondre.

Un bruit qui ressemblait de manière suspecte à un sanglot résonna dans l'appareil.

— Oh ! Ellie, j'ai peur que tu ne t'exposes à plus de chagrin encore.

— Tu as peut-être raison.

Le même bruit se répéta. À présent, Ellie était convaincue que sa mère pleurait.

— Je l'aimais, tu sais, murmura Virginia. Je l'aimais plus que la vie elle-même. Nous étions tous les deux si jeunes, si fiers. Comment était-il, Ellie ? Il va bien ?

Ses questions prirent Ellie par surprise. Elle s'était attendue à une diatribe, à des accusations plutôt qu'à des interrogations.

— Il semblait… bien.

Intéressant. La première question de son père avait porté sur sa mère.

— Je ne l'ai pas reconnu, ajouta-t-elle, voulant rappeler à sa mère qu'il ne restait aucune photo de Scott à la maison.

Enfin, aucune à sa connaissance. La seule dont elle se souvenait remontait à sa petite enfance. Ce cliché s'était effacé de sa mémoire depuis bien longtemps.

— Quand vas-tu le retrouver ?

— Maman, soupira Ellie, s'efforçant d'être patiente. Quelle importance ?

— Ça en a pour moi.

Elle avait des larmes dans la voix.

— Maman, murmura-t-elle, choquée. Pourquoi pleures-tu ?

— Je ne pleure pas. Je suis secouée, c'est tout… Ton père et moi… C'était il y a si longtemps.

Ellie ne savait quoi penser. Le nom de son père n'avait pas été mentionné depuis des années. Jamais elle ne s'était attendue à ce que sa mère manifeste autant d'émotion.

— Quand tu le verras, veux-tu… Peux-tu lui dire quelque chose de ma part ?

— Bien sûr.

— Non, se ravisa soudain Virginia. Ne lui parle pas de moi, d'accord ?

— Tu en es sûre ?

— Oui. Ne lui dis absolument rien. Attends… Dis-lui… Non, ne dis rien.

— Maman…

— Appelle-moi après ton dîner.

Là encore, c'était une supplique plutôt qu'un ordre.

Ellie garda le silence, incapable de dire quoi que ce soit.

— Ellie ? Tu es toujours là ?

— Oui, chuchota-t-elle en retour.

Un jour, à l'école primaire, Ellie était tombée et s'était cassé le bras. En attendant à l'infirmerie que sa mère arrive pour l'emmener à l'hôpital, elle s'était balancée d'avant en arrière, le bras blessé pendant le long de son corps, horriblement douloureux. Une seule pensée l'habitait, celle que tout irait mieux quand sa mère serait là. Elle avait un peu la même impression à présent.

— J'aurais dû t'écouter. Je n'aurais jamais dû venir à Cedar Cove. Tu as raison, c'est une énorme erreur. Je vais partir.

— Non, ne t'en va pas, murmura Virginia.

— Mais… tu viens de me dire que je devrais rentrer.

— J'avais tort. Tu t'es engagée à dîner avec ton père et je pense que ce serait une bonne chose pour vous deux. Si tu pars maintenant, tu t'interrogeras toujours, tu regretteras d'avoir manqué cette opportunité. Tu mérites des réponses. Ne laisse pas mon expérience malheureuse guider tes actions Ellie.

Ce discours ne lui ressemblait pas du tout.

— Tu es sûre ?

— Oui. Je vais venir, moi.

— Maman, c'est généreux de ta part, mais il n'y a pas beaucoup de vols au départ de Bend, et en voiture, tu en aurais pour cinq ou six heures.

Un silence gêné tomba sur la ligne.

— En fait, ça ne prendra pas aussi longtemps.

— Ah non ?

— Je suis déjà ici.

Ellie bondit sur ses pieds.

— Tu es ici ? À Cedar Cove ?

Elle pressa une main à sa tempe, interloquée.

— Oui, enfin presque. Si tu veux le savoir, j'ai passé la nuit à Tacoma.

— Tu as fait quoi ?

— Je n'ai jamais voulu que tu le saches. J'avais tellement peur qu'il ne t'arrive quelque chose. Tu es probablement furieuse et je comprends, mais mets-toi à ma place. Tu ne savais presque rien de cet homme et je m'inquiétais pour toi. Je n'ai pas osé te dire que j'avais l'intention d'être à proximité, de peur que tu te fâches.

— Tu m'as suivie ? s'écria Ellie, interdite.

— Pas suivie… pas exactement, protesta sa mère, désireuse de se justifier. Je voulais être à côté au cas où il arriverait quelque chose, et ça s'est produit, n'est-ce pas ? Je t'en prie, ne sois pas fâchée contre moi.

Ellie aurait dû l'être, mais à cet instant, elle n'éprouvait que de la gratitude.

— Dans combien de temps peux-tu être là ?

— Disons une heure.

Ellie mit à profit les soixante minutes suivantes pour se reposer et fermer les yeux, non qu'elle soit capable de se détendre, sans parler de dormir. Enfin, elle se leva et, debout à la fenêtre de sa chambre, guetta l'arrivée de sa mère, pressée d'évoquer avec elle les événements de la journée.

En la voyant, elle se hâta de descendre. Un instant plus tard, elles s'étreignaient avec émotion. Virginia effleura les cheveux d'Ellie mais ne fit aucun commentaire sur sa nouvelle coiffure.

Elle regarda la maison.

— Pouvons-nous nous asseoir quelque part pour parler ? Comme tu peux l'imaginer, j'ai passé une très mauvaise nuit.

— Tu t'inquiétais pour moi, je suppose, murmura Ellie, sachant pertinemment qu'elle avait attendu son appel jusqu'à minuit passé.

Elle se sentait coupable à présent. Sa mère et elle avaient toujours été proches.

— J'avais une de ces migraines, mais peu importe.

Ellie la précéda sur la terrasse, la guidant vers les fauteuils. La vue sur la baie était fantastique mais ni l'une ni l'autre n'y prêtèrent attention.

— Vas-y, maman, vide ton sac, dit Ellie lorsqu'elles furent assises.

— Mon sac ? répéta Virginia avec indignation.

— Tu es sur le point de me lister toutes les raisons pour lesquelles je n'aurais pas dû venir.

Avec le recul, elle n'était pas loin de le penser.

— Non. Tout ce que je veux, c'est te protéger. Je suis soulagée d'avoir été à côté.

— Je suis contente que tu sois là, avoua Ellie à regret.

Virginia hésita.

— Ton… père m'a brisé le cœur. Je l'aimais…

— Et il t'a abandonnée, acheva Ellie à sa place, ayant entendu ce récit des dizaines de fois par le passé.

— Il *nous* a abandonnées, rectifia sa mère. Il savait ce que Tom manigançait, non ?

— Je ne crois pas.

Le désarroi qu'elle avait lu sur le visage de Scott n'avait pu être feint. Son père avait paru aussi troublé qu'elle lorsque Tom les avait présentés.

— Tom ne le lui a avoué que ce matin. Notre rencontre a été un choc pour lui aussi.

Virginia prit un air perplexe.

— Tu veux dire que Scott ne lui a pas expliqué qui tu étais ?

— Non. Pour lui, j'étais seulement une fille que Tom avait rencontrée sur Internet. Scott… Aucun de nous deux n'était au courant.

Une autre pensée vint à l'esprit d'Ellie. C'était seulement en apprenant que Scott était son père qu'elle avait compris pourquoi Tom avait paru si soucieux lorsqu'il avait évoqué sa « surprise ».

Le tableau commençait à prendre forme dans son esprit, mais elle ne se sentait pas mieux pour autant. Quoique bien intentionné, Tom avait abusé de sa naïveté. Elle chassa le jeune homme de ses pensées. Elle ne pouvait songer aux sentiments qu'elle ressentait pour lui maintenant.

— Ne fais pas la même erreur que moi, Ellie. Tom t'a trompée une fois, et rien ne prouve qu'il ne recommencera pas. J'ai peur que si tu continues cette relation tu ne finisses par être très blessée.

— Maman, je suis assez grande pour prendre mes propres décisions. Fais-moi confiance, s'il te plaît.

— J'avais confiance en ton père.

— Maman...

Virginia se redressa, les épaules crispées.

— C'est injuste qu'il réapparaisse dans ta vie maintenant, après tout ce temps. Il n'en a pas le droit.

La douleur s'entendait dans ses paroles. Ellie aurait aimé pouvoir la réconforter, mais se rendait compte aussi que c'était à elle, et à elle seule, de décider quoi faire concernant son père.

Sa mère arborait une expression lointaine.

— Je vais te dire quelque chose que je n'ai jamais avoué à personne.

Sa voix était devenue presque inaudible, et tremblait légèrement.

— Je lui ai écrit peu après son départ.

Le timbre de sa voix montait et descendait tour à tour, comme un petit bateau balloté par la tempête. Elle marqua une pause avant de poursuivre.

— Je lui disais que j'avais tort, et je lui demandais, pour toi et pour moi aussi, de revenir sur sa décision et de donner une seconde chance à notre mariage. Que j'étais prête à faire le nécessaire pour être l'épouse qu'il souhaitait.

Ellie la regarda, choquée. Toute sa vie durant, elle n'avait entendu que des critiques à l'égard de son père. Sa mère avait toujours affirmé que son départ n'avait pas été une grande perte. Qu'il était instable, incapable de subvenir à leurs besoins, et faible par-dessus le marché. Et pourtant, elle avait ravalé sa fierté pour lui demander de revenir.

— Vraiment ?

Cet aveu avait dû exiger du courage à sa mère. Son honnêteté la surprenait, même si elle ne suffisait pas à la faire changer d'avis.

— Je n'ai pas mis mes parents au courant, continua Virginia. Ils auraient été contre une réconciliation. Je le savais, mais j'aimais Scott et je ne voulais pas divorcer.

— Que s'est-il passé ? demanda Ellie, le cœur serré.

Sa mère tourna les yeux vers la baie.

— Il n'a jamais répondu, dit-elle enfin.

Une liste de raisons possibles vint aussitôt à l'esprit d'Ellie.

— Peut-être qu'il n'a jamais reçu ta lettre. Peut-être qu'il avait déménagé et qu'on ne l'a pas fait suivre. Ou que grand-mère ou grand-père l'ont interceptée ? Et d'ailleurs, maman, si tu voulais le joindre, pourquoi ne lui as-tu pas téléphoné ?

— Je l'aurais fait si j'avais eu son numéro, expliqua sa mère. C'était différent à l'époque. Les téléphones portables n'existaient pas, et Internet non plus. Mes parents me poussaient à demander le divorce. Nous nous sommes disputés, il est parti et je ne l'ai jamais revu.

Ellie éprouva une pointe de malaise. Quand elle verrait Scott, elle lui demanderait pourquoi il n'avait jamais répondu à cette lettre.

— Par la suite…

Sa mère se tut et prit quelques instants pour se ressaisir.

— J'ai essayé de nouveau.

— Quand ?

— Tu avais environ cinq ans et tu commençais à t'interroger sur lui.

— Tu veux dire, quand j'ai voulu cette poupée pour mon anniversaire, c'est ça ?

— Oui. Mes parents n'étaient pas au courant là non plus, mais ça me faisait tellement mal de t'entendre poser ces questions. Ça n'a pas été facile, mais je l'ai retrouvé.

— Il t'a versé une pension pour moi ?

Sa mère baissa la tête, évitant son regard.

— Oui… sans faute.

— Ce n'est pas ce que tu m'as dit.

— Je… Je souffrais et je ne voulais pas que tu…

— Autrement dit, tu m'as menti.

Abasourdie, Ellie pensa à toutes les fois où elle avait entendu dire que son père était indifférent à ses besoins.

— Oui.

— Mais pourquoi ?

De nouveau, sa mère baissa la tête, honteuse.

— Je n'ai pas d'excuse… Je me suis persuadé que c'était pour te protéger. Que si tu n'aimais pas ton père, il ne pourrait pas te blesser comme il me l'avait fait.

— Oh ! Maman.

— Je sais, Ellie. Je suis désolée.

— Tu as dit que tu avais essayé de le joindre plus tard ? Quand j'avais cinq ans ?

— Oui.

Elle hésita, cherchant à mettre de l'ordre dans ses pensées.

— Mes parents étaient bien intentionnés, mais ma mère te gâtait trop. Tu étais sa seule petite-fille, la prunelle de ses yeux. Je me rendais compte que tu avais besoin de l'influence d'un père. Le mien essayait de remplir ce rôle, mais il était plus âgé et souvent impatient. Et je commençais à avoir l'impression d'être un fardeau pour ma famille. Alors j'ai cherché Scott. J'étais prête à tout pour le ramener dans nos vies, même à m'opposer à mes parents.

— Tu l'as trouvé ? demanda Ellie dans un souffle.

Virginia se tordit les mains et acquiesça.

— Et alors ?

Là encore, il fallut quelques instants à sa mère pour trouver la force de continuer.

— Il vivait dans la région de Tacoma… Je suis allée le voir.

— Grand-père et grand-mère savaient ce que tu faisais ?

— Non, je n'ai pas osé le leur dire… enfin, si, après, quand…

Elle s'interrompit, visiblement émue.

— Tu as vu mon père ? pressa Ellie, refusant de se laisser détourner du sujet qui l'intéressait.

Elle devait savoir, surtout avant d'aller rejoindre Scott pour dîner.

— Oui, répondit Virginia simplement.

— Qu'a-t-il dit ? demanda Ellie, plus doucement cette fois.

Sa mère semblait si fragile, tassée sur elle-même sous le poids de la tristesse et de la douleur.

— Je… Je ne lui ai pas parlé.

Elle luttait contre les larmes. Une bouffée de compassion envahit Ellie.

— Pourquoi, maman ? murmura-t-elle en lui prenant la main. Tu avais fait tout ce chemin.

Elle avait retrouvé Scott, elle était venue le voir à l'insu de ses parents. Il avait dû arriver quelque chose d'affreux pour qu'elle décide de ne pas aller jusqu'au bout.

— J'ai découvert qu'il avait une nouvelle épouse et une nouvelle famille, dit sa mère tout bas, d'une voix étranglée. Je les ai vus tous ensemble… et ils étaient heureux, ils riaient. Scott jouait au ballon dans le jardin avec deux petits garçons. Je suis restée assise dans la voiture à les regarder.

Ellie imaginait la scène sans peine. Sa mère garée sur le trottoir, s'efforçant de rassembler son courage pour aller frapper à la porte, et puis Scott qui sortait jouer avec ses enfants.

L'un d'entre eux avait dû être Tom. Ellie ravala sa douleur et sa déception.

— Je ne sais pas combien de temps je suis restée là, mais, au bout d'un moment, une femme est sortie avec un pichet de limonade et des cookies.

Sa mère avait dû avoir le cœur brisé quand elle avait vu cette scène de famille idyllique.

— Ensuite, reprit sa mère d'une voix sourde, Scott l'a enlacée et l'a embrassée. Il avait trouvé quelqu'un d'autre à aimer. Les garçons l'appelaient papa, et cela me disait tout ce que j'avais besoin de savoir. J'arrivais trop tard. Si j'étais allée lui parler, ça aurait été gênant pour tout le monde.

Cet aveu expliquait bon nombre de choses. C'était à partir de ce moment-là que l'amour de sa mère envers son mari s'était transformé en haine. Ça avait été la seule arme que Virginia avait trouvée pour surmonter son chagrin. Elle avait des excuses, mais cela ne justifiait pas pour autant toute sa conduite. En son for intérieur, elle aurait dû savoir qu'elle n'avait pas le droit de priver Ellie de son père.

— Je comprends.

Sa mère avait dû être très malheureuse, condamnée à vivre avec des parents autoritaires et une enfant gâtée tandis que son ex-mari, lui, semblait nager dans le bonheur auprès d'une autre femme.

— Je n'ai pas pu, murmura sa mère. Je suis rentrée à la maison en pleurant tout au long du chemin et, en arrivant, j'ai tout avoué à mes parents.

Ellie imaginait sans peine leur réaction.

— Ma mère a essayé de me réconforter, mais mon père était furieux. Il a dit que j'avais eu ce que je méritais en retournant vers ce bon à rien.

— Et il m'a acheté la poupée, acheva Ellie, songeuse.

— Oui.

— Je l'ai adorée.

Sa mère parut bouleversée.

— Non, Ellie, pas du tout.

— Que veux-tu dire ?

Elle se souvenait de sa joie quand elle avait reçu le cadeau qu'elle attendait depuis si longtemps.

— J'étais tout excitée en ouvrant le paquet.

— Tu as aimé cette poupée jusqu'au moment où tu as su qu'elle ne venait pas de ton père. À partir de ce jour-là, tu as rarement joué avec.

Ellie la dévisagea avec stupeur.

— En fait, j'ai même dû te la prendre parce que je t'ai trouvée un jour en train de la piétiner en pleurant. Tu n'avais jamais rien fait de ce genre. J'étais tellement choquée que je l'ai cachée.

C'était tout juste si Ellie en croyait ses oreilles. Elle avait toujours été une enfant sage – du moins, elle aimait à le penser.

— Au bout d'un moment, je te l'ai rendue. Avant que j'aie pu t'en empêcher, tu l'as attrapée par le bras et jetée contre un mur en disant que tu la détestais.

— Non ! s'exclama Ellie, atterrée de s'être conduite ainsi.

— Tu as pleuré à chaudes larmes et tu m'as dit que tu n'en voulais plus. J'étais sûre que tu changerais d'avis, mais non. En fin de compte, je te l'ai retirée et nous avons fini par la donner.

Ellie n'avait aucun souvenir de ces incidents, hormis celui d'avoir ardemment désiré cette poupée. Pourtant, à entendre le récit de sa mère, ce qu'elle avait voulu, en réalité, c'était le père qu'elle n'avait jamais connu.

24

Une fois à la maison, je mis les palourdes et le saumon au frais tout en réfléchissant à ma conversation avec Corrie McAfee. À mesure que je glanais des informations sur Mark, un tableau commençait à se dessiner dans ma tête. Il avait de l'argent, ou du moins, il en avait eu. Cependant, il vivait de manière très frugale. Quant à la théorie de Corrie à propos de l'armée, elle m'avait laissée perplexe. En rentrant à la maison d'hôtes, j'avais essayé d'interroger Mark. Malheureusement, notre échange avait tourné au vinaigre.

— Laisse tomber, avait-il dit.

— Laisse tomber, avais-je répété, irritée. Ça veut dire quoi, exactement ?

Désarçonné, Mark avait arqué les sourcils.

— Pardon ?

— Tu ne peux pas me dire ce genre de choses et ne pas t'attendre à une réaction.

Un pli se forma sur son front.

— Je ne vois pas de quoi tu veux parler.

— Si, tu vois très bien. Tu viens de me donner une sorte d'avertissement.

Il secoua la tête, l'air de dire que je racontais n'importe quoi.

— Pas du tout.

S'il pensait pouvoir minimiser ses propos, il se trompait lourdement. Peut-être devais-je relever le défi.

Je l'avais toisé.

— Je devrais appeler Roy McAfee et le payer pour qu'il se renseigne sur toi.

— Je t'en prie, rétorqua-t-il en souriant, sans paraître s'inquiéter le moins du monde. Il n'y a rien à trouver, mais si tu veux gaspiller ton argent, ne te gêne pas.

Je le foudroyai du regard. À ma grande déception, il demeura complètement impassible.

— J'espère que tu te rends compte à quel point tu m'agaces.

— Moi, je t'agace ? répéta-t-il, stupéfait. C'est toi qui me harcèles sans arrêt.

— Sûrement pas.

Cet homme était impossible.

— Tu sais quoi ? Ça nous ferait peut-être du bien à tous les deux de prendre nos distances pendant quelque temps.

Je n'étais pas sûre de penser ce que je disais, mais je n'étais pas prête à faire marche arrière.

Il haussa les épaules.

— Ça ne me dérange pas. Tu veux que j'arrête de travailler sur le kiosque ? J'ai quantité d'autres travaux qui m'attendent. Si tu ne veux pas que je vienne, loin de moi l'idée de m'imposer.

Soudain, Rover lâcha un hurlement perçant qui nous fit tous les deux sursauter. Je retins une exclamation de surprise et, de son côté, Mark avait l'air tout autant déconcerté. Assis sur son train arrière, le chien nous fixa, l'air de dire que cette querelle avait assez duré.

— Il n'aime pas qu'on se dispute, observai-je.

— Sans doute que non, admit Mark, visiblement mal à l'aise.

Je devais reconnaître que je m'étais emportée, ce qui m'arrivait rarement. En général, je n'étais pas du genre à prendre la mouche ou à lancer des menaces. Je sentis que je devais des excuses à Mark.

— Rover a raison. Tu es un ami et tu as le droit de cacher ton passé. Ça ne me regarde pas.

Il fronça les sourcils.

— Qui dit que je cache quoi que ce soit ?

— Très bien.

Mieux valait éviter ce sujet, puisque nous étions si clairement en désaccord.

Mark soupira.

— Je suppose que je me suis énervé aussi. J'imagine que tu préfères que je continue à construire le kiosque.

— Oui.

Pour rien au monde je ne voulais que ce projet traîne durant des mois comme la roseraie.

Il hocha la tête, acceptant la trêve.

— Si tu veux vraiment te rattraper, j'accepte une portion supplémentaire des cookies que tu as faits hier matin.

Il était vraiment trop prévisible.

— Je verrai ce que je peux faire.

— Jo Marie ?

— Oui ?

Je me retournai et vis qu'il me dévisageait. J'eus l'impression qu'il voulait parler mais qu'il hésitait.

— Quoi ?

— J'ai remarqué quelque chose.

— Ah bon ?

— Tu n'es pas comme d'habitude depuis quelque temps.

— Vraiment ?

Je réprimai un rire. Il exagérait, sûrement.

— Comment ça ?

Il haussa les épaules. Son embarras était palpable, mais maintenant qu'il avait commencé, il ne pouvait plus s'arrêter.

— D'abord, tu as fouillé dans ma vie.

— Oh, mais…

— Et tu as été lunatique.

— Non.

Là, c'en était trop.

— Et carrément bizarre.

— Bizarre ?

Cette fois, je ne pus m'empêcher de lâcher un petit rire.

Mark enfonça les mains dans ses poches.

— L'autre jour, sans crier gare, tu t'es mise à parler du T-shirt de Paul.

Je me figeai.

— Tu as fait une remarque qui n'avait pas de sens, comme quoi il avait perdu son odeur.

Je n'esquissai pas un geste, osant à peine respirer.

— On parlait de tout autre chose, et tout d'un coup, tu as lâché ça, et l'espace d'un moment, j'ai cru que tu allais pleurer. Je ne comprends pas.

Il attendit que je m'explique. J'en étais incapable.

— C'est tout ? demandai-je, me forçant à adopter un ton léger.

— Non, il y a autre chose.

Ah bon ?

— Tu t'es lancée dans une frénésie de rangement, de nettoyage, tu es allée chercher des trucs dans le grenier et j'en passe. Par deux fois, j'ai vu que la lumière était allumée chez toi bien après minuit. Tu as du mal à dormir, non ?

C'était vrai, mais je n'allais sûrement pas l'admettre.

— Autant que je puisse en juger, cette drôle de conduite a commencé quand tu as reçu la dernière lettre de Paul.

— Oh.

J'aurais sûrement dû me défendre, lui dire qu'il avait tort, qu'il se trompait du tout au tout. Je voulais le faire, mais je me tus, surtout parce que je redoutais qu'il n'ait raison. Ce n'était pas facile à reconnaître.

Il plissa brusquement les yeux.

— Ça va ?

— Oui, bien sûr, affirmai-je, avec plus d'assurance que je n'en éprouvais.

Il semblait attendre que je lui donne les cookies. Je m'exécutai, mais il s'attarda néanmoins.

— Tu n'en as pas l'air.

— Je vais très bien, insistai-je, d'un ton visant à lui faire comprendre que le sujet était clos.

Il haussa les épaules une fois de plus.

— Si tu le dis.

Après le départ de Mark, je ne pus tenir en place. J'errai d'une pièce à l'autre, désemparée, sans but précis. Plus je réfléchissais à ce qu'il avait dit, plus j'étais troublée. Je me recroquevillai, refoulant mes larmes.

Mon mari était mort. J'avais vu des hommes mettre son cercueil recouvert du drapeau national en terre. Paul ne reviendrait pas. J'avais fait de mon mieux pour accepter cette réalité et j'avais pensé que je m'en tirais bien.

Peut-être allais-je moins bien que prévu.

Ne sachant que faire, je décrochai le téléphone et appelai ma mère. J'avais besoin de me changer les idées et de chasser de mon esprit les propos de Mark.

— Bonjour ma chérie, lança ma mère, d'un ton gai et enjoué qui contrastait avec mon humeur.

— Bonjour.

Une brève hésitation s'ensuivit.

— Quelque chose ne va pas ?

Elle lisait en moi comme dans un livre ; il en avait toujours été ainsi. Je ne savais pas par où commencer.

— Le déjeuner est toujours d'actualité, n'est-ce pas ? Ton père et moi avons hâte de te voir.

— Oui, bien sûr, pour rien au monde je ne l'annulerais… J'ai pensé que je devais t'avertir que Mark Taylor ne viendra pas.

Je ne savais pas pourquoi je jugeais nécessaire de lui donner cette information plutôt que de lui avouer ce qui me préoccupait.

— Ah ! C'est dommage, soupira ma mère. Je me réjouissais à l'idée de faire sa connaissance.

— Ça ne me gêne pas, maman. J'aimerais bien que vous le rencontriez, mais ce n'est pas une grande affaire. C'est mon homme à tout faire, voilà tout.

— Et un ami, observa ma mère.

— Exactement, dis-je avec conviction.

Ma mère marqua une pause.

— Ma chérie, qu'y a-t-il ?

— Rien.

Je ne voulais pas lui en parler si tôt après ma confrontation avec Mark. Je ne voulais pas non plus lui dire combien Paul me manquait.

— Je sens que tu es déçue que Mark ne se joigne pas à nous pour le déjeuner. Ton père et moi aurions été contents de le rencontrer, mais ce sera peut-être pour une autre fois. Quant à mon opinion sur lui, je suis sûre que tu es meilleur juge à son sujet que je ne pourrais l'être.

— J'en doute.

— Il est évident qu'il compte beaucoup pour toi…

— Mark ? Tu plaisantes ? Mark est bricoleur et je l'ai engagé parce qu'il fait du bon travail, mais la plupart du temps, il me tape sur les nerfs. Je n'ai pas besoin de ça dans ma vie et, franchement, j'en ai assez. Dès qu'il aura terminé le kiosque, ce sera fini.

Ma décision était prise.

— Si tu le dis, ma chérie.

— Je le dis.

Et j'étais sincère.

Je fis volte-face et vis une femme sur le seuil de la cuisine. Surprise, je portai une main à la poitrine.

J'ignorais qu'il y avait quelqu'un d'autre dans la maison, à plus forte raison une inconnue.

— Une minute, maman.

Je posai l'appareil.

— Puis-je vous aider ?

Ce que je voulais vraiment savoir, c'était savoir comment elle était entrée, alors qu'à ma connaissance, la porte était fermée à clé.

— Pardon, je ne voulais pas interrompre votre conversation. Je suis Virginia Reynolds, la mère d'Ellie.

— La mère d'Ellie, répétai-je, consternée.

Seigneur, ce n'était pas bon signe.

— Je me demandais si vous auriez une chambre libre pour cette nuit ?

25

Depuis qu'il avait appris que Maggie était enceinte, Roy était froid et silencieux. Elle jeta plusieurs coups d'œil vers lui alors qu'ils roulaient en direction de Cedar Cove, mais il refusa de lui accorder un seul regard, fixant résolument la route. Ses mains étaient si étroitement crispées sur le volant que les jointures de ses doigts étaient devenues toutes blanches.

Maggie aurait voulu dire quelque chose, mais au fond, qu'y avait-il à dire ? Lorsqu'elle avait découvert qu'elle était enceinte des garçons, elle avait ressenti de la joie et de l'excitation. Elle n'éprouvait rien de tel maintenant. L'émotion qui dominait était la crainte.

— Comment as-tu pu laisser cela arriver ? demanda-t-il.

Une bouffée de colère monta en elle. Instinctivement, elle eut envie de riposter et de rappeler à son mari qu'il n'était pas totalement innocent dans ce fiasco. Elle n'était pas la seule à avoir dévié du droit chemin. Il pouvait feindre d'être la victime, mais elle n'allait sûrement pas supporter ses insultes.

— Je vais faire comme si je n'avais pas entendu cette question, Roy, déclara-t-elle avec toute la dignité dont elle était capable.

Elle fixa ses mains nouées, luttant contre un mélange de tristesse et d'écœurement.

Son mari se tut. Une éternité s'écoula avant qu'il reprenne la parole.

— Que vas-tu faire pour ça ?

— Ça ? répéta-t-elle.

— La grossesse, Maggie. Ne fais pas l'innocente avec moi.

— Un enfant n'est pas un objet, Roy.

C'était un bébé, un être humain, une vie qui grandissait en elle.

— Pour moi, cet enfant n'existe pas, dit-il d'un ton éloquent. Je n'en veux pas.

— Autrement dit, tu veux que je me fasse avorter.

Elle ne parvenait pas à croire qu'il fasse pareille suggestion. Son cœur battait de plus en plus fort, un son si assourdissant à ses oreilles qu'elle s'étonnait qu'il ne puisse l'entendre.

— Tu ne penses pas ce que tu dis.

— Je ne sais plus ce que je pense, dit-elle, à peine capable d'articuler. C'est ce que tu veux. Admets-le. Un avortement résoudrait tout, non ? On se débarrasse du bébé et tout redeviendra normal. C'est ce que tu penses, admets-le, Roy.

— Bon, oui. Ça résoudrait tout.

Elle détourna la tête et fixa la vitre.

— Tu ne me connais donc pas après toutes ces années ? demanda-t-elle dans un souffle. Tu crois vraiment que je pourrais me faire avorter et que ça nous aiderait à régler nos problèmes ?

Il garda le silence un long moment.

— D'accord, murmura-t-il enfin. Tu as raison. Ça ne marcherait pas. Si on faisait ça, tu ne pourrais pas te le pardonner.

Il semblait plus raisonnable à présent, et elle lui en fut reconnaissante.

— Merci, murmura-t-elle.

— Ça ne change rien à ce que je ressens pour ce bébé. Je ne veux rien avoir à faire avec cette grossesse ou cet enfant. Rien.

— Avec moi non plus ?

Là encore, il se tut. Le silence s'installa, plus fort que des cris. En un sens, ils auraient été plus faciles à supporter que ce… néant.

Il ne voulait rien avoir à faire avec elle ? Il fallut un moment à Maggie pour assimiler ses paroles, et même alors, elle ne fut pas certaine d'avoir compris ce qu'elles signifiaient. Il semblait dire qu'il voulait mettre fin à leur mariage. À cette pensée, son sang se glaça.

— Mais… Nous ne savons pas si ce bébé est le tien ou pas.

— Je ne vais pas prendre ce risque, Maggie. Je te le dis tout de suite : je n'élèverai pas l'enfant d'un autre.

Elle était sur le point de protester quand Roy lâcha un juron et ralentit brusquement. En se retournant, elle vit une voiture de police surgir derrière eux, le gyrophare allumé.

— Tu roulais trop vite ?

Il la foudroya du regard en guise de réponse.

Roy se gara sur le bas-côté, et le véhicule de patrouille s'arrêta juste derrière. Il défit sa ceinture et sortit son permis de conduire de son portefeuille pendant que Maggie ouvrait la boîte à gants pour prendre les papiers de la voiture.

Il baissa la vitre à l'approche du policier.

— Bonjour.

Roy ne répondit pas.

— Vous savez à quelle vitesse vous rouliez ?

Son mari garda le silence, regardant droit devant lui en tendant ses papiers à l'agent.

— Vous êtes passé à 130 kilomètres/heure, dans une zone où la vitesse est limitée à 100.

L'amende allait être salée.

Le policier prit les papiers, retourna à sa voiture et revint quelques minutes plus tard avec la contravention. Il débita une liste d'instructions auxquelles Maggie ne prêta pas attention et apparemment, Roy non plus. Il semblait figé par la colère.

Dès l'agent parti, il remonta sa vitre et s'engagea de nouveau dans la circulation.

— Je suppose que ça aussi c'est de ma faute, comme tout le reste. Qu'as-tu l'intention de faire ? demanda-t-il après un long silence.

— Je... je crois que c'est à toi de répondre à cette question.

Pour autant que Maggie puisse en juger, elle n'avait pas le choix. Elle était enceinte, et elle allait donner naissance à l'enfant qu'elle portait, un enfant innocent.

Le mutisme de Roy parlait de lui-même. Il voulait mettre fin à leur mariage. Maggie se détourna et ferma les yeux. Ils avaient fait tant de progrès ce week-end. Ils avaient parlé de pardon et d'un renouveau, et maintenant ça. Une vague de désespoir la submergea. Quelques heures plus tôt encore, elle avait été optimiste, croyant qu'en dépit de tout, leur couple survivrait. C'était peu probable désormais...

— Je crois que nous pouvons être d'accord. C'est fini, Maggie. Fini. Je ne peux pas gérer ça.

— Tu vas demander le divorce ? murmura-t-elle, encore incrédule.

— C'est fini, répéta-t-il. Je ne peux pas tolérer cette situation, c'est compris ?

Maggie ferma les yeux, terrassée par la douleur.

— Je n'élèverai pas l'enfant d'un autre.

— Je t'ai entendu, murmura-t-elle d'une voix chevrotante.

— Ne va pas t'imaginer que quelques larmes vont me faire changer d'avis. Je parle on ne peut plus sérieusement.

Maggie n'en doutait pas.

— Je te crois.

— Et je ne paierai pas de pension alimentaire pour cet enfant non plus. D'accord ?

— Oui, mais ce n'était pas la peine de t'inquiéter, je ne te l'aurais jamais demandé.

D'une main tremblante, Maggie écarta les cheveux qui lui retombaient sur le visage.

— Je suis content que les choses soient claires.

Il avait ralenti et respectait la limite de vitesse.

— Tu as quelque chose à ajouter ? demanda-t-il.

— Non, murmura Maggie.

— Bien.

Sa voix était glaciale.

— En fait, si... Je voulais dire autre chose.

Sachant que toute manifestation d'émotion ne ferait qu'ajouter à sa colère, elle ravala ses larmes.

— Cet enfant est peut-être le tien, Roy.

Il sembla peser ses paroles.

— Ça n'a pas d'importance.

Maggie retint un cri.

— Pas d'importance ?

— En ce qui me concerne, tout est fini entre nous.

Il n'y avait plus rien à faire sinon à accepter sa décision.

— Bébé ou pas, notre mariage était condamné, dit-elle.

Il n'exprima ni accord ni désaccord.

— La nuit où j'ai disparu, souffla-t-elle, tu m'as dit que tu étais fou d'inquiétude... que tu avais téléphoné à tous les hôpitaux, contacté la police.

— Je ne savais pas quoi penser... Quand tu n'es pas revenue à la maison, j'ai eu peur qu'il ne te soit arrivé quelque chose.

— J'ai failli avoir un accident...

Elle se remémora l'instant où elle avait écrasé la pédale de frein, évitant de peu une collision.

— J'aurais pu être tuée, murmura-t-elle. Il aurait peut-être mieux valu d'ailleurs.

Le seul signe indiquant que Roy l'avait entendue fut qu'il ralentit brusquement, arrivant presque au point mort. L'automobiliste derrière eux klaxonna et Roy accéléra aussitôt.

— Ne parle pas comme ça.

— Ce serait plus facile que de vivre cet enfer.

— Maggie.

— Ne t'inquiète pas, Roy, je ne vais rien faire de stupide.

Elle ne mentait pas. Elle avait agi sur un coup de tête une fois, et elle allait perdre son mariage en conséquence. Elle ne lutterait pas contre Roy. Il avait exprimé son point de vue et elle aussi. En dépit de ses déclarations d'amour et d'engagement, il était prêt à lui tourner le dos plutôt que de faire face à cette épreuve avec elle.

Quand il s'engagea dans le parking de la villa, Maggie tressaillit. Perdue dans ses pensées, elle n'avait prêté aucune attention au paysage et ne s'était même pas rendu compte qu'ils étaient arrivés.

Roy resta assis dans la voiture, mais elle se hâta de descendre. Les larmes aux yeux, elle se dirigea vers les marches. Le mieux à faire était de s'en aller, décida-t-elle. Le trajet de retour à Yakima avec Roy serait insupportable. D'ailleurs, tout avait été dit.

Elle dut s'adosser à un pilier de la galerie, suffoquant de chagrin. Une main sur le cœur, elle inspira à fond et puisa dans ses forces pour continuer.

À peine avait-elle franchi le seuil que Jo Marie apparut.

— Vous êtes de retour ! Comment s'est passé…

Elle s'interrompit.

— Maggie, tout va bien ? Vous êtes si pâle !

Maggie parvint à esquisser un faible sourire et secoua la tête.

— Vous êtes malade ? Voulez-vous que je vous donne le nom d'un médecin ? Il y a un excellent cabinet médical…

— Non, merci, ça ira.

— Où est Roy ?

Maggie ne répondit pas. Elle ne savait quoi répondre. Peut-être était-il toujours assis dans la voiture. Il aurait aussi pu s'en aller et la laisser là.

Elle grimpa une à une les marches qui la menaient à sa chambre ; c'était tout juste si elle parvenait à mettre un pied devant l'autre. Jo Marie la suivit des yeux, pleine de sollicitude.

Maggie referma la porte derrière elle et sortit sa valise de la penderie pour ranger ses affaires. Elle avait besoin de s'enfuir, de s'échapper. Mais pas comme la fois précédente.

Elle avait l'impression que les murs se rapprochaient, que la pièce rétrécissait à chaque seconde.

Elle chancela, incapable de supporter cette oppression. Ne devait pas oublier son sac à main. C'est drôle les choses qui vous viennent à l'esprit. Elle l'ouvrit, prit la clé de la chambre et la déposa sur le lit. Elle n'en aurait plus besoin. De son alliance non plus d'ailleurs. Elle la retira et la posa sur la table de chevet, sur le roman que son mari avait acheté.

Et puis il y avait la lettre, la lettre d'amour que Roy lui avait envoyée à l'Université, celle où il affirmait qu'il l'aimerait toujours. Inutile de la garder plus longtemps.

Elle la laissa sur l'oreiller et alla se rafraîchir dans la salle de bains.

Quand elle redescendit, Jo Marie était toujours au pied de l'escalier.

— Maggie, dit-elle tout doucement, puis-je faire quoi que ce soit ?

Maggie fit non de la tête.

— Je suis enceinte, murmura-t-elle.

Jo Marie l'étreignit.

— Je devine que ce n'est pas une bonne nouvelle.

— Pas pour mon mari.

— Il est parti en voiture.

— Je m'en doutais… Il reviendra.

— Où allez-vous ? s'inquiéta Jo Marie en lui emboîtant le pas. Que dois-je dire à Roy ?

— Ne lui dites rien. Je ne reviendrai pas.

Une fois de plus, elle parvint à sourire.

— Merci pour tout… La villa est adorable, et vous aussi.

26

J'étais désolée. Les choses devaient aller terriblement mal entre Maggie et Roy pour qu'elle parte ainsi, traînant sa valise, les épaules tassées portant la misère du monde. Quand je lui avais demandé si elle voulait que je l'emmène quelque part, elle avait refusé malgré mon insistance. Elle n'était même pas sûre de savoir où elle allait. J'avais essayé de la raisonner, en vain.

Le pire, c'était que Roy lui aussi était parti et que le seul numéro de téléphone en ma possession était celui de Maggie, de sorte que je n'avais aucun moyen de l'avertir.

Apparemment, l'annonce de la grossesse avait été mal accueillie par le couple. J'aurais voulu aider Maggie mais comment ? Comment se rendre utile sans s'imposer et sans se montrer indiscret ?

Comme si cette situation n'était pas assez préoccupante, il y avait aussi Ellie et sa mère. Virginia avait pris une chambre à la villa et, peu après, je les avais vues toutes les deux dehors en grande conversation. À en juger par leur comportement, elles ne voulaient pas être dérangées. J'ignorais de quoi ou de qui elles parlaient, mais je supposai que leur conversation avait un rapport avec Tom.

Ma présence n'étant pas désirée, je m'isolai sous l'appentis couvert où je m'asseyais souvent le soir, à la fraîche. Les anciens propriétaires en avaient fait un lieu agréable et douillet, doté d'une cheminée. Cet endroit avait pour moi une importance toute particulière car c'était là que j'avais pour la première fois ressenti la présence de Paul à mes côtés. Un lieu de refuge idéal en fait, sauf ce soir-là. Mark était de retour.

Il s'affairait dans le jardin, au niveau du futur kiosque. De là, il ne pouvait pas me voir, et ça me convenait. Si je risquais un pied dehors, il ne manquerait pas d'engager la conversation et, à vrai dire, je n'étais pas d'humeur à avoir de la compagnie. Ou, pour être plus exacte, je n'étais pas d'humeur à supporter la compagnie de Mark. La discussion que nous avions eue dans l'après-midi continuait à me tracasser. J'avais du mal à l'admettre mais il avait raison. Je m'étais récemment étourdie par le ménage et le tri. Et il avait raison sur un autre point : cette agitation était forcément liée aux difficultés que j'éprouvais à accepter la mort de mon mari. J'avais du mal à affronter mon chagrin, aussi je feignais de l'ignorer en disant que tout allait bien. Je m'en tirais si bien que c'était devenu une seconde nature chez moi. Le ménage offrait une distraction, tout comme ma curiosité concernant le passé de Mark.

En m'attachant à découvrir ce que je pouvais à son sujet, j'évitais de penser à ce qui me préoccupait réellement.

Mark dut trouver ce qu'il cherchait et s'en alla rapidement. Il m'avait sans doute vue, mais fit comme si de rien n'était. Apparemment, il avait compris que j'avais besoin de solitude.

Au bout d'un moment, je retournai dans ma chambre. Rover me suivit et se coucha sur le tapis devant la cheminée, un de ses endroits préférés. J'avais entrepris de tricoter des couvertures en laine pour chaque chambre, mais il faisait bien trop chaud pour prendre mes aiguilles. Je me sentais désemparée, mal à l'aise dans ma propre maison. Ma fébrilité était de retour et je me surpris à faire les cent pas.

Résolue à me changer les idées, je pris le roman que j'avais entamé quelques jours plus tôt et me forçai à me détendre dans un fauteuil. Rien n'y fit. Impossible de me concentrer sur l'intrigue. Mon esprit vagabondait. Je pensai à vider le lave-vaisselle avant de me souvenir que je l'avais déjà fait. Quant à la lessive, je m'en étais occupé un plus tôt. Restait la pâtisserie. Cette activité m'apportait un certain réconfort, mais pas au beau milieu d'un après-midi étouffant. Mon cerveau jouait à la marelle, passant d'une idée à l'autre.

Je dus refermer le livre un peu trop violemment car Rover se leva d'un bond, encore tout ensommeillé.

Ça aurait été par trop facile de blâmer Mark. Au fond, il ne s'agissait pas seulement de lui ni des soucis de mes clients.

Rover s'approcha du lit et se tourna vers moi comme pour me dire quelque chose.

Je l'avais sorti plus tôt, il ne réclamait donc pas une promenade.

Au bout de deux minutes, il reporta son attention sur la table de chevet. C'était curieux : je ne gardais pas de gâteries pour lui dans la chambre. Que pouvait-il bien vouloir là-dedans ?

Je le rejoignis et m'assis sur le bord du lit. Caressant d'une main le dos lisse de Rover, je pris une profonde inspiration, ouvris le tiroir et… me figeai.

La dernière lettre de Paul. Celle qu'il m'avait écrite au cas où il viendrait à disparaître. Une lettre d'amour qui m'était parvenue d'outre-tombe. J'avais refusé de la lire quand on me l'avait donnée parce que je n'avais pas encore eu la confirmation de la mort de mon mari. Pendant de nombreux mois, je m'étais cramponnée à l'idée insensée que Paul avait survécu à son accident d'hélicoptère en Afghanistan. Il avait fallu un an pour localiser les corps et, au départ, tous ne furent pas retrouvés.

Cet espoir s'était évanoui quand la dépouille de Paul avait été localisée et formellement identifiée. Alors et seulement alors m'étais-je obligée à lire la lettre. Aveuglée par le chagrin, je me souvenais à peine de ce qu'il avait écrit, seulement que c'était ce que je m'étais attendue à lire. *Sois heureuse pour ce que nous avons partagé, va de l'avant,* etc.

Je l'avais immédiatement rangée dans le tiroir de ma table de nuit. Depuis j'avais choisi de l'ignorer, simplement parce que relire les derniers mots qu'il m'avait adressés m'aurait fait plus de mal que de bien.

Je baissai les yeux sur l'enveloppe toute blanche et, l'estomac noué, sortis les feuilles de papier. Ma main tremblait. La gorge serrée par l'émotion, je fus, un instant, incapable de respirer.

Ma bien-aimée Jo Marie,

Paul ne m'avait jamais appelée sa bien-aimée auparavant, et je marquai une pause pour saisir le sens de ce choix, à supposer qu'il en ait un.

Si tu lis cette lettre, cela signifie que le pire est arrivé et que j'ai été tué en mission. Avant notre rencontre et notre mariage, je ne me souciais guère de mon avenir. Lorsque j'ai décidé de devenir soldat, j'étais conscient des risques et, à l'époque, il n'y aurait eu que mon père et quelques amis pour me pleurer. Cette certitude me donnait une certaine liberté, une absence de peur ; planifier mon avenir me semblait sans importance. Je me concentrais sur mon devoir, prêt à accepter n'importe quel événement.

Et puis je t'ai rencontrée et je suis tombé amoureux de toi. Jamais je n'avais imaginé aimer autant quelqu'un. Avec toi, un monde nouveau s'est ouvert à moi. Un monde plein de promesses. Pour la première fois, j'ai pensé à fonder un foyer, un vrai foyer, avec deux ou trois enfants. T'aimer m'a autorisé à rêver, à me projeter au-delà du lendemain, à espérer que la vie me réservait davantage que la guerre et mon métier de soldat.

Tu as été un cadeau pour moi, Jo Marie. Un cadeau inattendu, un bonheur que je chéris plus que mon faible cœur ou que mes simples paroles ne sauraient l'expri-

mer. Tu m'as apporté le rire et la joie, et je t'en serai éternellement reconnaissant.

Peu après notre mariage, Paul et moi avions parlé d'enfants. Nous avions espéré que je serais enceinte très vite, mais le destin en avait décidé autrement. Avec sa disparition, ce rêve s'était éteint, comme tant d'autres.

Je déglutis avec difficulté et me forçai à continuer.

Comme je te le disais, si tu lis ceci, ces rêves ne sont plus que cendres pour nous deux. Quand nous avons échangé nos vœux, j'ai promis de t'aimer, et au nom de tout ce qui est sacré à mes yeux, je t'aime, Jo Marie, de toutes mes forces et de tout mon cœur. J'ai promis de veiller sur toi, de te soutenir et de m'occuper de toi de mon mieux.

J'ai vu des hommes mourir. J'ai réconforté un ami alors qu'il rendait son dernier souffle, et bien que j'aie côtoyé la mort au combat, je ne sais rien de ce qui m'attend de l'autre côté. Mais je peux te dire une chose… Si c'est possible, je serai à tes côtés.

Je te soutiendrai et t'aimerai jusqu'à la fin de tes jours. Et si Dieu me le permet, je chercherai à t'atteindre. Je ne serai plus avec toi, mais mon amour restera. Cherche-moi, Jo Marie. Je viendrai à toi, je te protégerai. Je trouverai mon chemin jusqu'à toi depuis l'au-delà.

Parce que je te connais, parce que je t'aime, je veux te demander de faire quelque chose d'important pour moi. Écoute-moi, je t'en prie. Ne passe pas le reste de ta vie à regretter ce que nous aurions pu avoir. Je ne te demande qu'une chose – ouvre ton cœur. Vis pour nous deux. Tombe amoureuse de la vie… Tombe amoureuse. Tu as tant à donner, à offrir aux autres. Ce serait un gâchis que de ressasser le passé alors qu'un avenir radieux te tend les bras.

Il m'est difficile de conclure cette lettre. Comment te dire tout ce que je ressens ? Je ne suis pas très doué avec les mots. Je veux seulement te répéter une fois de plus à quel point je suis reconnaissant au destin qui m'a permis de t'aimer et d'être aimé de toi, même si brièvement.

Souviens-toi de ce que j'ai écrit.

Paul

Je m'essuyai les yeux, retenant mon souffle jusqu'à ce que je sois capable de maîtriser mes émotions. Rover posa son museau sur ma cuisse pour me réconforter. Dès le départ, j'avais eu le sentiment que mon fidèle compagnon m'avait été envoyé par Paul. Qui avait sauvé l'autre ? Comme Grace l'avait suggéré, Rover était mon « chien de réconfort ».

J'étais contente d'avoir relu la lettre de Paul. Au fond, il me disait de continuer à vivre et qu'il serait toujours avec moi. Il ne voulait pas que je passe le reste de mes jours à le pleurer, mais sa perte avait bouleversé mon existence et je ne pouvais m'empêcher de faire le deuil de ce qui aurait pu être. Il me demandait d'avancer et j'espérais exaucer son vœu par l'intermédiaire de la maison d'hôtes.

La maison d'hôtes.

Rover se leva brusquement et alla se poster devant la porte. Quand j'eus ouvert, il se rua audehors, puis s'arrêta, m'enjoignant silencieusement de le suivre. Si ridicule que cela puisse paraître, je m'étais habituée à obéir à ses ordres.

Il ne me fallut pas longtemps pour découvrir ce qui n'allait pas. Ellie et sa mère étaient assises au salon, tête à tête, et Virginia avait mis une main réconfortante sur l'épaule d'Ellie. Je ne voulais pas m'imposer ni écouter leur conversation, aussi étais-je sur le point de partir quand Virginia leva les yeux. Elle sembla contente de me voir.

— Pourrions-nous avoir du thé, s'il vous plaît ?

— Bien sûr.

Rover alla se coucher aux pieds d'Ellie comme pour la consoler à son tour. La jeune femme ne parut même pas s'en apercevoir. Sa voix était sourde et troublée, et malgré moi, j'entendis une partie de ce qu'elle disait.

— Scott lui a trouvé des excuses, mais j'ai refusé de l'écouter. Je ne le crois plus. J'ai pris une bonne leçon.

— Que t'a dit Tom ?

— Que pouvait-il dire ? murmura Ellie avec amertume. Qu'il n'avait jamais eu l'intention de me faire souffrir. Il pensait avoir bien agi pour son beau-père, mais il n'a pas pensé une seconde à ma réaction.

— Oh ! Ellie, je suis tellement désolée.

— Vraiment, maman ? Vraiment ? C'est pourtant ce que tu m'as toujours dit ? Mon problème, c'était que j'étais convaincue que tu te trompais et je voulais te montrer que je pouvais trouver un homme bien qui m'aimerait.

Elle ravala un sanglot.

— Je suis désolée… désolée de t'avoir donné une vision négative des hommes.

Le sanglot d'Ellie se mua en une sorte de rire triste.

— Je veux rentrer à la maison… Tout ce voyage a été un cauchemar du début à la fin.

— Oh ! Ellie.

— Il n'y a aucune raison de rester…

— Et ton dîner avec ton père ?

La porte d'entrée s'ouvrit à la volée, coupant court à la conversation. En temps normal, Rover aurait bondi vers l'intrus en aboyant, mais ce jour-là, il ne bougea pas.

Roy entra à grands pas, l'air furieux. Il jeta un coup d'œil autour de lui, vit Ellie et sa mère dans le salon et moi dans la cuisine, marqua une brève pause et se rua dans l'escalier.

Virginia me regarda, les yeux ronds.

— Qu'est-ce qu'il lui prend ?

Je haussai les épaules, ne sachant que répondre.

Moins de deux minutes plus tard, Roy dévala les marches et se planta devant moi.

— Où est Maggie ? demanda-t-il d'un ton rude.

— Je l'ignore.

— Sa valise n'est plus là.

— Oui, je sais. Elle est partie peu après que vous l'avez déposée.

Roy fronça les sourcils.

— Vous a-t-elle dit où elle allait ?

— Je ne crois pas qu'elle le savait elle-même.

— Quelle idée… Cette femme est…

— Enceinte.

Il plissa les yeux d'un air accusateur.

— Elle vous l'a dit ?

— Elle ne m'a rien dit de plus.

Mais je devinais qu'il y avait plus, bien plus.

Roy serra et desserra les poings, comme s'il réprimait l'envie de les cogner contre le mur.

— Elle n'a pas pu aller très loin.

— Je suppose que non.

— Je vais la retrouver.

Son visage se durcit.

— Et quand je l'aurai retrouvée, nous partirons.

Étant donné son humeur, ce ne serait pas une grande perte, mais je me sentis obligée de lui rappeler ma règle concernant les départs anticipés.

— Vous avez payé jusqu'à dimanche, et je ne peux pas vous rembourser.

— Peu m'importe, aboya-t-il. Gardez l'argent.

Je ne décelais en lui ni amour ni inquiétude pour sa femme disparue, seulement de la colère et quelque chose que je ne décelai pas tout d'abord, mais qui me frappa subitement. C'était de la souffrance, du chagrin.

— Savez-vous dans quelle direction elle est partie ? demanda-t-il en sortant des clés de sa poche.

— Non. Je ne l'ai pas vue tourner dans la rue.

Il hocha la tête et sortit, nous laissant soulagées Virginia, Ellie et moi.

La bouilloire siffla, suivie presque aussitôt par le tintement de la sonnette et, cette fois, Rover se rua vers l'entrée.

J'ouvris la porte et me trouvai face à un homme d'âge moyen, séduisant, aux cheveux poivre et sel. Il me regarda et, pendant quelques secondes, parut décontenancé.

— Je suis venu voir Ellie Reynolds, dit-il. Je suis son père.

27

À l'instant même où Scott Reynolds entra dans le salon, la mère d'Ellie bondit sur ses pieds. Elle se plaça derrière le canapé, dressant une barrière entre elle et l'homme qu'elle avait aimé autrefois.

Ellie les regarda tour à tour, attendant que son père prenne l'initiative. Avec tout ce qui s'était passé depuis qu'elle l'avait vu, y compris sa conversation avec Tom et l'arrivée de sa mère, elle avait presque oublié qu'elle avait accepté de dîner avec lui.

À sa grande surprise, ce fut sa mère qui parla la première.

— Scott.

Il paraissait non moins stupéfait qu'elle ne l'était.

— Ginny.

Ginny ? Ellie n'avait jamais entendu quiconque appeler sa mère par un surnom. Sa grand-mère y tenait fermement.

Ils se fixaient, à l'affût du moindre geste.

Le visage de son père s'adoucit.

— Tu n'as pas changé, dit-il, après s'être éclairci la voix.

— Tu… Tu as bonne mine, répondit sa mère, comme hypnotisée.

Scott passa une main sur sa tempe.

— J'ai moins de cheveux qu'avant… alors que tu es la même que dans mon souvenir.

Ils semblaient avoir oublié qu'Ellie était dans la pièce.

— J'ai cru comprendre que tu avais rencontré notre fille cet après-midi, reprit Virginia après un silence embarrassé.

Le regard de Scott se posa sur Ellie. Enfant, et plus tard, adolescente, elle s'était imaginé son père, pas tant son apparence physique mais son caractère et la forme de l'amour qu'il aurait pour elle. Il l'aurait écoutée jouer du piano et complimentée pour ses efforts. Il lui aurait appris à danser. Quand un petit ami serait venu la chercher, il aurait interrogé le jeune homme et se serait montré protecteur. Malheureusement, rien de tout cela n'était arrivé. Son père avait toujours été absent. Jusqu'à maintenant.

— Nous avons fait connaissance tout à l'heure. Ellie est une fille remarquable, charmante et pleine de bon sens.

Vraiment ? Ellie savoura ces paroles, des éloges qu'elle avait tant espéré entendre de la part de son père, quelques mots qui montraient son affection.

— Tom l'admire énormément. Il ne parle que d'elle… Ça me rappelle nous deux quand nous

nous sommes rencontrés et que nous étions fous amoureux.

Ellie était sur le point de lui dire exactement ce qu'elle pensait de Tom, mais sa mère la devança.

— Tom est ton beau-fils ? demanda-t-elle, bien qu'Ellie le lui ait déjà expliqué.

Scott acquiesça.

— Ses actions partaient d'un bon sentiment, mais il s'y est mal pris pour organiser notre rencontre. Il n'en reste pas moins un jeune homme très bien.

— À mes yeux, il n'est pas si merveilleux que ça, objecta Ellie, incapable de se taire plus longtemps.

Ses parents la dévisagèrent, comme s'ils avaient tous deux oublié sa présence.

— Tom m'a trompée. Il m'a menti et s'est servi de moi par égoïsme.

— Il l'a fait pour moi, expliqua Scott comme pour l'excuser. Il savait à quel point je regrettais de ne pas connaître ma fille et de ne pas avoir été le père qu'elle méritait.

— Il n'avait pas le droit de me mentir… de me manipuler.

Ellie voulait que ce point soit clair.

— Pas le droit, répéta-t-elle.

Son père acquiesça et fit un pas en avant.

Ellie ne comprenait pas ce qui se passait. Ses parents semblaient incapables de détacher leur regard l'un de l'autre. Cela n'avait aucun sens. Sa mère tenait là l'occasion rêvée de lui dire ses quatre vérités. N'était-ce pas le moment qu'elle attendait depuis des années ? Enfin elle pouvait dire à cet homme qui lui avait brisé le cœur l'effet dévastateur que son abandon avait eu sur sa vie. Avait-elle besoin d'un peu d'encouragement ?

— Scott, commença Ellie, espérant rompre le charme. Il faut qu'on parle.

— C'est vrai.

Lorsqu'ils s'étaient rencontrés au début de l'après-midi, submergée par l'émotion, Ellie n'avait guère posé de questions.

— Notre rencontre a réveillé une foule de souvenirs, murmura Scott.

— J'ai des questions, reprit Ellie, avant de commencer par la plus importante de toutes. Je veux savoir pourquoi tu nous as abandonnées maman et moi.

Les traits de Scott se crispèrent et il lança un regard accusateur à son ex-femme.

— Je ne vous ai pas abandonnées.

— Si. Maman a dit…

Ellie se tut. Sa mère gardait les yeux baissés, apparemment absorbée dans la contemplation de quelque chose de fascinant à ses pieds.

— Maman ?

— On m'a posé un ultimatum, expliqua son père. Ta mère voulait que j'accepte de l'argent de sa famille et j'ai refusé. Quand je n'ai pas voulu me soumettre aux pressions de ton grand-père, il m'a fait renvoyer et s'est débrouillé pour me gâcher la vie.

— Papa ne demandait qu'à t'aider, protesta Virginia.

— Non, riposta Scott avec véhémence. Il voulait tout régenter, moi surtout. Tu obéissais à ses quatre volontés et quand il a compris que ce ne serait pas pareil avec moi, il s'est vengé. Le mieux pour moi était de partir. J'espérais que tu m'aurais aimé assez pour t'éloigner de ta famille.

— Et mourir de faim ?

— Ginny, je t'en prie, nous ne serions pas morts de faim. C'est vrai, nous n'avions pas grand-chose hormis l'un et l'autre ; cela me suffisait, mais pas à toi, apparemment.

— On ne peut pas vivre d'amour et d'eau fraîche.

Cette réponse aurait pu être prononcée par un de ses grands-parents, songea Ellie.

— Nous avions rarement plus de quelques dollars en poche les deux premières années et pourtant nous avons survécu.

— C'est vrai, mais c'était dur, Scott. Tu avais deux emplois et je ne te voyais pratiquement pas. Ellie non plus. Papa voulait seulement que tu acceptes un prêt.

— Un prêt assorti de tant de conditions que j'aurais eu l'impression d'avoir une corde autour du cou.

Virginia secoua la tête.

— C'était ta fierté qui t'empêchait d'accepter.

Scott la regarda, l'air lassé par cette dispute qui remontait à vingt ans.

— Quelle importance à présent ? Beaucoup d'eau a coulé sous les ponts.

— Oui, reconnut-elle. En effet.

Ellie attendit que sa mère mentionne la lettre qu'elle avait écrite peu après le départ de son mari. Virginia resta muette et, en un éclair, Ellie comprit pourquoi. Elle était trop fière pour reprocher à son mari de l'avoir rejetée.

Le silence s'épaissit.

— J'ai une autre question, lâcha Ellie.

Ses parents parurent soulagés de passer à autre chose.

— À vrai dire, j'ai toute une liste.

C'était le moment idéal, puisque ses parents étaient présents tous les deux.

— Nous t'écoutons, Ellie, intervint Virginia. Si on s'asseyait ? Jo Marie a apporté du thé.

Scott s'assit dans le grand fauteuil tandis qu'Ellie et sa mère s'installaient sur le canapé. Virginia partit à la cuisine chercher une troisième tasse et les servit.

La main d'Ellie se crispa sur sa tasse.

— Pour commencer, je veux savoir pourquoi tu n'as jamais répondu à la lettre de ma mère.

— Ellie, avertit celle-ci dans un souffle.

Puis elle reposa sa tasse et se redressa en croisant les bras.

Scott fronça les sourcils.

— Quelle lettre ?

La question fut accueillie par un silence. Apparemment, Virginia n'était pas encline à aborder le sujet. Ellie, si.

— Celle que maman t'a envoyée peu de temps après que tu nous as abandonnées.

— Tu veux dire après mon départ ?

— Appelle ça comme tu voudras !

Virginia posa la main sur le bras d'Ellie, lui enjoignant silencieusement de ne pas insister.

— Tu m'as écrit Ginny ? Quand ?

— Environ un mois après ton départ, dit-elle, d'une voix presque inaudible.

Ellie dut la faire répéter.

— Un mois, maman ?

Virginia acquiesça.

— Que disais-tu dans cette lettre ? demanda doucement Scott.

— Quelle importance ? C'est de l'histoire ancienne à présent.

— Non, protesta-t-il. C'est important.

Virginia se pinça les lèvres, visiblement décidée à ne pas en révéler un seul mot.

— Maman ne m'en a parlé qu'aujourd'hui, expliqua Ellie. Elle t'a écrit pour te dire qu'elle regrettait tout et qu'elle voulait que tu viennes nous chercher.

— Traîtresse, murmura Virginia tout bas à l'intention de sa fille.

— Ginny, c'est vrai ?

Il semblait stupéfait. Il ne pouvait pas jouer la comédie. Le choc se lisait sur ses traits et dans ses yeux écarquillés.

— Je n'avais pas ton numéro de téléphone.

— Tu ne voulais pas divorcer ?

— Non. J'étais anéantie. Après, j'ai avoué à mes parents ce que j'avais fait. Ils ont affirmé qu'un divorce était la meilleure solution et que si tu avais changé d'avis, tu aurais répondu. C'est comme ça qu'ils m'ont persuadée.

Le père d'Ellie reposa sa tasse sur le plateau. Quand il parlait, chacun de ses mots était clair et distinct.

— Je n'ai jamais reçu de lettre, Ginny. Après avoir quitté la maison de location, je n'ai jamais reçu de nouvelles de toi.

— Mais… je l'ai postée moi-même. Je l'ai emportée chez la voisine et je l'ai mise dans sa boîte aux lettres au lieu de la nôtre.

— Madame Mullin ?

— Oui, comment le sais-tu ?

— Seigneur ! Ginny, ta mère et Madame Mullin étaient les meilleures amies du monde. Si je devais deviner, je dirais qu'elle a trouvé ta lettre en sortant son courrier et qu'elle l'a donnée à ta mère. Ce qui est certain, c'est que je ne l'ai jamais reçue.

— Cela aurait-il fait une différence ? demanda Virginia d'un ton de défi.

Scott n'hésita pas une seconde.

— Ça aurait tout changé. J'étais terriblement malheureux sans toi et sans Ellie. Quand tu m'as renvoyé ma lettre…

Sa mère se leva à moitié.

— Quelle lettre ?

— Celle où tu as écrit *Retour à l'expéditeur* sans jamais l'avoir ouverte.

— Mais je n'ai jamais rien fait de tel, protesta Virginia. Je n'ai jamais reçu de lettre.

Elle semblait au bord des larmes.

— Chaque jour, je priais pour avoir des nouvelles de toi. Dès que je rentrais du bureau, mon premier geste était de vérifier le courrier en espérant de tout mon cœur que tu nous donnerais une autre chance.

Ellie n'avait nul besoin qu'on lui explique ce qui s'était passé. Ses grands-parents s'étaient interposés et avaient empêché toute communication entre ses parents.

Ces derniers semblaient vouloir poursuivre la conversation mais Ellie avait d'autres questions qui la taraudaient.

— Tu n'as jamais cherché à me voir quand je grandissais, balbutia-t-elle. Pas une seule fois. Je veux savoir pourquoi.

— Je n'ai pas d'excuse, avoua Scott, le regard empreint de douleur. Je regretterai jusqu'à la fin de mes jours de ne pas l'avoir fait. Quand le divorce a été prononcé, j'ai reçu une lettre de l'avocat de ta mère. Il disait que si je faisais la moindre tentative pour être présent dans ta vie, ton grand-père me traînerait devant tous les tribunaux du pays. Je n'avais pas assez d'argent pour lutter contre lui, aussi je n'ai pas essayé.

— Et plus tard, quand j'ai été adulte ? As-tu une excuse ?

— Non, répondit-il avec franchise. Aucune. Tu avais passé presque toute ta vie sans moi. J'ai pensé que tu ne voudrais pas entendre parler de moi, que tu me détestais sans doute. À dire vrai, je n'aurais pas pu t'en vouloir. Et je suppose que j'avais peur.

Elle porta une main à la poitrine. S'il savait combien elle avait désiré avoir un père…

Scott détourna les yeux. Tout son visage exprimait le regret.

— Je ne voulais pas semer le trouble dans ta vie. J'imaginais ce que ta mère et tes grands-parents avaient pu te dire de négatif à mon sujet. Ellie, je pensais qu'on t'avait lavé le cerveau et que tu ne voudrais rien avoir à faire avec moi.

— Je ne te détestais pas, chuchota-t-elle.

Elle aurait voulu pouvoir le détester, mais elle en était incapable.

— Je suis d'abord venu te chercher pour t'emmener dîner, continua son père, mais je suis aussi ici pour une autre raison. Je suis venu à cause de Tom. Il a peur de t'avoir perdue et il est bouleversé. Il se rend compte qu'il aurait dû te dire dès le début qui il était, mais il a repoussé ce moment jusqu'à ce qu'il soit trop tard.

— Il a trahi ma confiance.

Ellie croisa les bras, exactement comme sa mère l'avait fait un peu plus tôt.

— Nous ne pouvons plus avoir de relation. Je le regrette parce que j'ai des sentiments sincères pour lui, mais je doute de pouvoir lui pardonner.

— Je voudrais que tu reviennes sur cette décision Ellie, murmura son père.

— Je ne crois pas que ce soit possible.

Elle n'avait pas envie de parler de Tom. Dans l'immédiat, elle aspirait surtout à retrouver la ville de Bend, à se réfugier dans son univers familier et confortable. Alors et seulement alors, elle pourrait analyser les événements de la semaine et décider de la meilleure attitude à suivre vis-à-vis de Tom.

C'était presque comme si Scott ne l'avait pas entendue. Son regard était focalisé sur Virginia.

— J'ignorais que Ginny était ici.

— Je viens d'arriver, expliqua celle-ci.

— Je suis tellement reconnaissant que tu sois venue… tellement reconnaissant.

— Comment ça ? demanda Virginia, rougissant légèrement.

— Pour la première fois depuis vingt ans, j'ai la possibilité de te dire à quel point je suis désolé que notre mariage n'ait pas marché.

Le sourire qu'elle lui adressa en retour était timide et emprunté, comme si elle ne savait comment réagir. Ellie lut sur son visage les mêmes regrets qu'il affichait et comprit soudain que sa mère n'avait jamais cessé de l'aimer.

— Tu as élevé notre fille remarquablement, dit-il d'une voix sourde et intense. Merci.

Sa mère lutta quelques instants pour recouvrer l'usage de la parole.

— C'est gentil de ta part.

Scott se retourna vers Ellie.

— Je voudrais que tu ne juges pas. Je connais mon beau-fils, c'est un garçon honnête. Il a fait tout cela pour moi, pour que je puisse te rencontrer. Il a organisé cette surprise en pensant que c'était la meilleure solution pour nous réunir. Il n'a jamais eu l'intention de te faire souffrir. Au contraire, je crois qu'il est profondément amoureux de toi. Il s'accable de reproches pour ce qui s'est passé et j'ai l'impression que c'est moi qui suis responsable.

— Va le voir, Ellie, intervint sa mère, d'un ton pressant.

Ellie n'en crut pas ses oreilles.

— Maman ?

Après toutes ses mises en garde au sujet des hommes, ce conseil la prenait complètement au dépourvu.

— Ne commets pas la même erreur que moi, reprit sa mère. Ne sois pas aveuglée par ton amour-propre.

— Et ne fais pas l'erreur que j'ai faite en partant, intervint son père. J'aurais dû me battre jusqu'au bout pour rester dans ta vie.

— Va, Ellie. Va trouver Tom.

Elle hésita, déchirée entre son cœur et son obstination.

— Où est-il ?

Scott lui expliqua.

— Prends ma voiture.

— Attends. Elle est plus habituée à conduire la mienne.

Virginia se hâta de remonter dans sa chambre et revint quelques secondes plus tard son sac à la main. Elle tendit ses clés à Ellie.

— Ça ira tous les deux ? Je peux vous laisser seuls ? demanda Ellie, plaisantant à moitié.

— Ça ira très bien, affirma sa mère.

— Oui, acquiesça Scott. Je crois que nous avons beaucoup de choses à nous dire.

28

Quand Maggie arriva dans le centre-ville de Cedar Cove, sa valise derrière elle, elle était enfin parvenue à maîtriser ses émotions. Elle était résolue à présent. Pour commencer, elle devait trouver le moyen de rentrer à Yakima, chez elle, sans son mari.

Elle s'arrêta un instant et haleta lentement. À partir de maintenant, elle devait cesser de considérer Roy comme son mari. Il voulait divorcer et elle n'allait pas s'opposer à son désir. Son mariage était terminé. Il était déjà terminé quand Roy avait commencé à flirter avec Katherine, simplement elle avait été trop obstinée et trop amoureuse de lui pour l'admettre.

D'ailleurs, il n'était pas le seul à blâmer, ils étaient tous les deux fautifs. Absorbée par ses enfants, Maggie avait ignoré les besoins de son mari. Elle avait été idiote, aveugle, et Roy aussi. Son seul espoir était qu'ils puissent traverser l'année à venir sans se haïr. Les divorces pouvaient être violents. Elle ferait de son mieux pour que l'amertume ne vienne pas s'ajouter au reste.

Une fois dans Harbor Street, l'artère principale de la ville, Maggie s'arrêta devant le *Java Joint.* Elle vérifia qu'elle avait de l'argent sur elle et poussa la porte.

— Vous désirez ? demanda un jeune homme du nom de Connor.

— Une infusion s'il vous plaît.

— Nous en avons plusieurs, l'informa-t-il d'un ton enjoué, en désignant la carte. Si vous voulez consulter la liste pour faire votre choix ?

Maggie opta pour une camomille, dans l'espoir que la tisane apaiserait ses tensions.

— Vous venez d'arriver en ville ? reprit-il, regardant sa valise. L'arrêt de la navette est tout près, les gens viennent souvent boire un café ici.

Maggie hésita, ne sachant comment répondre sans provoquer d'autres questions.

— Plus ou moins, dit-elle évasive, peu désireuse d'engager la conversation.

— Cedar Cove est formidable, vous verrez. Un dollar cinquante s'il vous plaît.

Elle paya et mit une pièce dans le bocal réservé aux pourboires.

— Merci, dit-il en préparant la tisane. J'économise pour la fac, mais je mets de côté les pourboires que je gagne le week-end pour aller voir un match des Seahawks. Il faut bien s'amuser un peu, non ?

Il y avait deux autres clients. Maggie s'installa au fond, loin de l'entrée. Le couple ne tarda pas à s'en aller et elle se retrouva seule devant sa tasse. Ses pensées la ramenaient toujours à Roy. Une bouffée de tristesse la submergea. Elle était perdue dans ses réflexions quand Connor s'approcha.

— Vous pouvez mettre votre sachet là-dedans, dit-il en lui tendant une cuillère et deux serviettes en papier.

— Oh ! Merci.

Elle retira le sachet et but une gorgée. C'était brûlant.

— Vous voulez des glaçons ? demanda Connor, arrivé au comptoir. Parfois, l'eau est vraiment bouillante.

Apparemment, il cherchait à s'occuper.

— Merci, ça ira.

— Je fais un excellent *latte* si vous cherchez quelque chose de plus consistant avant le repas du soir, dit-il. La spécialité du jour, c'est moka et caramel salé. Une de nos meilleures ventes.

— Non, merci.

Maggie regrettait de ne pas s'être assise dos à lui, mais elle ne pouvait pas changer de place sans paraître grossière. Ils n'étaient que deux, une situation qui encourageait la conversation. Or elle n'était pas d'humeur à parler de la pluie et du beau temps.

— Il faut que j'aille dans la réserve, annonça Connor. Si un client arrive, pouvez-vous lui dire d'utiliser la sonnette sur le comptoir ?

— Bien sûr.

Enfin un peu de paix. Au même moment, Maggie songea qu'elle se trompait. Elle ne connaîtrait plus la paix avant très longtemps…

Elle vérifia son portable, constata avec soulagement qu'il était chargé et se mit à surfer sur Internet à la recherche d'une voiture de location. Ce serait moins coûteux que l'avion. Une fois à la maison, elle aurait diverses questions à régler. Son cousin Larry Morris, avocat, pourrait la conseiller sur la procédure de divorce. Il faudrait aussi qu'elle trouve un emploi, ce qui serait d'autant moins facile qu'elle devrait s'absenter pour donner naissance au bébé.

Le bébé.

Un avortement aurait pu être une solution pour certaines femmes, mais pas pour elle. D'ailleurs, même si cela avait sauvé son mariage dans l'immédiat, ça n'aurait pas duré longtemps. Comme mettre un pansement sur une hémorragie. Un instant cependant, elle envisagea cette possibilité. Peut-être pouvait-elle s'y résigner... Peut-être cela les aiderait-il. Cette pensée ne dura pas. Elle se connaissait assez pour savoir qu'elle serait rongée par le remords. Roy l'avait reconnu tout autant qu'elle.

Ce qui la bouleversait le plus à la perspective d'un divorce, c'était que ses deux enfants allaient grandir avec un père à mi-temps. Elle ne voulait pas divorcer. Si seulement elle avait pu remonter le temps, jamais elle n'aurait quitté la maison le soir de leur dispute. Mais ça ne lui servait à rien désormais.

Un bébé.

Maggie aurait tout donné pour ne pas être enceinte. Roy ne désirait pas cet enfant. Et la vérité était que cette grossesse, loin d'éveiller en elle la moindre excitation, l'emplissait de doute et de crainte. Avoir ce bébé serait problématique. Comment pourrait-elle élever trois enfants seule en travaillant quarante heures par semaine ? Maggie se ressaisit. D'autres femmes l'avaient fait avant elle. Avec du cran et de la détermination, elle y parviendrait aussi. Elle avait l'avantage d'être titulaire d'une licence. Elle trouverait un poste.

Néanmoins, elle avait le cœur serré en pensant aux difficultés qui l'attendaient. Jugeant qu'elle avait besoin de se changer les idées, elle reporta son attention sur son téléphone et parcourut les sites de location. Elle opta pour le moins cher, ce qui, malheureusement, signifiait qu'elle devrait aller chercher la voiture à Seattle, près de l'aéroport de Sea-Tac. Par chance, Connor avait mentionné une navette. Elle pourrait l'emprunter, ce serait parfait. Le jeune homme lui indiquerait l'arrêt.

Elle allait ranger l'appareil quand un texto s'afficha. Un texto de Roy.

Où es-tu ? Je n'apprécie pas que tu aies disparu. Je veux partir le plus vite possible.

Maggie lui répondit.

Alors pars.

En ce qui la concernait, tout avait été dit. Elle ne s'était pas enfuie avec l'idée de manipuler Roy. Après toutes les années qu'ils avaient passées ensemble, il aurait dû le savoir. Elle n'était pas du genre à lancer des menaces en l'air : elle parlait sérieusement, comme lorsqu'elle avait rompu avec lui à l'Université.

Le téléphone à la main, Maggie éprouva un soudain besoin de réconfort. Elle songea à sa sœur, Julia… Elle ne lui parlerait pas de la situation. Pas encore. Avant tout, elle devait rentrer à la maison, retourner voir ses enfants. Alors seulement elle pourrait trouver la force d'annoncer à ses proches que, malheureusement, son mariage était terminé.

Sans prendre le temps de réfléchir davantage, elle appela sa sœur.

— Maggie, répondit celle-ci gaiement. Comment se passe votre week-end en amoureux ?

— Génial, répondit-elle, se forçant à prendre un ton enthousiaste. Nous avons pris le ferry pour Seattle et sommes allés au Pike Place Market. Nous avons même visité les souterrains. Tout va bien chez vous ?

— Oui, tout roule.

Sa sœur hésita.

— Ça va ? Tu as une drôle de voix. Et ce n'est pas la première fois ces temps-ci. Quelque chose te préoccupe ? Tu crois que je ne m'en rends pas compte ? Allons, Maggie, je suis ta sœur. Que se passe-t-il ?

— Je vais très bien. Qu'est-ce qui pourrait aller mal ? répondit-elle, feignant la légèreté. Rappelle-toi, je passe un week-end en tête à tête avec mon mari. Trois jours entiers sans enfants.

— Mais ? insista Julia, étirant le mot pour en faire une question.

Maggie se résigna. Il était absurde de s'imaginer qu'elle allait pouvoir berner sa sœur.

— Devine ? taquina-t-elle.

— Je ne vais pas deviner, rétorqua Julia d'un ton grave.

— Je suis enceinte.

Elle avait tenté de paraître contente, en vain.

— Maggie, c'est fantastique… n'est-ce pas ?

— Oui.

Julia hésita.

— Tu n'as pas l'air ravie. Pourtant, je croyais que vous aviez envisagé d'avoir un troisième enfant. La dernière fois que tu m'en as parlé, tu as dit que Roy aimerait avoir une fille.

— C'est vrai.

— J'imagine que ce bébé n'était pas prévu…

— On peut dire ça comme ça.

Si seulement sa sœur savait la vérité ! Maggie la lui dirait un jour, mais pas aujourd'hui.

— Je sais que trois enfants, c'est du travail, mais crois-moi, tu t'y habitueras. Pour moi, l'arrivée de Ted après Trevor et Travis, a provoqué un bon chaos pendant six mois. Quand j'ai découvert que j'étais enceinte de Tracy, je me suis demandé comment on allait s'en sortir, mais tout s'est bien passé. Entre trois et quatre, au fond, il n'y a pas grande différence.

Cela réconfortait Maggie d'entendre sa sœur. Sa voix l'apaisait, l'aidait à affronter le présent et à ne pas penser à l'avenir.

— Où est Roy ? s'enquit soudain Julia.

— Il se repose.

Un mensonge pieux.

— Nous sommes descendus dans une maison d'hôtes à Cedar Cove. C'est un endroit idyllique. La mère de Roy a la fibre romantique, c'est elle qui nous a offert ce séjour. Si Sam et toi songez à prendre quelques jours de vacances, je ne pourrai pas te recommander mieux.

— Vous êtes partis en week-end et tu t'es rendu compte que tu étais enceinte ! Je ne vais pas courir ce risque, la taquina sa sœur. Ma famille est déjà assez nombreuse. Roy est content ?

La question prit Maggie au dépourvu.

— Content ?

— Pour le bébé.

— À vrai dire, c'est un choc pour nous deux, dit-elle, réticente à mentir une fois de plus.

— Il faut parfois un peu de temps pour se faire à l'idée. Un bébé est un événement majeur dans une famille. Papa et maman sont au courant ?

— Non, pas encore... Tu es la seule à savoir.

— Si tu as besoin de quoi que ce soit, tu me le dis, d'accord ?

Maggie songea au garage où elle avait rangé les affaires de bébé des garçons, et fut immédiatement assaillie par une autre inquiétude. Peut-être ne pourrait-elle pas garder la maison.

— Ne t'inquiète pas. J'ai toujours le landau et tout le reste.

— Je ne parlais pas d'objets, Maggie. Je parlais de soutien, d'encouragement. Je suis passée par là. Je suis ta sœur aînée, et je suis là pour te donner un coup de main si tu en as besoin.

— Merci Julia.

Sa sœur ne soupçonnait pas à quel point Maggie allait avoir besoin d'elle au cours des mois à venir.

Maggie remarqua que Connor avait repris sa place derrière le comptoir.

— Il faut que j'y aille.

Un homme entra dans le café.

— Tu es sûre que ça va ? répéta Julia.

— Je vais bien, franchement. Je t'appellerai la semaine prochaine et nous parlerons plus longuement.

— Entendu.

Elle coupa la communication, rangea son téléphone et se leva. Le client avait déjà pris une boisson à emporter. Occupé à remplir les sucriers, Connor leva les yeux.

— Vous voulez une autre infusion ? C'est gratuit.

— Non, merci. Je me demandais si vous pourriez m'indiquer la navette de l'aéroport, celle dont vous avez parlé tout à l'heure.

— Le bus de Sea-Tac ? Bien sûr. J'ai les horaires aussi.

Il ouvrit un tiroir et en tira une feuille plastifiée.

— Faut-il réserver ?

— Je crois que vous n'aurez pas de difficulté à trouver une place, mais il n'y a pas de mal à appeler.

Maggie griffonna le numéro, s'éloigna du comptoir et téléphona pour acheter un billet.

— Le bus sera là dans une quinzaine de minutes, annonça la femme à l'autre bout du fil.

— Je vais me rendre à l'arrêt tout de suite. Je ne suis pas très loin.

— Le chauffeur n'attend pas, avertit l'employée.

— J'y serai.

Elle retourna à sa table prendre sa valise, remercia Connor et s'apprêta à sortir. À cet instant, une cliente arriva et lui tint la porte. Maggie se figea.

Roy.

Son mari passait justement en voiture devant le café. Maggie recula instinctivement, manquant de peu de trébucher.

— Entrez la première, dit-elle à la femme, en se plaquant au mur.

L'inconnue lui jeta un regard curieux, mais s'exécuta. Maggie attendit que sa respiration redevienne normale avant de se hasarder dehors pour la seconde fois.

Elle voulait arriver à l'arrêt et monter à bord de la navette sans que Roy la voie. Qu'il la cherche. Maggie était résolue à ne pas se laisser retrouver.

29

Des voix montèrent de la pièce voisine. Intriguée, je passai la tête par la porte de la cuisine. L'homme qui s'était présenté comme le père d'Ellie parlait avec Virginia Reynolds. Ils étaient seuls, absorbés par leur conversation et ne me remarquèrent pas, ce qui tombait bien. Je me demandai ce qu'était devenue Ellie, invisible à présent.

La porte d'entrée était entrouverte, suggérant que la jeune femme était sortie. En jetant un coup d'œil dehors, je constatai que la voiture de Virginia avait disparu. Sans doute Ellie l'avait-elle empruntée. Le véhicule des Porter n'avait pas réapparu non plus. Je me demandai si Roy s'était calmé en retrouvant Maggie. Le couple m'inquiétait. À l'évidence, il s'était produit quelque chose qui les avait bouleversés, sans doute la découverte de la grossesse de Maggie. Au fond, rien de tout cela ne me regardait, mais je ne pouvais m'empêcher de me faire du souci pour eux. L'idée me vint brièvement que j'étais peut-être à la recherche d'une autre distraction.

J'attrapai un panier et un sécateur, et me dirigeai vers le jardin pour cueillir des hortensias. Mark triait le bois qu'il avait déchargé la veille, jetant de temps à autre un coup d'œil aux plans qu'il avait déroulés à l'arrière de son pick-up.

C'était une qualité que j'admirais chez lui : quand il s'agissait de son travail, Mark était un perfectionniste. Il mettait peut-être plus de temps à terminer un projet que je ne l'aurais souhaité, mais le résultat était toujours superbe.

J'étais sur le point d'aller lui poser une question concernant le kiosque lorsque Roy Porter arriva en trombe, les pneus de sa voiture crissant sur le gravier. Il coupa net le moteur, mais resta un bon moment assis derrière le volant. Ce qui le taraudait n'avait pas dû être réglé, car quand il descendit enfin, il claqua la portière avec tant de force que les vitres vibrèrent.

Mark se redressa et posa la planche qu'il portait sur l'épaule.

— Quelque chose ne va pas ?

Roy s'immobilisa et lui adressa un regard dur. La colère bouillait dans ses yeux. Si Mark avait cru bien faire, il s'était lourdement trompé.

— Tout le monde a des problèmes, rétorqua-t-il.

— Et la plupart sont liés aux femmes, observa Mark avec un petit rire.

Sa remarque m'agaça, mais je continuai à couper mes fleurs, feignant de ne rien avoir entendu.

— À qui le dites-vous !

Roy s'approcha de Mark, enfonçant les mains dans ses poches.

— Qu'est-ce vous construisez ?

— Jo Marie veut un kiosque où célébrer des mariages, des trucs comme ça.

Mark s'avança vers le pick-up et prit le plan pour le montrer à Roy.

— Vous êtes dans le bâtiment, c'est ça ?

Roy étudia le document un instant avant de le lui rendre.

— Vous aviez raison de dire que les femmes sont à l'origine de la plupart des problèmes.

— Et comment ! marmonna Mark. Elles peuvent faire de votre vie un enfer.

Qu'en savait-il donc ? Mark vivait seul et rien ne suggérait qu'il ait jamais été marié. Malgré moi, je me demandai s'il se basait sur son expérience personnelle, même si cela paraissait peu probable.

— Vous utilisez du bois prétraité ? demanda Roy, changeant brusquement de sujet.

— Oui. C'était plus cher que je ne l'avais prévu au départ, mais je pense que ça évitera des ennuis à Jo Marie à long terme.

Roy s'approcha du véhicule. Par chance, j'étais assez loin sur le côté de la maison pour que ni l'un ni l'autre ne puisse me voir, et c'était tant mieux. Ils auraient été mal à l'aise s'ils avaient su que je pouvais les entendre.

— J'ai décidé de divorcer, annonça Roy.

Oh ! Pas étonnant qu'il soit bouleversé.

— Je suis désolé, répondit Mark tranquillement, en s'adossant à la remorque.

Ils se tenaient l'un à côté de l'autre, les bras croisés. Aucun ne semblait désireux de parler et je crus que Roy allait rentrer à la maison. À ma grande surprise, il s'attarda.

— C'est mieux comme ça, dit-il enfin.

— C'est pour ça que Maggie est partie ?

Roy haussa les épaules.

— Vous connaissez les femmes. Elle s'est mise dans tous ses états, elle a fait sa valise et elle a décampé sans dire où elle allait. Elle veut sans doute rentrer à Yakima toute seule, ce qui me convient. Je l'ai cherchée et je ne l'ai pas trouvée. J'ai fait ce que j'ai pu, non ?

— Oui, admit Mark.

— En fait, ça vaut sûrement mieux. Comme ça, je n'aurai pas à gérer une crise d'hystérie.

— Oui, ça vaut sûrement mieux.

Non sans mal, je réprimai l'envie de mettre mon grain de sel dans la conversation. Changeant de sujet, Mark posa à Roy quelques questions relatives au secteur du bâtiment. J'avais fini depuis longtemps de couper mes hortensias, et je m'apprêtais à partir quand Mark reprit la parole.

— Je suis vraiment navré d'apprendre que Maggie est une mauvaise mère. Vous avez deux garçons, c'est ça ?

— C'est ça. Jaxon et Collin.

— Ils seront aussi bien sans elle, commenta Mark.

Roy se redressa.

— Maggie est une excellente mère. Le problème n'est pas là.

— Oh ! Pardon, j'ai dû mal comprendre. J'avais supposé que vous vouliez la garde de vos fils.

— Non, répondit Roy à regret, comme s'il envisageait cette situation pour la première fois. Il vaudrait mieux que les enfants restent avec elle. Ils sont encore assez jeunes, et si je les avais, ils passeraient toute la journée à la crèche. Quand nous nous sommes mariés, nous avons décidé d'un commun accord que, si nous avions des enfants, Maggie resterait à la maison pour les élever.

— Elle ne travaille pas ?

— Non. Nous avons la chance de ne pas avoir besoin de son salaire. Elle a un diplôme de professeur mais elle a mis sa carrière entre parenthèses pour rester avec les garçons.

Mark acquiesça, comme s'il pesait cette information.

— D'après ce que j'ai entendu dire, il y a des femmes qui sont mères avant tout et qui font de piètres épouses. Elles sont tellement obsédées par leurs gamins qu'elles en oublient qu'elles sont mariées.

Je levai les yeux au ciel. Je dus me retenir pour ne pas intervenir et lui demander depuis quand il était spécialiste des problèmes de couple. À l'entendre, on aurait cru un conseiller conjugal.

— Maggie a été une bonne épouse, marmonna Roy avec réticence.

— Enfin, ne vous en faites pas, une de perdue, dix de retrouvées. La prochaine fois, vous saurez quoi chercher.

— La prochaine fois ?

— Vous n'allez pas vous laisser aigrir par cette expérience, si ? Ce serait dommage. D'ailleurs, vos fils seront tout aussi contents d'avoir une belle-mère.

Roy secoua la tête.

— Je ne suis pas prêt à me remarier.

— Bien sûr que non, acquiesça Mark, il est trop tôt. Mais on finit par se sentir seul et, au bout d'un certain temps, on a envie d'avoir de la compagnie. Il serait injuste que vous restiez seul, surtout si vous voulez laisser les garçons à votre ex-femme.

— Maggie n'est pas mon ex-femme.

— Pas encore, mais elle va le devenir, non ?

— Oui, confirma Roy avec conviction. Ce n'est pas ce que je voulais, mais je n'ai pas le choix.

— Ce n'est pas ce que vous vouliez ? répéta Mark. Je croyais que c'était vous qui aviez décidé de divorcer.

Un instant, Roy parut déconcerté.

— Oui, je suppose que c'est vrai.

Mark retira son chapeau et se gratta la tempe, comme s'il avait du mal à suivre son raisonnement.

— Maggie n'est pas la femme que je croyais connaître, expliqua Roy. Elle a vraiment franchi les limites… et maintenant, maintenant il y a des conséquences. Un homme peut fermer les yeux sur certaines choses, mais pas sur d'autres, si vous voyez ce que je veux dire.

— Bien sûr, renchérit Mark. Quand on se décarcasse pour subvenir aux besoins de sa famille, et qu'on a une femme malhonnête qui vous trompe, ça vous prend aux tripes. On est focalisé sur le bien-être de ceux qu'on aime, et ça nous rend naïf, crédule, si bien qu'on peut facilement nous rouler dans la farine.

Roy fit un pas en arrière.

— Ce n'était pas comme ça avec Maggie.

— Oh ! Pardon, j'avais supposé qu'elle courait les hommes dans votre dos.

— Pas vraiment, murmura Roy, hésitant avant de réaffirmer sa résolution. Mais certaines choses peuvent être pardonnées et d'autres non. Pour être juste envers Maggie, les torts n'étaient pas que de son côté…

— Vous avez bien raison, coupa Mark. Il y a certains aspects des vœux de mariage sur lesquels un homme ne peut pas transiger, même s'il a été tenté une fois ou deux de regarder une autre femme.

— Que les choses soient claires, renchérit Roy. J'ai commis ma part d'erreurs.

— Évidemment, comme nous tous, mais rien d'aussi grave que ce que Maggie a fait.

— Exactement, répondit Roy, avec moins de conviction qu'avant.

— Il y a un truc que j'ai remarqué chez les femmes, pérora Mark, c'est qu'elles ne pardonnent rien. Elles ont beau dire le contraire, à chaque dispute, elles remettent tout sur le tapis, même des trucs vieux de vingt ans. Elles ne savent pas ce que c'est que le pardon.

Roy détourna les yeux.

— Maggie n'a jamais été comme ça.

— Sans blague ?

— Non, murmura Roy.

Il se mit à faire les cent pas dans le jardin, probablement sans même s'en rendre compte.

— Enfin, vous avez pris votre décision. Vous savez quoi faire, et tant mieux pour vous. D'après les statistiques, ce sont surtout les femmes qui demandent le divorce, pas les maris. Vous avez du courage de ne pas vous laisser mener par le bout du nez.

— Maggie n'est pas autoritaire.

— Ah non ? Elle est du genre subtil ? Vous savez, passive-agressive ? Elle vous prépare à dîner, mais elle le sert froid ; elle fait votre lessive, mais elle mélange les couleurs et vos caleçons blancs ressortent roses.

Roy regarda Mark, l'air interloqué.

— Laissez donc à un autre le soin de s'occuper d'elle et de ses problèmes, suggéra Mark.

— Un autre ? répéta Roy, comme si l'idée ne lui était pas venue à l'esprit.

— Évidemment. Comme je disais, un de perdu, dix de retrouvés. Vous finirez par vous remarier, et Maggie aussi.

Roy cessa brusquement de marcher.

— Si vous allez lui laisser la garde de vos fils, ce ne sera pas facile de vous habituer à l'idée qu'il y ait un autre homme à la maison. Tous les beaux-pères ne font pas de bons pères.

Roy se mit à traverser la pelouse, se dirigeant vers sa voiture.

— Où allez-vous ?

En guise de réponse, Roy secoua la tête. Puis il ouvrit la portière et jeta un coup d'œil par-dessus son épaule.

— Je vais trouver Maggie. Je ne suis pas un imbécile, ajouta-t-il, je comprends très bien votre manège. Vous m'avez fait voir cette idée de divorce sous un autre angle. Mais vous avez raison. Maggie et moi devons parler. Je ne veux pas perdre ma femme et je ne veux pas que mes enfants soient élevés par un inconnu.

Mark le rejoignit et lui tapa dans le dos.

— Certaines choses sont plus faciles à pardonner que d'autres, comme vous l'avez dit, et il faut avoir une certaine grandeur d'âme pour pardonner une grande faute. Trouvez votre femme, Roy, et tâchez de sauver votre mariage.

— C'est exactement ce que j'ai l'intention de faire.

Une fois de plus, Mark lui donna une tape dans le dos. Roy remonta dans sa voiture et s'en alla, plus calmement qu'il n'était arrivé.

J'attendis qu'il disparaisse avant de contourner la maison. Le regard de Mark rencontra le mien.

— Tu as bien géré ça, le complimentai-je.

Il haussa les épaules.

— Parfois, tout ce qu'il faut à quelqu'un, c'est quelques conseils.

— On a fait ça pour toi ?

Il soupira et secoua la tête lentement.

— On en revient là ? demanda-t-il d'un ton agacé.

— En fait, non.

— Non ?

— Non. Roy n'est pas le seul à avoir suivi tes conseils. Moi aussi.

Mark se figea.

— Tu as lu la lettre de Paul ?

J'acquiesçai.

— C'était une belle lettre d'amour…

Il me fut impossible d'en dire davantage. Les mots que mon mari avait écrits m'étaient destinés à moi seule. Ma gorge se noua, mais je me refusai à céder à l'émotion devant Mark.

— Tu n'as pas à t'inquiéter. Je ne te harcèlerai plus pour savoir tes secrets.

— C'est bon à savoir… même si je n'ai pas de secrets.

— C'est ça, murmurai-je d'un ton moqueur.

Les yeux de Mark s'arrêtèrent sur les fleurs que j'avais cueillies.

— C'est pour demain. Je vais mettre un bouquet sur la table de la salle à manger. Les hortensias sont vraiment superbes cette année.

— Si tu veux, je leur donnerai de l'engrais en fin de saison.

— Ce n'est pas la peine. Je le ferai moi-même.

Mon budget était limité et je n'étais pas prête à payer pour une tâche dont je pouvais facilement me charger.

Mark dut lire dans mes pensées.

— Je n'avais pas l'intention de te faire payer.

— Autrement dit, tu es prêt à travailler par générosité ?

— Pas exactement.

— Ah ! La vérité éclate, dis-je en retenant un sourire.

— Je pensais que j'avais une dette envers toi à cause de tous les cookies et les plats que tu me donnes.

— C'est vrai, alors ne te gêne pas pour jardiner quand l'envie t'en prendra.

Je retournai vers la maison, m'arrêtai sur la dernière marche et me retournai vers lui. Il était toujours au même endroit et me regardait.

— Merci encore d'avoir raisonné Roy.

Et puis, je fis quelque chose de très étrange.

Je lui envoyai un baiser.

30

Le cœur d'Ellie battait si fort qu'il menaçait d'éclater. Encore maintenant, garée devant la maison de Tom, elle n'était pas certaine d'avoir pris la bonne décision. De plus, elle n'était pas complètement sûre d'être prête à le pardonner, en dépit des excuses et des justifications que Scott avait avancées.

Le regard de sa mère l'avait persuadée. Ellie n'avait eu aucun mal à déchiffrer le message qu'elle voulait lui transmettre : ne commets pas les mêmes erreurs que moi. Seulement, cette fois, il ne s'agissait pas de la mettre en garde contre la gent masculine ou de lui dire de ne pas donner son cœur à n'importe qui. Au contraire, elle l'encourageait à faire exactement l'opposé, à tomber amoureuse, à trouver le bonheur. Dire qu'Ellie était perplexe aurait été un euphémisme.

Elle resta immobile un long moment. Nerveuse et indécise, elle passa en revue les différentes options qui se présentaient à elle, dont la plus tentante était de s'en aller. Qu'allait-elle dire à Tom ? Songeant qu'il n'y avait plus rien à faire, elle mit le contact, prête à partir, puis brusquement se ravisa et coupa le moteur.

Elle avait toujours la main sur ses clés quand elle vit Tom. Il avait dû remarquer sa voiture car il se tenait sur le seuil, les mains dans les poches arrière de son pantalon, le regard rivé sur elle.

S'il n'était pas apparu, Ellie aurait peut-être renoncé et décampé. Mais maintenant, elle se sentait obligée de l'affronter. À la fois excitée et pleine d'appréhension, elle descendit du véhicule et resta quelques secondes à côté de la portière, les nerfs à vif.

Tom resta où il était, sans détacher son regard. La voiture de sa mère se dressait entre eux telle une frontière, rassurant Ellie. Elle voulait qu'il fasse le premier pas.

Il n'esquissa pas le moindre geste.

Ellie se souvint soudain qu'elle avait affirmé ne plus jamais vouloir le revoir. C'était à elle de faire le premier pas. Elle pouvait se montrer têtue, mais l'orgueil n'avait aidé ni son père ni sa mère et il ne résoudrait rien dans le cas présent.

— Mon père… Scott est venu à la maison d'hôtes, dit-elle, en faisant à pas lents le tour de la voiture, tout en gardant la main sur le capot comme s'il pouvait la guider. Ma mère et lui sont encore là-bas… Ils parlent.

— Ta mère ?

Ellie acquiesça.

— Elle est passée… Elle était dans la région.

Inutile d'en dire davantage.

— Comment ça se passe entre eux ?

— Bien je crois. Ils ont découvert qu'ils s'étaient écrit après leur séparation, mais que ni l'un ni l'autre n'avait jamais reçu leur lettre.

Tom descendit les marches qui menaient à l'allée principale. Ellie s'avança sur le trottoir. Ils se rejoignirent à mi-chemin, et bien que la distance soit courte, Ellie eut l'impression que chacun de ses pas était immense. Elle marchait avec la prudence d'un soldat sur un terrain miné.

— As-tu pu poser les questions que tu voulais à ton père ?

— Quelques-unes.

— Il t'a toujours aimée, Ellie, mais il avait peur qu'on ne t'ait montée contre lui.

— Il aurait pu au moins essayer.

— Tu as raison, mais le fait est qu'il a été marqué par l'échec de son premier mariage.

— Nous sommes tous plus ou marqués par quelque chose.

— Plus ou moins, oui. Et plus le problème dure, plus le fardeau est lourd à porter. J'espère que tu pourras surmonter ta déception et te rendre compte à quel point ça a été courageux de sa part de te rencontrer, en sachant que tu le haïssais peut-être.

Ellie ne voyait pas les choses sous cet angle, et il lui semblait malvenu que Tom défende son père, tout comme son père l'avait défendu, lui. Puis elle se rendit compte qu'évoquer Scott était un moyen d'éviter d'aborder leurs propres problèmes.

— Pouvons-nous ne pas parler de mon père ? suggéra-t-elle.

Tom acquiesça.

Un silence suivit, comme s'ils redoutaient de s'aventurer sur un autre sujet. Au bout de quelques minutes, Ellie ne put supporter davantage la tension.

— Tu m'as fait du mal, dit-elle tout bas. Tu as joué avec mes sentiments pour tes propres buts.

— J'en suis conscient et je le regrette.

Il ne chercha pas à nier, ni à se trouver des excuses.

— Tu le regrettes, répéta-t-elle lentement, songeant que sa réponse était faible, convenue.

— Je retire ce que je viens de dire.

Il se tenait juste devant elle à présent. Tom la prit par les épaules.

— Tu retires tes excuses ? se récria-t-elle en tentant de se dégager.

— Je ne regrette pas de t'avoir contactée, d'avoir cherché à te rencontrer. Certes, tu as raison, je ne suis pas fier de moi. Je voulais te présenter ton père sans que tu te sentes menacée. J'avais supposé qu'au bout de quelques jours, je t'annoncerais tranquillement que j'étais le beau-fils de Scott et que je laisserais la situation évoluer d'elle-même.

— Pourquoi ne l'as-tu pas fait ?

Ces paroles étaient une accusation plus qu'une question.

— Parce que j'avais peur que, si je t'avais révélé mon identité, tu bloques mon numéro et que je ne puisse plus te joindre.

— Ce n'est pas une bonne excuse, répliqua Ellie, bien que contente intérieurement.

— Peut-être que non, admit-il avec réticence, la suppliant du regard pour qu'elle comprenne. Mais Ellie, je ne pouvais plus me passer de toi.

Ellie avait éprouvé la même chose, même si elle ne voulait pas l'admettre. Son contact quotidien avec Tom avait pris de plus en plus d'importance à ses yeux à mesure que se développait leur amitié. Lorsqu'ils en étaient arrivés à se téléphoner et à s'envoyer des mails, elle était déjà à moitié amoureuse de lui.

— Rappelle-toi que mes intentions étaient bonnes, dit-il, comme si cela suffisait à effacer toute la douleur que ce gâchis lui avait causée.

— Non. Tu t'es servi de moi…

— Tu avais le droit de connaître ton père, protesta-t-il. De savoir qu'il t'aimait et qu'il regrettait le passé. Il ne m'a pas fallu longtemps pour me rendre compte qu'on ne t'avait raconté que des mensonges au sujet de cet homme qui m'a toujours paru bon, honnête et honorable.

— Ma mère voulait me protéger.

— En te maintenant à l'écart ?

— Elle… Je pense qu'une série d'incidents malheureux a conduit à cette situation.

— Je ne voulais pas que la même chose nous arrive, Ellie. Tu as toutes les raisons d'être fâchée contre moi ; je comprends. Mais mets-toi à ma place. Je voulais réunir un père et sa fille. Oui, j'ai fait des erreurs, et oui, j'ai manqué de délicatesse envers vous deux, mais je n'ai pas pu trouver d'autre manière de procéder.

— J'aurais préféré que tu sois honnête avec moi dès le début.

— M'aurais-tu permis de rester dans ta vie si je l'avais fait ?

Là était la vraie question, et Ellie n'était pas certaine de pouvoir y répondre.

— Je… je ne sais pas.

— Justement, continua Tom. Je ne voulais pas prendre le risque de te perdre, c'est pourquoi je t'ai demandé de me faire confiance quoi qu'il arrive ce week-end.

Il poussa un long soupir et posa son front contre le sien.

— Dis-moi que tu es venue parce que tu es prête à m'accorder une seconde chance.

— Je suis là parce que mes parents m'ont poussée à te parler.

Pour sa part, elle n'était plus sûre de rien. Soudain, une idée lui vint. C'était la première fois de sa vie qu'elle disait « ses parents » en parlant de son père et de sa mère. Parce qu'ils étaient ensemble et en accord sur ce point.

— Je suis heureux que tu sois là, quelle qu'en soit la raison, dit-il en lui caressant les bras. Tu ne peux pas savoir à quel point. Et je te promets de ne pas tout gâcher si tu me pardonnes.

La chaleur de ses mains chassa le froid qui s'était emparé d'elle après les événements de ce matin-là.

— Pour rien au monde je ne voulais te faire souffrir.

— Mon père a dit la même chose, avoua-t-elle avec un soupir.

Aimer signifiait ouvrir son cœur et l'exposer au chagrin, mais aussi à tant d'autres sentiments comme l'amour et le bonheur.

— Je veux lui faire une place dans ma vie et je crois qu'il veut me connaître lui aussi.

Tom déposa un baiser sur son front, son nez, la courbe de son menton.

— Et à moi, tu veux me faire une place aussi ?

Ses baisers l'empêchaient de réfléchir lucidement, d'autant que ses lèvres descendaient vers sa bouche.

— Il faut que je réfléchisse, dit-elle, provocante.

Il prit possession de sa bouche et lui donna un long baiser qui la laissa chancelante.

— Ça t'aide à prendre une décision ?

— Je… je crois.

— Bien.

Il l'embrassa de nouveau avec encore plus d'intensité. Ellie se pendit à son cou en se hissant sur la pointe des pieds.

Quand ils se détachèrent l'un de l'autre, ils étaient à bout de souffle.

— Qu'aurais-tu fait si je n'étais pas venue te parler ? demanda-t-elle dans un souffle.

— Je ne sais pas, mais je peux te garantir une chose, je n'aurais pas laissé les choses telles quelles. Tu es trop importante pour moi pour que je te laisse partir sans me battre.

— Vraiment ?

— Vraiment.

Ellie soupira et se sentit faiblir. Elle mourait d'envie de se blottir contre lui, comme si sa place était là. Ce serait trop dur de vivre sans lui dorénavant.

— Acceptes-tu de m'accorder une seconde chance ? demanda Tom en reculant légèrement pour la regarder droit dans les yeux.

— Tout dépend. As-tu d'autres surprises en réserve ?

— Certaines femmes aiment les surprises.

— Pas moi.

— OK. Plus de surprises.

Ellie se mit à rire et enroula les bras autour de sa taille, nichant son visage contre sa poitrine.

— Alors, ça marche. Je crois que cela ferait plaisir à Scott et à ta mère qu'on fasse un saut à la maison d'hôtes.

— Tu veux dire… maintenant ?

— Oui, répondit Tom en la gardant tout près de lui. Et après, tu pourras m'en dire davantage sur les lettres dont tu m'as parlé tout à l'heure.

— D'accord.

Ils prirent chacun leur voiture pour retourner à la Villa Rose, Ellie d'humeur beaucoup plus légère qu'à l'aller. Une fois arrivés, ils gagnèrent le jardin où elle parla à Tom de ces fameuses lettres et de ce que ses parents avaient appris.

— On dirait que tes grands-parents sont responsables de bien des chagrins, commenta Tom lorsqu'elle eut terminé.

— Je crois qu'ils supposaient que maman allait se remarier. Ils avaient quelqu'un d'autre en vue, mais ça ne s'est jamais produit.

— Pourquoi pas ?

Ellie n'en avait jamais été sûre jusqu'à ce jour-là.

— Elle était toujours amoureuse de mon père. À un moment donné, elle a ravalé sa fierté et est allée le voir, mais il était trop tard. Il avait déjà épousé ta mère.

Tom pressa ses doigts dans les siens.

— Je suis désolé.

— Ne le sois pas. Je crois que la vie suit le cours du destin. Nous sommes responsables de notre avenir, mais seulement jusqu'à un certain point. Et puis, si mon père et ma mère s'étaient réconciliés quand j'étais petite, je ne t'aurais sûrement jamais rencontré.

Tom réfléchit un instant et acquiesça.

— Ton père est quelqu'un de bien, Ellie. Tu le verras par toi-même quand tu le connaîtras mieux. Il a fait des erreurs, comme nous tous, mais il faut savoir aller de l'avant.

Ellie espéra que ses parents en seraient capables.

Tom lui prit la main alors qu'ils gravissaient les marches de la villa. Rover les accueillit mais sans aboyer. Au contraire, il remua la queue, l'air content de les voir réunis.

À leur entrée, Virginia Reynolds leva les yeux, vit leurs mains jointes et sourit.

— Vous êtes réconciliés ?

— C'est en cours, répondit Ellie, avant de s'asseoir près d'elle.

Tom prit place à côté de son père. Ils n'avaient pas encore parlé de leur avenir. Cela restait à déterminer. Pour l'instant, il suffisait qu'ils aient mis cette querelle derrière eux et qu'ils aient décidé de continuer à se voir. Elle ignorait ce que la vie leur réservait, mais elle espérait sincèrement qu'ils resteraient ensemble. Seul le temps le dirait.

— Il me semble que nous avons plusieurs choses à fêter, dit Scott. J'aimerais nous inviter tous les quatre à dîner chez *DD*, sur la baie.

Virginia regarda Ellie comme pour quêter sa permission.

— Avec plaisir, dit-elle.

— Il est temps que je fasse la connaissance de ma fille.

— Et moi celle de mon père.

Virginia changea de position, l'air vaguement gêné.

— Peut-être vaudrait-il mieux que je reste ici.

— Non maman, protesta Ellie. Je veux que tu viennes. Ce ne serait pas pareil sans toi.

— Mais...

— Ginny, intervint Scott d'un ton égal. Je t'ai invitée aussi. J'aimerais que tu te joignes à nous.

— Et moi je viens, renchérit Tom. Je ne veux pas perdre une minute du temps qu'il me reste avec Ellie avant qu'elle retourne dans l'Oregon.

Virginia les regarda tour à tour et capitula.

Ellie connaissait suffisamment sa mère pour deviner qu'elle avait voulu être persuadée. Elle devinait qu'en son absence, ses parents avaient réglé pas mal de choses. Avec vingt-deux ans de retard. Néanmoins, cela lui faisait un immense plaisir qu'ils soient capables de se parler normalement.

— Eh bien, fit Tom en regardant son beau-père. Vous vous parlez, vous deux ?

— On se parle, se contenta de répondre Scott.

Ellie remarqua que sa mère avait rosi légèrement.

— On se parle, confirma-t-elle. Il y a eu beaucoup de malentendus et de douleur. Je crains de n'avoir terriblement mal jugé Scott.

— Ta famille... commença-t-il, avant de s'interrompre. Comme nous l'avons dit, ce qui est fait est fait. Tournons-nous vers l'avenir.

— On se parle, c'est tout, lui rappela Virginia.

— C'est tout, admit-il, mais c'est déjà une grande amélioration.

En effet. Ellie croisa le regard de Tom et il lui adressa un clin d'œil qu'elle lui rendit.

C'était un nouveau début pour eux quatre, et Ellie ne pouvait qu'en être reconnaissante.

31

Maggie s'assit au fond du bus et appuya la tête contre la vitre. Le verre était frais contre sa peau. Épuisée, elle ferma les yeux et s'efforça de ne pas penser à tout ce qu'elle devrait faire en arrivant à Yakima.

Elle avait l'estomac noué à la perspective d'annoncer à sa famille que Roy et elle allaient se séparer. Et que dirait-elle aux garçons quand ils lui demanderaient pourquoi leur papa n'était plus à la maison ? Une vague de désespoir la submergea. Elle éprouvait trop de douleur, trop de chagrin.

— Ça va ? demanda avec sollicitude la femme assise de l'autre côté de l'allée.

Maggie lui adressa un semblant de sourire.

— Oui, merci. Je suis juste un peu fatiguée.

— On s'est couché tard ?

— Quelque chose comme ça.

Désireuse de couper court à la conversation, elle ferma les yeux.

— Mon Dieu, regardez-moi ça ! s'écria l'inconnue.

— Quoi ? demanda Maggie sans grand intérêt.

— Cette voiture ! Le conducteur s'est mis à hauteur du bus et il fait signe au chauffeur de s'arrêter.

Maggie se redressa et regarda au-dehors. Non, c'était impossible. Le véhicule était de la même marque et du même modèle que celui de Roy, celui qui les avait amenés de Yakima, et arborait le même autocollant aux couleurs de l'équipe de Jaxon. À moitié debout à présent, Maggie porta une main à la bouche. C'était forcément Roy. Elle se rassit, ravalant un cri. Qu'est-ce qu'il lui prenait de la poursuivre comme un fou ? Elle n'avait vraiment pas besoin de ça. Et ne s'y attendait pas du tout.

— Ce cinglé essaie de vous forcer à vous arrêter, cria un passager au chauffeur.

— Ça arrive, répliqua celui-ci. Les gens ratent le bus et puis essaient de me rattraper. Mais ce type perd son temps. Le règlement est très clair. Je pars à l'heure et si les gens ne sont pas à l'arrêt, tant pis pour eux.

Maggie entendit un klaxon.

— Que fait-il ?

Une chose était certaine, Roy avait attiré l'attention de tout le monde. Il continua à donner des coups de klaxon que le conducteur s'efforça d'ignorer.

— Ce gus est du genre insistant, comment la voisine de Maggie en secouant la tête.

— Il fait du zigzag maintenant !

— Ça ne lui servira à rien, lança le chauffeur. Je ne m'arrête pas, et encore moins sur l'autoroute. Pour personne. Ça fait dix ans que je fais ce métier et je ne tiens pas à perdre mon boulot pour un abruti qui ne sait pas lire l'heure.

— Vous avez bien raison.

Tous les passagers étaient d'accord avec le chauffeur, elle comprise. Quant à savoir pourquoi Roy voulait le forcer à s'arrêter, elle n'en savait vraiment rien. Elle aurait voulu croire qu'il avait changé d'avis concernant le divorce, mais c'était peu probable. Il avait été catégorique sur ce point. Il ne pouvait tout de même pas envisager de faire le trajet de retour à Yakima ensemble. L'aller avait été assez pénible comme ça. Après leur dernière conversation, il serait intenable d'être dans la même voiture. Il devait bien s'en rendre compte.

Maggie se redressa brusquement en voyant le bus emprunter une bretelle de sortie. Le chauffeur s'était-il ravisé ?

— Que fait le conducteur ? demanda-t-elle à sa voisine. Pourquoi est-il sorti de l'autoroute ?

— Il y a un autre arrêt, expliqua la femme.

— Un arrêt ? Vous voulez dire qu'il ne va pas directement à l'aéroport ?

— Oh ! Non. Il s'arrête dans d'autres villes. Cedar Cove est le deuxième arrêt. Il y en a quatre après.

— Oh !

Bien sûr, c'était logique, même si ce n'était pas exactement une bonne nouvelle. Elle aurait dû supposer que le bus ne serait pas direct. À vrai dire, elle n'y avait même pas songé. Elle avait l'esprit bien trop préoccupé pour se poser des questions pareilles.

Dans des circonstances normales, cela n'aurait pas eu la moindre importance, mais évidemment, les circonstances actuelles étaient tout sauf normales.

— Cette voiture nous suit, observa sa voisine, tendant le cou pour mieux voir.

— Il commence à me taper sur les nerfs à klaxonner comme ça, grogna quelqu'un d'autre. Non, mais franchement, on se demande ce qui passe par la tête des gens de nos jours.

Personne n'avait de réponse à lui offrir, et sûrement pas Maggie.

Elle jeta un coup d'œil autour d'elle pour savoir où ils se trouvaient, mais ne vit aucun panneau. Pour autant qu'elle puisse en juger, l'arrêt était sur un parking isolé, loin de tout centre commercial – elle ne voyait ni supérette, ni station-service, ni fast-food. Rien qu'un parking, presque vide de surcroît.

Deux femmes attendaient, debout à côté de leurs bagages. Le bus ralentit et s'arrêta près d'elles. Les voyageuses montèrent, prirent un ticket et s'installèrent sur des sièges du milieu.

Le conducteur s'apprêtait à refermer les portières quand Roy sauta à bord et passa droit à côté de lui.

— Hé, mon vieux, vous devez acheter un billet ! cria l'homme alors que Roy s'avançait dans l'allée, se dirigeant vers l'endroit où Maggie était assise.

Elle baissa la tête, fixant le sol, refusant de le regarder.

— Maggie, il faut que tu viennes avec moi, dit-il, en s'arrêtant à sa hauteur.

Elle feignit de ne pas l'avoir entendu.

— Maggie, répéta-t-il plus fort. Viens avec moi.

Elle croisa résolument les bras.

— Non.

Roy poussa un long soupir, manière de lui faire savoir qu'il était à bout de patience.

— Il faut qu'on parle.

Elle s'efforça de rester calme et raisonnable. Tous les regards étaient sur eux. Il ne manquerait plus qu'une scène de ménage en public.

— Je crois que tout a déjà été dit. Va-t'en, s'il te plaît. Si tu veux parler, nous pourrons le faire à Yakima.

— Ça ne peut pas attendre.

— Il le faudra bien.

Elle pouvait se montrer tout aussi obstinée que son futur ex-mari.

Le conducteur apparut derrière Roy.

— Soit vous payez votre place, soit vous descendez, asséna-t-il.

— Donnez-moi une minute, plaida Roy.

— Écoutez, mon vieux, j'ai des horaires à respecter. Vous voulez que j'appelle la police ?

— C'est ma femme, expliqua Roy.

— Plus pour très longtemps, rétorqua Maggie.

— Bien, vous deux, écoutez-moi. Je suis chauffeur d'autobus, pas conseiller conjugal. Alors je vous conseille d'aller régler vos affaires ailleurs. J'ai des gens qui ont un avion à prendre.

Maggie se rendait compte que retarder tout le monde allait être mal vu. Et le comportement de Roy suggérait qu'il n'allait pas céder avant d'avoir eu ce qu'il voulait.

En réalité, elle n'avait guère d'autre choix que de prendre son sac et de libérer sa place. Elle était furieuse, mais les options étaient limitées. Elle se leva, sa voisine lui pressant la main avec un sourire d'encouragement au passage.

— Merci, lâcha le chauffeur, visiblement soulagé.

Les autres passagers applaudirent Maggie tandis qu'il s'empressait d'aller chercher sa valise dans la soute.

L'instant d'après, il lui tendit la main pour l'aider à descendre.

— Je ne suis ni conseiller conjugal ni médecin, mais j'ai aidé une femme à accoucher voici quelques années, dit-il avec fierté. On en a même parlé dans les journaux de Seattle et je suis passé au bulletin d'information du soir sur la 5. Vous avez l'air d'être des gens sympathiques. J'espère que tout va s'arranger pour vous.

— Merci, dit Roy en prenant le sac de Maggie.

Pour sa part, elle n'avait guère d'espoir. Ils étaient allés trop loin, avaient dit trop de choses, au point qu'ils avaient l'un et l'autre les nerfs à vif.

Le bus s'éloigna, les laissant seuls au milieu du parking désert.

Pour quelqu'un qui s'était lancé à sa poursuite en klaxonnant comme un dément et qui avait retardé un bus plein de voyageurs pour la forcer à le suivre, Roy semblait n'avoir rien d'important à lui dire. Pourtant, sa portière était grande ouverte, suggérant qu'il avait sauté hors de sa voiture comme s'il avait eu le diable à ses trousses.

Maintenant qu'elle était avec lui, il semblait avoir perdu la passion qui l'animait un instant plus tôt.

En silence, il alla lui ouvrir sa portière, puis déposa la valise dans le coffre. Maggie monta et appuya la tête contre la vitre, fermant les yeux, plus ou moins comme elle l'avait fait dans le bus.

Roy se glissa au volant, mais ne démarra pas tout de suite.

— Comment m'as-tu retrouvée ? demanda-t-elle sans le regarder.

Elle avait ouvert les yeux, malgré tout, et était curieuse de le savoir.

— Tu ne m'as pas facilité les choses.

— Je ne pensais pas que tu t'en soucierais.

— Si, répondit-il. Et c'est Connor qui m'a dit que tu t'étais renseignée à propos de la navette.

— Le jeune serveur du *Java Joint* ?

— J'ai sillonné toute la ville en vain. Alors j'ai commencé à interroger les gens dans la rue et dans les magasins en montrant ta photo. Il m'a dit que tu avais bu un thé là et que tu lui avais posé des questions sur le bus.

— Pourquoi me cherchais-tu ?

Elle avait du mal à comprendre pourquoi il tenait tant à lui parler à présent.

— À ton avis ?

Sa réponse la mit en colère.

— Je t'en prie, Roy. Je ne veux pas que les choses se passent comme ça. Tu t'es exprimé clairement. Tu en as terminé avec moi. Tu ne veux pas de ce bébé. Rien n'a changé en l'espace de quelques heures. En ce qui me concerne, tout a été dit. Tout ce que je veux maintenant, c'est rentrer à la maison, prendre mes enfants dans mes bras et préparer mon avenir et le leur.

Un avenir qui ne l'incluait pas, du moins à un autre titre que celui de père de ses enfants.

Roy ne semblait pas savoir quoi répondre. Quand il prit enfin la parole, elle remarqua ses mains crispées sur le volant.

— C'est dur d'apprendre que la femme que j'ai juré d'aimer porte peut-être l'enfant d'un autre, dit-il, le visage sombre, la voix assourdie par l'émotion.

Maggie tourna la tête, les larmes aux yeux. Elle n'avait rien à ajouter, rien à dire.

— Et encore plus dur d'envisager le reste de ma vie sans toi. Le fait est, Maggie, que je ne crois pas que j'y arriverais. Nous sommes unis depuis si longtemps que nous déchirer ne va pas marcher. J'ai été un imbécile de suggérer le contraire.

Maggie déglutit avec peine, retenant son souffle de peur d'éclater en sanglots.

— Tu as laissé ton alliance dans la chambre. D'abord, ça m'a rendu furieux… J'ai vu ça comme une insulte, une façon de te venger. Tout le temps que nous avons été mariés, je ne me souviens pas t'avoir vue un jour sans.

Elle l'avait retirée, parfois, mais par nécessité, jamais par colère ou par désespoir. Jamais avant ce jour-là.

— Tu as laissé la lettre aussi. Celle que je t'ai écrite à l'Université.

Comme si elle avait pu l'oublier !

— Je l'ai lue… Je me souviens avoir pesé chacun de mes mots. Je te remerciais d'avoir fait de moi un homme meilleur. Je disais que je t'aimerais toujours.

Il hésita.

— Je pensais ce que j'avais écrit dans cette lettre, ajouta-t-il à voix basse.

— À ce moment-là.

— Je le pense toujours, lâcha-t-il dans une voix étouffée. Tu as raison, rien n'a changé en l'espace de quelques heures sauf que j'ai compris que je ne voulais pas vivre sans toi. Ce n'est pas facile d'accepter cette grossesse. Mais j'essaie. Donne-moi une chance. Je ne peux pas te promettre d'être parfait, mais apprécie au moins que je fasse un effort.

Maggie leva la tête et se tourna vers lui. Elle fut choquée de voir des larmes rouler sur ses joues.

— Je ne sais pas comment nous allons surmonter ça, Maggie, murmura-t-il d'une voix hachée, mais nous y arriverons. Nous survivrons à ça et à tout ce que la vie mettra sur notre chemin.

— Le bébé…

Elle pleurait elle aussi, et avait du mal à parler tant elle avait la gorge nouée.

— Je te promets de tout faire pour aimer cet enfant, dit-il. À partir de maintenant, je vais m'efforcer de considérer cet enfant comme ma fille ou mon fils.

Maggie porta la main à sa bouche, incapable de réprimer ses sanglots.

— Mais je ne sais pas qui est le père !

— Peu importe.

— Comment peux-tu dire ça… ? Comment pourras-tu apprendre à aimer l'enfant d'un autre homme ?

Dès l'instant où elle avait compris qu'elle était enceinte, elle avait su qu'elle demandait à Roy d'accepter l'impossible. Jamais il ne cesserait de s'interroger, de douter, de craindre.

— J'aimerai cet enfant parce que, même si nous ne savons pas qui est son père, il n'y aura jamais aucun doute quant à sa mère, répondit Roy en essuyant doucement les larmes qui coulaient sur les joues de Maggie. Sa mère, c'est toi, la femme que j'aime.

Un hoquet lui échappa et elle pressa le front contre l'épaule de son mari.

— Ce bébé est le nôtre, Maggie, le tien et le mien. Il n'y aura pas de test de paternité. C'est inutile. Nous sommes dans le même bateau. Ce ne sera facile ni pour toi ni pour moi, mais je ne peux pas te laisser partir.

Il passa un bras autour d'elle et enfouit sa tête dans son épaule.

— Je veux être un homme meilleur, Maggie, un meilleur mari et un meilleur père. Je n'ai pas su être à la hauteur de ce que tu méritais, mais je te jure que je le serai à l'avenir.

Elle pleurait sans retenue à présent, et Roy aussi.

— J'ai fait le vœu de t'aimer. J'étais sincère quand j'ai écrit cette lettre et le jour de notre mariage. Et je le suis toujours aujourd'hui.

— Je t'aime Roy.

— Je sais, ma chérie, je sais.

— Je veux rentrer à la maison.

— Moi aussi, mais pouvons-nous attendre jusqu'à demain ?

— D'accord, chuchota Maggie.

— Promets-moi une chose, dit-il en déposant un baiser dans ses cheveux.

— Tout ce que tu voudras.

— Ne me quitte plus jamais.

Maggie sourit.

— C'est promis.

Elle se blottit contre son mari et soupira, soudain épuisée.

— Ça ira, Roy.

Elle le sentait dans chaque fibre de son être. Leur mariage survivrait, et cette épreuve ferait d'eux un couple plus uni, une famille plus forte.

— J'espère que nous aurons une petite fille cette fois.

— Et si c'est un garçon ? demanda-t-elle.

— J'accepterai l'un comme l'autre.

Même si ce n'était pas encore une réalité, Maggie eut la certitude qu'il le ferait, le moment venu.

— Ce bébé est un don du ciel, Roy, un cadeau précieux.

— Tu aurais eu du mal à m'en convaincre plus tôt, mais en fait, je crois que tu as peut-être raison.

Il l'embrassa de nouveau.

— Tu es prête à rentrer ?

Maggie acquiesça, encore tremblante.

Elle était plus que prête.

32

De bonne heure le dimanche matin, je servis le petit-déjeuner : fruits frais, tartines grillées, omelette et bacon croustillant. Je constatai avec plaisir que l'atmosphère était radicalement différente. Tout le monde semblait d'humeur joviale.

Ellie et sa mère, très animées, promirent de me contacter prochainement pour une nouvelle visite. Avant qu'elles aient eu le temps de descendre leurs bagages, Tom arriva. Ellie et lui s'installèrent sur la terrasse et parlèrent longuement. On entendait de la cuisine le rire de la jeune femme.

— Ils s'entendent bien, n'est-ce pas ? demanda Virginia en souriant, alors que je débarrassais la table.

— Il semble que oui, en effet.

— J'ai invité Tom à nous rendre visite dans l'Oregon et il a accepté. Et je crois que Scott viendra avec lui.

Compte tenu de ce que m'avait confié Ellie, le revirement de Virginia était spectaculaire. Une fois de plus, la maison d'hôtes avait fait des merveilles, soignant les cœurs blessés, remontant le moral de chacun. Conformément à la promesse que Paul m'avait faite le premier soir.

Il en alla de même avec les Porter. Je n'étais pas très sûre de ce qui s'était passé mais, à leur retour, j'avais remarqué une vraie différence entre eux. En un sens, c'était grâce à Mark : c'était lui qui avait ramené Roy à la raison. Ce matin-là, j'avais l'impression de me trouver face à deux nouvelles personnes. Ils se comportaient comme des jeunes mariés, si amoureux qu'ils n'arrivaient pas à se quitter des yeux.

En s'asseyant à la table du petit-déjeuner, Roy annonça à la cantonade que Maggie était enceinte.

— C'est notre troisième enfant, déclara-t-il. Nous espérons tous les deux que ce sera une petite fille cette fois-ci.

— Avez-vous choisi des prénoms ? demanda Ellie après avoir félicité le couple.

Maggie mit une main sur son ventre.

— Pas encore.

— Margaret si c'est une fille, affirma Roy.

— Rien n'est encore décidé, protesta Maggie.

— Nous partirons juste après le petit-déjeuner, m'informa Roy. Mark m'a demandé de faire un saut chez lui en quittant la ville.

— Ah bon ?

Cela me parut étrange, mais je m'abstins de le questionner davantage. J'avais beaucoup à faire avant l'arrivée de ma famille, et j'attendais de nouveaux clients en fin de journée.

La maison fut vide avant midi, et je m'attelai à défaire les lits, désireuse de terminer le ménage avant de me mettre à la cuisine.

Ma famille arriverait sans doute vers trois heures et nous dînerions vers cinq heures. Le temps était parfait, clair et ensoleillé. Je regardai par la fenêtre deux ou trois fois et me rendis compte que j'espérais voir Mark. Il y avait peu de chances que cela se produise. Je devinai que je ne l'apercevrais pas de la journée. Il me l'avait plus ou moins laissé entendre.

À dire vrai, c'était un soulagement. J'avais regretté d'avoir demandé à ma mère de lui tirer les vers du nez. Je m'étais laissé déborder par ma curiosité au point de faire preuve d'une indiscrétion gênante envers quelqu'un que je considérais comme un ami. Depuis, j'avais accepté le fait que Mark tenait à sa vie privée.

J'avais une autre raison de désirer que mon voisin garde ses distances ce jour-là. Le baiser que je lui avais envoyé après sa discussion avec Roy Porter avait été un geste impulsif. Après une nuit de réflexion, je n'arrivais toujours pas à comprendre ce qui avait pu me pousser à faire une chose pareille. Surpris, Mark avait écarquillé les yeux, mais son choc n'était pas pire que le mien. J'en étais encore embarrassée et j'avais peur que Mark ne prenne un malin plaisir à y faire allusion. En parler, l'analyser, aurait été plus que gênant pour moi et si Mark insistait, je le lui dirais. Cette décision prise, je me sentis aussitôt beaucoup mieux.

Le téléphone sonna dans mon bureau pendant que je faisais le ménage dans la cuisine, annonçant une probable réservation.

— Villa Rose, répondis-je, de ma voix professionnelle.

— Oh ! Bonjour, s'écria une femme à l'autre bout du fil, comme surprise d'entendre une personne en chair et en os. Je voudrais réserver une chambre. Ou plutôt deux, rectifia-t-elle avant de mentionner une date au début du mois de septembre, dans moins de quatre semaines.

Je vérifiai mon planning et constatai que j'en avais deux de disponibles, en effet.

— C'est pour ma meilleure amie et moi, expliqua-t-elle. Nous venons à une réunion d'anciens élèves. Je m'appelle Kellie et mon amie Katie.

— Vous étiez au lycée à Cedar Cove ?

— Oui. Le temps passe si vite quand on est jeune, n'est-ce pas ? Mes parents vivent en Arizona à présent, Katie à Seattle et moi à San Francisco. Nous pourrions faire l'aller-retour en voiture, ce n'est pas si loin, mais la soirée risque de se terminer tard.

Intéressant.

— Eh bien, la réservation est faite. Deux chambres, de vendredi à dimanche.

— Parfait. À bientôt !

Sur quoi elle raccrocha. Je fixai l'appareil un moment et secouai la tête. J'avais hâte de rencontrer Kellie et Katie.

Comme prévu, ma famille arriva vers trois heures. Comme prévu aussi, ma mère parla aussitôt de Mark.

— J'avais espéré qu'il changerait d'avis et qu'il viendrait dîner avec nous, dit-elle, à peine entrée.

— Eh bien, la réponse est non. Il ne sera pas des nôtres.

Cela m'ennuyait de la décevoir, mais bon, il n'y avait rien à ajouter.

À l'évidence, mes parents avaient discuté de ma relation avec mon homme à tout faire, ce qui me mit mal à l'aise. Mon père entra dans la cuisine, mit un doigt dans la sauce de salade et, après l'avoir goûtée, hocha la tête d'un air approbateur.

— Tu aimes bien ce type, non ?

— Papa ! Mark est un ami, ni plus ni moins.

— Rien d'autre ? insista-t-il, arquant les sourcils.

— Non.

Sur quoi, désireuse d'éviter d'autres questions, je m'affairai à préparer le saumon.

La scène se répéta lorsque mon frère et sa famille arrivèrent à leur tour.

— Maman a dit que tu avais invité un gars que tu voulais nous présenter, lança Todd en regardant autour de lui.

— C'est Mark, et avant que tu ajoutes quoi que ce soit, ce n'est qu'un ami. Il a fait pas mal de travail pour moi, mais c'est juste un ami, répétai-je avec emphase.

— Je me souviens à présent. Mark est ce bricoleur qui t'agace.

— Je lui donne des cookies pour apprivoiser la bête sauvage qui est en lui, plaisantai-je, cherchant désespérément un autre sujet de conversation.

Todd sourit.

— Mais tu l'aimes bien, hein ? Je veux dire, c'est ce que maman a insinué.

Combien de fois allais-je devoir leur répéter que Mark n'était pas un petit ami potentiel ?

— Je l'aime bien, point.

Todd me lança ce regard éloquent qui disait qu'il lisait entre les lignes. Insister ne ferait que le convaincre qu'il avait raison, et donc, je renonçai à prolonger la discussion en protestant davantage.

Tout le monde s'en alla vers sept heures, après un repas qui se révéla délicieux. Meilleur que je ne l'escomptais. Toute la cuisine que j'avais faite depuis que j'avais acquis la villa avait grandement amélioré mes compétences en la matière.

Tout le monde parti, la maison me sembla particulièrement silencieuse. En fin de compte, j'étais reconnaissante à Mark de ne pas être venu. Je n'osais même pas penser à l'interrogatoire qu'il aurait subi s'il était arrivé à l'improviste. Par chance, il semblait avoir une espèce de sixième sens pour ce genre de choses.

Je me préparai un café et gagnai l'appentis. Rover me suivit et nous nous installâmes dans les fauteuils devant la cheminée. J'adorais cet endroit. Mark avait accroché une guirlande électrique au plafond et comme la nuit tombait, je l'allumai. Je sirotai mon café, et eus une conversation à sens unique avec Rover. Il avait joué comme un fou avec les enfants de mon frère.

Il leva brusquement la tête et je sentis une présence derrière moi. Je me tournai et vis Mark.

— Tu parles souvent toute seule ? demanda-t-il en se laissant tomber dans le fauteuil à côté du mien.

— Je parlais à Rover.

— Et il te répond ?

Je haussai les épaules.

— À sa manière.

— Je parie qu'il ne te contredit pas beaucoup.

— Moins que certains.

Mark sourit et se cala dans son siège.

— Roy Porter m'a dit que tu leur avais demandé de faire un saut chez toi, dis-je, intriguée.

— J'ai fini le berceau.

— Il est magnifique.

— Je me suis dit que Maggie et lui pourraient en faire bon usage.

Je n'en croyais pas mes oreilles.

— Mark, ce berceau était un chef-d'œuvre ! Tu l'as donné ?

Il haussa les épaules avec désinvolture et s'empressa de passer à autre chose.

— Ton repas de famille s'est bien passé ?

— Très bien.

— On ne t'a pas demandé où j'étais ni pourquoi je n'avais pas pris la peine de venir ?

Il fallait qu'il pose cette question ! J'aurais pu mentir, mais ça n'aurait sûrement pas servi à grand-chose. Mark m'aurait percée à jour sans le moindre mal.

— Si, admis-je, espérant qu'il n'insisterait pas.

Par chance, il garda le silence et nous restâmes assis tranquillement quelques instants, admirant la beauté du crépuscule.

— J'ai une question, dit-il enfin.

— Vas-y, répondis-je, redoutant la suite.

— Tu m'as envoyé un baiser.

Je le savais, je savais qu'il allait en parler.

— J'espérais que tu n'y aurais pas prêté attention.

Il se figea, le visage grave.

— Tu étais sérieuse ?

— Pour le baiser ?

Si je faisais l'innocente assez longtemps, il changerait peut-être de sujet.

Il ne répondit pas tout de suite.

— J'ai peur qu'on n'entre en territoire dangereux, Jo Marie. Ça m'inquiète.

En territoire dangereux ?

— Comment ça ? demandai-je au lieu de nier en bloc.

Ses mains se crispèrent et il se tut. J'eus l'impression que le silence se faisait tout autour de nous. Même la brise qui agitait les feuilles sembla cesser. Les oiseaux ne chantaient plus, le bruit de la circulation s'était dissipé.

— Mark ?

— En fait, je m'appelle Jeremy.

— Jeremy ? répétai-je, perplexe. Mais d'où sort le nom de Mark ?

— C'était celui de mon père. Un homme bien qui a travaillé dur pendant toute sa vie, qui aimait ma mère et ses enfants. Qui croyait à la morale, à la famille, à son pays.

— Et Jeremy ?

Je regrettai aussitôt d'avoir posé la question.

— Jeremy est mort.

Sa voix était caverneuse.

À présent, j'étais vraiment perplexe.

— Écoute, ce n'est pas important que je le sache. Tu n'as pas besoin de me dire quoi que ce soit.

— Je crois que c'est important, si.

— Parce que j'ai fait pression sur toi ? J'en suis désolée. Quelles que soient tes raisons d'avoir tenu cela secret, elles ne me regardent pas.

— C'est drôle.

— Quoi ?

Personnellement, je ne voyais rien de drôle là-dedans. Je n'avais jamais vu Mark aussi grave. Il paraissait nerveux, peu sûr de lui. Tout en lui le disait, la manière dont il était assis, penché en avant, se balançant légèrement, tapant du pied comme s'il essayait d'échapper à un passé auquel il ne voulait pas faire face.

— Ce qui est drôle, expliqua-t-il, c'est qu'il y a deux jours, tu n'aurais pas pu me soutirer ces informations sous la torture.

— Qu'est-ce qui t'a fait changer d'avis ?

Ses yeux se posèrent sur moi.

— Ce baiser que tu m'as envoyé.

— Le baiser ? répétai-je, sans voir le lien avec ce qu'il venait de me révéler.

En un éclair il fut debout, les mains dans les poches.

— Tu dois bien savoir ce que je ressens pour toi, Jo Marie.

Mon esprit et mon cœur s'emballèrent. Je levai les yeux vers lui, la bouche sèche.

— Je trouve n'importe quel prétexte pour passer du temps avec toi.

Vraiment ? J'étais incapable d'articuler un son.

— Ne fais pas comme si tu ne t'en rendais pas compte.

— Non.

J'étais choquée d'avoir été aussi aveugle, mais tout à coup de petits détails me revenaient à l'esprit, s'ajoutant les uns aux autres. Sa colère quand il m'avait vue monter à l'échelle au printemps, et la façon dont il avait écarté Peter O'Connell.

Mon regard dut me trahir.

— Je vois que tu remplis les blancs, murmura Mark.

— Je… je ne savais pas…

— Avant que tu dises quoi que ce soit, coupa-t-il, laisse-moi te dire que ce que j'éprouve, cette… attirance, n'ira nulle part. Je vais y mettre fin tout de suite.

Le cerveau en ébullition, je portai les mains à mes tempes, m'efforçant de saisir ce qui me semblait impossible.

— La seule raison pour laquelle je te dis tout ça maintenant, reprit-il, c'est que je vois que ces sentiments commencent à devenir réciproques, et il faut que ça cesse.

Réciproques ? C'était comme ça qu'il avait interprété le sens de ce baiser idiot ?

— Pour que les choses soient tout à fait claires, peux-tu m'expliquer pourquoi tu estimes qu'il ne pourrait jamais rien y avoir de… romantique entre nous ?

Mark se mit à faire les cent pas dans l'espace restreint de l'appentis.

— Il y a des choses que tu ignores à mon sujet, des choses dont je ne veux pas parler.

— Ce n'est pas grave, Mark. Je suis désolée d'avoir insisté pour avoir des informations que tu ne veux pas partager. Peu m'importe ton passé.

— Il m'importe à moi, répliqua-t-il, criant presque avant de se répéter, plus bas cette fois. Il m'importe à moi.

Je ne sus que dire ni comment réagir.

Il s'accroupit à côté de moi et prit ma main, la serrant entre les siennes, son regard soudé au mien.

— Tu étais mariée à Paul Rose, un homme qui a donné sa vie pour son pays. Il est tout ce que je ne suis pas. Je suis l'antithèse du héros, ne t'y trompe pas. Je suis un homme sali. Imparfait. Brisé. Je sors d'un trou noir. Au nom de tout ce qui est juste et bien, c'est moi qui aurais dû mourir et non Paul.

De nouveau, je ne sus que répondre.

Il se redressa et fit mine de partir, mais je me levai d'un bond et le retins par la manche. Nous n'étions qu'à quelques centimètres l'un de l'autre. J'avais beaucoup vu Mark Taylor depuis que je tenais la maison d'hôtes, souvent deux ou trois fois par jour, mais il avait raison. Je ne le connaissais pas du tout.

— Ça ne change rien, murmurai-je.

Ses yeux s'emplirent de tristesse.

— Tu te trompes.

— Ça ne change rien pour moi.

Son regard resta rivé au mien, et je le vis lutter contre l'indécision.

— Comme je disais, on entre en territoire dangereux.

— Peut-être, admis-je. Peut-être.

— Je crois qu'il vaudrait mieux que je m'en aille, ajouta-t-il, d'une voix basse et grave.

— Tu veux dire quitter la région ?

J'avais du mal à croire qu'il envisage une chose pareille. Et pourtant, il avait révélé récemment qu'il avait erré d'une ville à l'autre par le passé. À l'époque, il avait aussi déclaré qu'il se sentait bien à Cedar Cove.

— Il est temps.

— Et le kiosque ? demandai-je désespérément, m'efforçant de trouver une raison, n'importe laquelle, qui le pousserait à se raviser. Tu n'es pas du genre à laisser un projet inachevé.

Il hésita.

— Très bien. Je le terminerai, mais après je m'en irai.

À en juger par son regard, rien de ce que je n'aurais pu dire ne l'aurait fait changer d'avis. Je l'avais soupçonné, mais à présent, je connaissais la vérité.

Mark fuyait son passé.

Apparemment, les pouvoirs de la maison d'hôtes n'étaient pas suffisants pour guérir l'homme qui était devenu mon meilleur ami.

Achevé d'imprimer en Espagne
par BlackPrint CPI Ibérica S.L.
Sant Andreu de la Barca (08740)
Dépôt légal : mai 2017